刘墉 人生三书

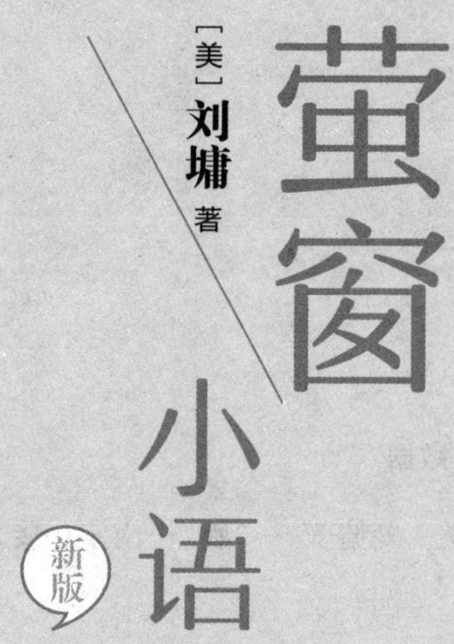

萤窗小语

新版

[美] 刘墉 著

YINGCHUANG XIAOYU（XIN BAN）

接力出版社
Publishing House

桂图登字:20-2011-018

原出版者:台湾水云斋文化事业有限公司

图书在版编目（CIP）数据

萤窗小语：新版 /（美）刘墉著. —2版. —南宁：接力出版社，2019.3（2024.4重印）
（刘墉人生三书）
ISBN 978-7-5448-5913-4

Ⅰ.①萤… Ⅱ.①刘… Ⅲ.①散文集－美国－现代 Ⅳ.①I712.65

中国版本图书馆CIP数据核字（2019）第014670号

责任编辑：马 婕 陈 楠 文字编辑：曹若飞 美术编辑：许继云
责任校对：杨 艳 责任监印：刘 冬 版权联络：金贤玲 营销主理：贾毅奎
社长：黄 俭 总编辑：白 冰
出版发行：接力出版社 社址：广西南宁市园湖南路9号 邮编：530022
电话：010-65546561（发行部） 传真：010-65545210（发行部）
网址：http://www.jielibj.com 电子邮箱：jieli@jielibook.com
经销：新华书店 印制：中煤（北京）印务有限公司
开本：710毫米×1000毫米 1/16 印张：25 字数：340千字
版次：2012年10月第1版 2019年3月第2版 印次：2024年4月第25次印刷
印数：177 001—182 000册 定价：58.00元

目

录

谈人生 | 人生中的相对论

谈成长 | 人生巷弄里的“打更者”

谈灵感 | 拾起遗漏的稻穗

谈学习 | 生命就是一场追逐

谈交往 | 四海之内皆兄弟

谈处世 | 百尺竿头不可不慎

谈心态 | 点燃快乐的炉火

新版序

写给年轻朋友的人生三书

最近接力出版社提出“人生三书”的策划理念，我特意选出自己三部具有代表性的作品《萤窗小语》《说话的魅力》和《我不是教你诈》，将内容重新编排出版，分别着眼于内在修为、沟通技巧、社会交往三个领域，也是年轻朋友们初入社会、踏上人生旅途必要的三种能力。

在内容编排上，接力社进行了一定的修订和编排，使其更适合新一代读者的需求。

《萤窗小语》讲的是“内省”，教你开拓心灵的世界。它是我的处女作，也是成名作。这次把原先四个单本做成合集，按主题编排为谈人生、谈成长、谈灵感、谈学习、谈交往、谈处世六个篇章，内容更加有条理，希望萤窗边的智慧小语，能够照亮你前面的路。

《说话的魅力》讲的是“沟通”，教你发挥说话的技巧，把不可能变为可能；内容方面再次精炼，梳理归纳为日常交往、把话说好、幽默技巧、沟通秘诀等四大领域，希望读完本书，你也能成为生活中的幽默达人、工作中的沟通王者、社交中的发光体。

《我不是教你诈》可以定义为“防身术”，也是处世锦囊，教你看清这个尔虞我诈的世界。这本书是四个单本的集合，这次按主题将所有文章分为朋友篇、职场篇、商战篇、社会篇四个篇章，方便读者朋友们按场景寻找所需的内容。

这三本书是我的三部代表作，也是人生的三部曲，希望能对大家有些帮助。

刘墉

2019 年 1 月

前言

萤窗寄小语

一九九八年秋，我应邀到昆明的一所大学演讲。那礼堂出奇的大，由于挤进了三四千人，有人站着，有人坐着，还有些人挂在窗台上。只见台下像是高低起伏的小丘陵，但是就在这小丘陵间，举着几个大大的牌子，上面写着——

“萤窗寄小语”。

演讲结束，我问学生：“你们怎么会想到举那些牌子啊？”

“为了让你知道，我们都喜欢你的《萤窗小语》。”

学生的话让我一惊，发觉自己在台湾已经绝版多年的书，居然在大陆有这么大的影响力。

《萤窗小语》是我早期的散文，我在大学毕业后的第一年，写成《萤窗小语》第一集，其后每年一本，正好在三十岁，完成七本。它不但是我早期的成名作，也是影响我一生的书，因为它的畅销，鼓励我继续写作，终于成为专业作家，也因为它为我赚进不少版税，使我能早早还清房屋贷款，并辞去“中视”的工作，到美国留学。

重读《萤窗小语》，像是重温我二十多岁的情怀，看得出那时在大学教“诗社”的我，多么喜欢用排比的对句和引经据典；也看得出因为我画国画，所以加入了许多画论；更见得出那个时代，仍然是相当不开放的，文章都要为读者做结论，才觉得言之有物。

有人分析《萤窗小语》畅销的原因是封面和书名吸引人，有人认为是售价便宜，有人表示由于绝版太久，有人说是因为每一篇都精简而直接，很适合忙碌的现代人阅读。

对于大家的分析我不敢置评，倒是在重编旧作时做了不少检讨，譬如见到自己多年前写《纤纤玉手》时说：“女人的手粗糙干硬，一定是因她曾为家事操劳。她照顾孩子、体贴丈夫，将庭院的草剪得平平整整，将房里每个角落打扫得一尘不染……”

我那时显然有点大男人沙文主义，认为女人只适合待在家里，所以而今改写时加入了“她可能专心工作、亲手操持，牺牲原本柔细的双手，成就一番事业”。

又譬如当年在《残废与残障》文章里，我呼吁大家不要再用“残废”这个词，而该改为“残障”。但是今天我觉得“残障”还不妥当，非但应该用“身心障碍”，而且可以更进一步，成为“身心待治”。因为医学进步，说不定很快就能为缺手的人换上新手，为盲聋的人装上新眼睛和新耳朵。于是这世上就没有身心障碍，只有“有障碍，还没治疗”的人了。

此外，在原版中有一篇《十全十美》，大意是说父母在子女的眼中多半是十全十美的。过去二十多年间，我不知为此接到多少读者的抗议，说父母也是人，不可能十全十美，父母更不像我写的“对子女不自私、不要求回报、没半点虚假”。

而今我想想，可不是吗？我当年显然是把自己看父母的观点，强加在读者身上，所以在这本新编的书中，将那篇文章删除。

多年来，这个社会和我自己有不少改变，所以几乎每篇旧作都有了改动，其中最重要的是简化，我觉得今天的读者远比二十多年前敏锐，所以过去需要再三说明的，今天只需要“点到为止”。

凡此，在校订时，我都做了大幅的修正，删去许多过时的文章，改写了一些较死板的东西，省略了许多结论，并加进一些未曾发表的早期作品。

当然我还是尽量保持了原有的风格，因为二十岁有二十岁的笔法与心灵，我今天模仿不来，更不能否定。我甚至想，自己当时写作的年龄，与学生读者非常接近，正是《萤窗小语》能打动年轻朋友的原因。所以即使有些文章，用我今天的眼睛看来有些稚嫩，仍然予以保留。

文章无所谓新旧，无论时代怎么变迁，总有许多不变的东西，在我们心底流动，由十八岁到八十岁。

“一沙一世界，一花一天国”;“吾不如老圃”,“吾不如老农”;“吾问养树，得养人术”。可不是吗？哪个人的成长与成熟，不是由生活中不断发现得来的？古人的“教条”与“定理”远不如近身事物，更能打动年轻人的心。

愿年轻的朋友们还能从这本书中找到一些智慧与灵感。

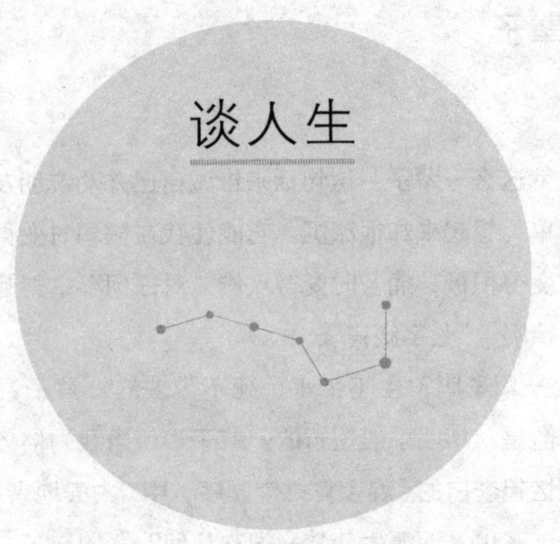

人生中的相对论

人就这么一辈子

我常以“人就这么一辈子”这句话来告诫自己并劝说朋友。这七个字，说来容易、听来简单，想起来却很深沉。它能使我在懦弱时变得勇敢，骄矜时变得谦虚，颓废时变得积极，痛苦时变得欢愉，对任何事拿得起也放得下，所以我称它为“当头棒喝”“七字箴言”。

人不就这么一辈子吗？生不带来、死不带去的一辈子，春发、夏荣、秋收、冬藏，看来像是一年四季般短暂的一辈子。每当我为俗务劳形的时刻，想到这七个字，便忆起李白的《春夜宴桃李园序》中“夫天地者，万物之逆旅也；光阴者，百代之过客也。而浮生若梦，为欢几何？”的句子。而在哀时光之须臾，感万物之行休中，把周遭的俗事抛开，将眼前的争逐看淡。我常想，世间的劳苦愁烦、恩恩怨怨，如有不能化解、不能消受的，经过这短短几十年不也就烟消云散了吗？若是如此，又有什么好解不开的呢？

人不就这么一辈子吗？短短数十寒暑，刚起跑便到达终点的一辈子；今天过去，明天还不知道属不属于自己的一辈子；此刻过去便再也追不回的一辈子；白了的头发便再难黑起来，脱了的智齿便再难生出来，错了的事便已经错了，伤了的心便再难康复的一辈子；一个不容我们从头再活一次，即使再往回过一天、过一分、过一秒的一辈子。想到这儿，我便不得不随着东坡而叹：“寄蜉蝣于天地，渺沧海之一粟。”我便不得不随陈子昂而哭：“前不见古人，后不见来者，念天地之悠悠，独怆然而涕下。”我便不得不努力抓住眼前的每一刻、每一瞬，以我渺小的生命、有限的时间，多看看这美好的世界，多留些生命的足迹。

人就这么一辈子，你可以积极地把握它，也可以淡然地面对它。看不开时想想它，以求释然吧！精神颓废时想想它，以求振作吧！愤怒时想想它，以求平息吧！不满时想想它，以求感恩吧！因为不管怎么样，你总很幸运地拥有这一辈子，你总不能白来这一遭啊！

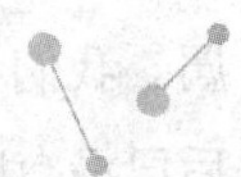

限度

“奇怪！树为什么都长到一定的高度，就再也长不高了呢？”

“幸亏它们不会一直长，否则每棵树都长到几百米，遮蔽在上面，我们就没有阳光了。”

“奇怪！人为什么也长到差不多的高度，就再也长不高了呢？”

“幸亏人不会一直长，否则屋子不知要盖多高，粮食不知要消耗多少，土地又如何够用？”

“奇怪！小动物为什么也都有它的限度，怎么喂，都再也不会变大呢？”

“幸亏小动物不会一直长大，否则猫变成老虎，我们反而会被它吃掉。”

原来这世上什么东西都有一定的限度，生长有限度、生死有限度、能力有限度。这限度，使万物能各守本分，各司其职；这限度也使我们能新陈代谢、世代交替。

生与死

生与死有什么不同呢？当我们被生下来的时候，高兴的不是自己，而是我们的父母、亲人；当我们死了之后，痛哭的也不是自己，而是我们的子女、亲属。我们不为生而高兴，因为那时不知道高兴；我们也不为死而痛哭，因为死后已没有感觉。我们无法为生发言，因为发言时我们已被生了下来，不论被生在富裕或贫贱的家庭，被生为白、黄或棕、黑的种族，我们都没有资格决定；我们也无法为死流泪，因为再抗议，还是要死，不论圣贤愚劣、伟人凡夫，我们总得交出自己的生命。

我们以自己的啼声开始了旅程，又在亲友的哭声中结束了人生。我们离开母体而生，又离开世界而死；我们被一把推上人生的舞台，又被一把扯了下去。似乎生与死这两件人生最大的事，我们一点干涉的权利都没有。

幸而在这当中，我们还能有些作为，使自己平凡地生，却能伟大地死。在母亲一人的阵痛中坠地，却能在千万人的哀恸中辞世。

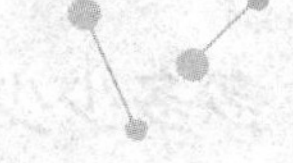

盈与虚

月有阴晴圆缺，人有分合死生，命有否泰变化，年有四季更替。只要你细细观察，便会发现：它们看似无常，却是有常；看似残破，却是完满；看似动荡，实则静止。它们千年万载总脱不开盈与虚、死与生、否与泰、寒与暖、消与长、日与夜、合与分、得意与失意、繁荣与凋零的更换。

所以，熬尽长夜，便能见到黎明；饱受痛苦，便能拥有快乐；耐过残冬，便无须蛰伏；落尽寒梅，便能企盼新春。

所以，余霞展现，便知夜幕将垂；荣华享尽，便知凋零已至；繁花似锦，便待落英缤纷；月明如昼，便知桂魄①将残。

所以，念高危，便当思谦冲而自牧；惧满溢，便当思江海而下百川；享富贵，便当施舍贫穷；掌权势，便当矜恤黎庶。

正因为虚之后有盈，所以充满希望；正因为盈之后有虚，所以知道满足。正因为此虚而彼盈，所以宇宙能均衡；正因为此死而彼生，所以万物能延续。

宇宙之道，不过盈虚而已。

---

① 桂魄，谓月也。如苏轼的《念奴娇·中秋》中有“桂魄飞来光射处，冷浸一天秋碧”之句。

多多少少

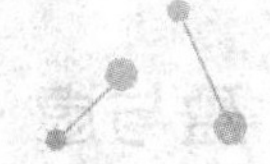

架上的存书愈多，读过的比例愈小。

赚钱的时间愈多，花钱的时间愈少。

已过的年岁愈多，剩下的时日愈少。

存书满架、家财万贯、年事已高，都是既值得自豪，又应该反省的事。

伟大与平凡

我曾经问一个朋友：“你愿意做伟人轰轰烈烈地活着，还是愿意做平凡人简简单单过一生？”

“我选择后者。”

“为什么？”我听了非常惊讶。

“因为做个平凡人也不容易：我希望获得，但要知道满足；我好逸恶劳，但要知道一分耕耘，一分收获；我求取利益，但要知道利义之分；我希望平静，但要不去扰乱别人；我爱好自由，但不干犯法纪的事；我事事为家着想，但要明白‘覆巢之下无完卵’的道理。这是平凡人最起码的条件，听来容易，做起来却不简单哪！”

墨

研习中国书画，不单“运笔”变化多端，“用墨”也是门大学问。就选墨而言，墨有松烟、油烟之分，松烟古厚，油烟姿媚，前者沉郁，后者光彩，需看所画的题材，依个人的喜好决定。

就磨墨而言，陈眉公说：“磨墨如病夫。”意思是速度要缓，力量宜轻，墨质才会细。此外墨汁的稠稀也是学问，过浓的墨容易滞笔，稍稀的墨又显轻浮，是否恰到好处，完全得凭经验。

就用墨而言，古人说：“墨有黑、白、干、湿、浓、淡六彩。”乍看似乎没什么分别，实则正是墨的妙处。用得好，便能见精神、见气魄、见神韵；用得坏，便似油帽垢衣、昏镜浑水，死气沉沉。

此外“墨”与“笔、纸、砚”仿佛朋友，老墨宜用旧纸，好墨当用佳砚，嫩墨适用新笔。必须适当地配合，才能发挥墨的长处。

磨墨也如同做人——

宜直而不宜偏，偏则多渣而易裂；宜常磨而不宜久置，久置则昏暗而易臭。

用墨又如同处世——

可以用浓墨，但不能迟钝；可以用淡墨，但不能模糊；可以用焦墨，但不能浮躁。所以姜白石说：“人品不高，落墨无法。”

野草

你觉得野草卑微得令人不屑一顾吗?

但是你可知道——没有一位登山者不重视野草，因为当他登山失足的瞬间，一把崖间的野草，很可能就是他救命的恩物。

你可知道——许多登山者又都畏惧草丛，因为当他迷途于一片荒草或剑竹林时，很可能那就是他丧生的地方。

所以，任何卑微者，都有他重要的时刻;任何弱小者，都有他可畏的地方。

重生

虽然我们只能被诞生一次，但在其后，却可能有更多的生，那就是所谓“重生”。

当我们大难大病不死，恍如隔世，形同再造时，是重生。

当我们彻悔彻悟，觉今是而昨非，决定从头做人时，是重生。

因为前者使我们体会了生命的价值，后者使我们了解了生命的意义，所以都给予我们更大的感动与兴奋；而说实在的，也唯有当我们知道生命的价值与意义之后，才能真正获得生的愉悦。

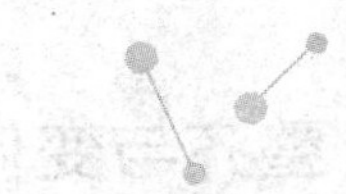

拙与巧

拙与巧，看来相反，其间却有很大的关系。

一个人拙于言辞，却可能巧于思考；拙于作学术研究，却可能巧言令色；拙于表达，却可能巧于观察；拙于动作，却可能巧于心机。拙人守拙，倒可能恰巧得宜；巧人讨巧，却可能弄巧成拙。

同样拙与巧，其间也大有分别。

讲究的巧是精巧，聪慧的巧是灵巧，机变的巧是机巧；拙得纯真是稚拙，拙得实在是朴拙，拙得马虎是粗拙。中国画论更有“大巧便是拙处，大拙便是巧处”。拙与巧，真是很难定义呀！

《墨子·公输子为鹊》中有这么一个故事：

某日，鲁班用竹木制成一只喜鹊，飞上天空，三天都不下来，鲁班自认为很巧，但是墨子不以为然地对他说：“你用竹木做喜鹊，虽巧，却比不上制车轴插头的工匠，三寸长的木料，他们一下子能削好，而且能载五十石的重量，岂不比你有用，也巧得多吗！”

“有利于人，谓之巧；不利于人，谓之拙。”这是墨子对巧与拙的看法。

整齐与变化

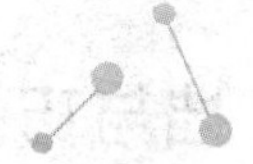

有一个朋友，到纽约研究都市计划，当他学成返国之前，我问他："纽约市最成功的设计是什么？"

"是那条斜斜的百老汇大道。"

我十分不解："大家都认为横平竖直、棋盘式的街道最好，你为什么反而欣赏那斜斜的大道呢？"

"因为斜路从棋盘中穿过，会造成许多三角形的地区，譬如'时代广场''华盛顿广场'，不但造成建筑的多样变化，而且形成特别的聚落与文化景观。"

我又接着问："那么纽约街头给你印象最深的是什么？"

又是令我惊讶的答案，他说："是街头表演的艺人、卖小吃的摊贩和第五大道的马车。"

"这些都是可能造成脏乱的东西，你为什么反而特别喜欢呢？"

"因为一个大城市所要表现的，不只是现代，而且是古典，不仅是繁华，而且是悠闲，不单是整齐，而且是变化。如果一个城市只有整齐与漂亮，却缺少它特有的气质，绝不可能成为伟大的城市。"

"这么说，如果由你来参与国内的都市建设，你一定会鼓励摊贩的设置了？"我说。

"不！我会先严加管理，因为先要求整齐，才能求变化。整齐中的变化是变化；变化中的变化，却可能是杂乱。"

完与美

我们常用“完美”这个词，也就是说完整、完善、完满无缺的美好。问题是:“完”的就一定美吗？不完是否就不美呢？

《米罗的维纳斯》断了双臂[①]，萨莫色雷斯的《胜利女神像》没有了头[②]，但仍旧优美典雅，被认为是西洋美术史上的经典之作。

曹雪芹写《红楼梦》只到八十回[③]，黄公望的《富春山居图》被焚了六分之一[④]，如今看来仍然是不朽的伟作。

毕加索和马蒂斯的许多作品，连画布都没填满。马远、夏圭的许多名迹，常只简略地带上一角，但是更耐人寻味。这许多旷世的珍品，有哪一个因为曾受毁损，或逸笔草草，而被否定了它们的价值呢？

---

① 《米罗的维纳斯》（VENUS DE MILO），古希腊的雕像，1820 年发现于米洛岛，现藏于巴黎罗浮宫，是最著名的维纳斯像。由于发现时雕像双臂已断而且遍寻无着，所以引起许多学者对原作的推测与研究，有人认为她原来是用双手捧着盾或镜子顾影自怜，也有人揣测她是在抽纱编织。

② 萨莫色雷斯的《胜利女神像》（NIKE OF SAMOTHRACE），公元前 2 世纪的大理石雕刻，1863 年发现于希腊的萨莫色雷斯，雕像头部已断，身体做迎风展翅状，是罗浮宫最伟大的收藏品之一。

③ 《红楼梦》又名《石头记》《金玉缘》《情僧录》《风月宝鉴》《金陵十二钗》等，全书共一百二十回，前八十回为曹雪芹所写，后四十回据称为高鹗续成。

④ 《富春山居图》是黄公望的名作，画于元至正十年（1350），后曾至收藏家吴问卿手中，吴死时将此卷投火相殉，幸亏被他的侄子吴子文救出，但是已经焚伤起首一段。此图另有摹本称《子明卷》，原作称《无用师卷》，都收藏在台北“故宫博物院”。

话说回来，什么叫“完”？实质与感觉上的“完”，何者较为重要？如果一件作品，言未尽而意无穷，笔未周而境无边，是否能以“言未尽、笔未周”而责它不够完美呢？

劝说朋友，话不必说尽，只要心领神会，便当止住，否则就是啰唆。亲朋小聚，饮不必求醉，只要陶然快意，便当知足，否则就是酗酒。

写文章，句子不必太显。诡文而谲谏，寓言以讽喻，点景以生情，意味更见深长。

作画，笔墨不必周。以拙为巧，以空为灵，“含不尽之意于画外”，境界更见幽远。

话到七分，酒至微醺；笔墨疏宕，言辞婉约；古朴残破，含蓄蕴藉，就是不完而美的最高境界。

约稿

一位名作家说：“我平生最怕报社或杂志的主编约稿。因为主编既然是约稿，拿到手即使不好，也不便退，结果我为朋友制造了困扰，自己还不知道。又因为主编是熟人，不好意思指摘作品中的缺失，自己更无法改正。”

另一位名画家也对我讲：“自从我成名之后，即使随意涂抹的作品，别人也叫好。有时明明自己不满意，问朋友，大家还是频频赞美，一个劲儿地点头，使我无所适从，不知道自己是真好，还是假好。”

人在成名得势之后，更是自己应当戒慎的时刻。别人愈是信任我们，我们愈当守信，以获得更多的信赖；别人愈是赞美我们，我们愈当自我反省，以创造更高的成就。

睡眠与长眠

虽然人人都喜欢睡觉，可以宰制昼寝，东床高卧，睡到日上三竿还不起床，却没有人希望享受比睡眠更安稳、更持久，且永远不会被打扰的“长眠”。这是因为睡眠还有醒的时候，醒后又能恢复活动。至于死亡，则一睡不起，永远静止，再也不能生活了。

同样的道理，劳碌久了能够休息一下，喧嚣久了能够宁静片刻，都是一种享受。但是如果休息太久，就显得死气沉沉了。

人寿保险

有位保险公司的职员对我说：“绝不能向单身汉推销人寿险，因为他们多半会回你一句：‘保寿险干什么？我死了，赔钱又有什么用？’但是相反，对于那些已经结婚、孩子还小的夫妇，推销保险就容易多了。”

“为什么婚前婚后有这么大的改变？”我问。

“因为他们意识到存在不单是为自己一个人，死亡也不能一了百了。”

文章憎命达

我有一天到一位爱鸟成痴的教授家，发现大部分的鸟都是成双成对，只有画眉、百灵和金丝雀孤零零的，就好奇地问："为什么不让它们也成双成对住在一块儿呢？"

教授笑道："你一定读过王阳明的《瘗旅文》、韩昌黎的《祭鳄鱼文》、屈原的《离骚》、司马迁的《史记》、杜甫的诗和李后主的词吧？如果他们不遭贬逐、不受刑罚、不穷困、不失国，高官厚禄，既富且贵，能留下这许多传世不朽的作品吗？这些鸟也一样，就因为它们孤独，才会唱出悦耳的歌声，如果成双成对地住在一块儿就不会叫了。所以我这样做，不是残忍，而是磨炼呀！"

杜甫说："文章憎命达。"欧阳修言："诗穷而后工。"厨川白村讲："文学是苦闷的象征。"大概都是相同的道理吧。

三十五不是七十的一半

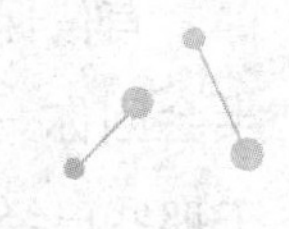

一个年轻人到医院看病，医生诊察之后，叹口气："如果你再不注意保养身体，恐怕活不过三十五岁。"

没想到年轻人一笑："如果人平均活七十岁，三十五岁也有一半，不算太少了。”

医生立刻板了脸：“对，三十五岁确实是七十岁的一半，但这只是对你个人而言，对社会来说却差得太远了。你想想，在二十岁之前，吃父母的、穿父母的，哪一样不是取自家庭，你可曾对社会有什么贡献？所以你即使活了三十五岁，扣掉前二十年，真正能够还报社会的，顶多只有十五年。但是如果你活了七十岁，则能为社会贡献五十年的力量，这之间不是相差太远了吗？所以对于贡献而言，三十五绝不是七十的一半。好好保养身体，多活几年吧！”

收与发

某日我有急事要上阳明山，就拦了一辆计程车坐上去，没想到司机听说我要到阳明山，立刻把车子停下来。我吃惊地问：“你为什么停车啊？是不是不想去？”

“对不起！先生！我只是检查一下，马上就好。”司机笑道。

等他检查完毕，车子发动，我半开玩笑地问：“你刚才在检查什么？是不是怕马力不够，爬不上去啊？”

“我是检查刹车系统，如果到下山的时候，才发现刹车失灵，岂不就晚了吗？所以我不怕没有力量冲，只怕没有力量停。不能发，还没什么；不知收，危险就大了。”

醉与疯

很少有酩酊的人会承认他们醉了，也极少有精神病的患者认为自己疯了。尽管他们步履蹒跚，言行乖谬，但当你对他们说“你醉了！”“你疯了！”的时候，他们都要矢口否认。这是因为他们已经醉了，已经疯了，醉得不觉自己的醉，疯得不知自己的疯。

所以如果你要劝一个人不醉，防一个人发疯，就该在他清醒的时刻警告他、疏导他。等到他已经带有三分醉意，几分错乱，再图挽回，就难上加难了。

量出为入

某次我访问一位九十高龄的老先生，请教他长寿的饮食之道。老先生说：“就饮食而言，要吃得够，不必吃得饱；要量出为入，不必量入为出。”

我不解，请他进一步解释。

老先生笑笑：

“许多人吃饭，总要到饱得撑不下去，才觉得心安，却不想想自己的消耗量有没有那么多，结果不但多吃的是浪费，更增加了身体的负担。这就好比，只为了有口袋，不考虑需要，便总是装满东西；只为了有原料，不考虑机器的力量和市场的需求，就一个劲儿地生产。到头来，口袋当然容易破，机器也自然容易坏。”

长生不老药

由于科学、医药的高速发展，数千年后，人类终于发明了长生不老的仙丹，但是就在要大量生产之际，却引起了很大的争论：有人主张吃，有人主张不吃；有人主张长生不老，有人主张自然死亡。于是两派各推代表举行辩论。

主张长生的代表说："如果吃了长生不老药，我们便不必去信仰上帝，因为不再畏惧死亡；便不必急着做事，因为有的是明天；便不必读历史，因为我们就是历史；更不必敬老，因为人人都能长生不老。"

主张自然死亡的代表说："如果没有死的悲哀，便没有生的喜悦，因为上一代永远不死，下一代的诞生便增加人口压力，便没有了精神的寄托，失去了道德的约束，便不去进取而养成苟且拖延的毛病，便不再有历史上的英雄伟人，因为无法盖棺定论，便很难维系家庭，因为祖父母、父母、子女、孙子女大家都长生不老，一样年轻。"

最后全世界的人投票表决，结果是把长生不老药销毁，永不再研究生产，因为大家发现吃了那种药，只会使人变成不上进、不敬老、不爱幼、道德沦丧的行尸走肉。

崇高的卑微

有一个很小很小的岛，自惭形秽地向上帝诉苦：“上帝啊！您为什么让我生得这么渺小可怜呢？放眼世界，几乎任何一块土地都比我高，别人总是巍然而立，高高在上，甚至耸入云端，显得那么壮观伟大，我却孤零零地卧在海面，退潮时高不了多少，涨潮时还要担心被淹没。请您将我提拔成喜马拉雅山，否则就将我毁灭吧！因为我实在不愿意这样可怜地活下去了。”

上帝笑笑：“且看看你周围的海洋，它们占地球面积的四分之三，也就有四分之三的土地在那下面，它们吸不到一点新鲜的空气，见不到多少和煦的阳光，尚且不说话，你又为什么要抱怨呢？”

小岛突然汗如雨下：“请饶恕我的愚蠢，维持我崇高的卑微吧！感谢上帝，我已经太满足了！”

打与骂

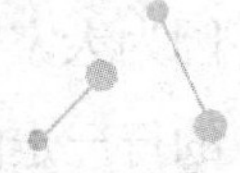

我的水龙头漏水，请工人来修。原来是因为里面的橡胶磨损，造成无法锁紧。

工人把新的橡胶装入，并重新扭上龙头，对我说：“以后关水不要扭得太紧，水恰恰止住就可以了！”

“扭紧一点不是更好吗？”我问。

“不！扭得太紧只会使橡胶磨损和弹性疲劳，反而造成漏水。”

从此，每次我管教孩子，都会想到水电工的那句话。过严的管教，只可能造成孩子的习以为常、阳奉阴违，当孩子把打骂都看成家常便饭时，问题反而更多了！

行到水穷处，坐看云起时

王维的《终南别业》里的“行到水穷处，坐看云起时”，是自古以来画家最爱描绘的境界。而我，除了喜欢以这两句诗入画之外，更爱反复吟咏，咀嚼其中的哲理。

当我们纷忙劳碌，事业顺利，左右逢源的时候，往往并不快乐，因为我们没有宁静，不知休止，更不能体会闲适的美。只有等一朝势落成春梦，仿佛行到水穷处，才将俗务抛开，坐下来，静观烟岚云影幻化的美。

李易安病中曾写过这样的句子：“枕上诗书闲处好，门前风景雨来佳。”不也是在不得意处得“意”吗？

爱河船声

我有一次到高雄出差，晚上没事就跟当地的朋友坐在“爱河”旁边欣赏夜景。正在聊天的时候，远方河面上隐约传来“咚咚”的音响，那声调十分规则，有些像鼓，却又不及鼓声来得响亮，我就好奇地问:“那是什么声音啊？”

“这个你都不知道？”朋友有点好笑地说，“这是河上拖木船的马达声，等下你就会看到了，一条小船用绳子拉着长长的几十根木头在河面行驶，有时浮木上还坐着人呢！他们抽烟、聊天，比我们更惬意。”

“真的？那一定很有意思。”于是我就兴冲冲、眼巴巴地望着河的远方，希望看到拖木船和朋友描述的景象。可是那船似乎行驶得非常慢，只听到咚咚的音响不断传来，却等了半天也未见船的影子。

“真是太慢了，我们一边聊一边等吧。”我说，于是又继续闲话家常，聊了一会儿，我突然想到那拖木船该已驶至眼前，赶紧转过头寻找，但是咚咚的声音依旧，却仍是一片空荡荡的河面。“怎么还没到？”我抱怨地说。

“已经过了。”朋友讲，“你没发现这声音的方向与刚才相反了吗？”我闻言大惊，侧耳细听，果然那咚咚如鼓的音响，已移到了河的另一端，渐行渐远，最后只剩下一片苍茫的夜色、一流潺潺的水声和我一颗怅然若失的心。

唉！人生机遇，稍纵即逝，谁说不对呢？

天堂与地狱

某人死后，灵魂来到一个地方，当他进门的时候，阎王对他说：“你不是贪吃吗？这里有的是东西随你吃。你不是贪睡吗？这里睡多久也没人打扰。你不是爱玩吗？这里有各种娱乐由你选择。你不是讨厌工作，不喜欢受拘束吗？这里保证没有事做，更没人管你。”

此人于是高高兴兴地留下来。吃完就睡，睡够就玩，边吃边玩，但是三个月下来，他渐渐觉得有点不是滋味，于是跑去见阎王：

“这种日子过几天倒还不错，但是时间长了，不见得好。因为玩得太多，我已经提不起什么兴趣；吃得太饱，使我身体不断发胖；睡得太久，头脑又变得迟钝。您能不能给我一点工作，早晨催我起床啊！”

阎王摇摇头：“对不起！这里没有工作，更没人催你早起。”

又过了三个月，这人实在太难受了，于是他又跑到阎王面前哭诉：“这种日子我实在受不了了，如果你再不给我工作，我宁愿下地狱。”

“你以为这儿是天堂吗？这里本来就是地狱啊！”阎王大笑道，“它使你没有理想，没有创造，没有前途，逐渐腐化，这种心灵的煎熬，要比上刀山下油锅的皮肉之苦，更令人受不了啊！”

养花与养人

有一天我下班较早，看见邻居老先生正在整理花架。起初只见老先生拿着剪刀，走向一盆繁茂的花，细细转动审视之后，突然连下几刀，剪去许多看来非常漂亮的枝条。接着老先生又端来另外一盆，而且连看都没多看两眼，就把花连根拔起，除掉附带的泥土，再植入另一盆。我正不解，老先生又从里面提了一壶水出来浇灌，妙的是他不但浇那些枝叶茂盛的盆栽，而且对于一些看来只有泥土，或略见两三枯枝的花盆，更是特别照顾。

老先生浇完花，总算工作告一段落，我就趁机发问："您刚才的这些做法，我真有点不懂，起初一盆好好的花，硬是剪几刀，不是很不近人情吗？接下来翻泥、换土、移盆，不是多此一举吗？最后连些枯枝干土也要浇水除草，不是毫无意义吗？"

老先生笑笑："你们年轻人最大的毛病，就是只看表面，不多思考。养花就好比养人啊！对于那些看似繁茂，却生长错乱，不合规矩的花，一定要狠狠地修剪，免得它们歪斜杂乱，将来才能发育良好。这就好比收敛年轻人的气焰，将他们导入正轨一样。接着我换土疏根，目的是使植物接触沃壤。这就好比要孩子追求上进，离开不良环境，求取更高的学问。至于浇花，我之所以特别照顾枯枝，实在是因为那些植物的枝子，看来已死，却蕴有生机；泥土中更埋有种子，等待发芽。这就好比教育，要特别照顾那些贫苦却有心向上的学生，更得悉心哺育下一代，使他们成长茁壮。你说，我刚才的做法，哪一项是没有意义的呢？"

我恍然大悟地说："怪不得柳宗元讲'吾问养树，得养人术'了！"

盲者的回忆

有一位盲人告诉我，他是在四岁时因病失明的。

“可惜那时你才四岁，什么也记不得。”我说。

“不！我记得非常清楚。父母的笑、花朵的红、树叶的绿、阳光的金黄，直到如今还清清楚楚地印在我的脑海。每当我消沉的时候，就会想：比其他盲人，我不是还幸运得多吗？他们大部分从来就不知道世界是什么样子，我却拥有那么美好的回忆。虽然短暂，已经足够我享用了。”

这位盲人只看过四年，便记得那么多，且知道珍视。我们看这个世界十四年或四十年，又获得了多少？咀嚼了几许？满足了几分？

唉！人总是有得愈多，愈不知把握；见得愈多，忘得愈多；愈富有，愈不知足啊！

美感距离

某年冬天，跟几个朋友去赏梅花。只见傲霜冬枝劲挺，盈盈玉蕊如裁。有人高兴地吟道：“疏影横斜水清浅，暗香浮动月黄昏。”有人唱着：“冰容玉艳腻琼枝，寒梅先报东君信。”这时突然有人道：“残梅最宜熬粥吃，落叶仍好当香烧，咱们摘点回去下酒吧！据说梅花可以做‘暗香汤’，风味绝佳呢！”于是大家你一言，我一语，桂花汤圆、茉莉香片、玫瑰月饼，一切与花有关的食物全出笼了，把原有赏梅的气氛破坏得一干二净。

艺术的欣赏是需要距离的，与实用的想法相差愈远，愈能得到纯粹的美感。所以看到麻雀的图画，我们会觉得生动美丽。但是见到真的麻雀，却可能想去抓几只烤来吃。这是因为画不能吃，而与我们距离较远的缘故。

由于我们总爱以实用的眼光看面前的事物，真不知错失多少美。如果能“保持距离”，屋后那畦菜圃，笼中那些鸡鸭，就都变得美了。

先后、缓急、轻重

某人晚上家里突然停电，他只记得火柴放在什么地方，却忘记了蜡烛的位置，他心想虽然火柴伸手就可以拿到，但是没有蜡烛也无用，所以不先找火柴，而到处摸索蜡烛，结果在黑暗中摔一大跤，进了医院。

有位电视记者准备报新闻，当他整好新闻稿，发现播出的时间已经到了，于是以赛跑的速度冲进五十米外的播报室，虽然他及时赶到，却因为上气不接下气，等了许久才能开始播报。

有一位主妇炒菜时油锅起火了，她赶紧跑到邻居家打电话给消防大队。结果本来自己就能扑灭的小火，却因为这一耽搁，变成大的火灾。

以上这三者的做法，似乎都没什么大错，但是如果第一个人能先找火柴照亮，再找蜡烛，不是方便得多吗？那位记者如果能走而不跑，虽然或许会慢几秒钟，却能一到就开始播报，不是更省时吗？那位主妇如果能先尽力扑救，火灾不是根本就不会发生了吗？

我们做任何事，都得认清先后、缓急和轻重啊！

永恒地存在

叶子绿了，又黄了；花开了，又落了。看到那许多枯叶残花，依依不舍地告别枝头，叹息一声而归于尘土，你会不会想“这去的都不再来了”？

但是春去春回，花落花开，光秃的枝条又将抽出耀眼的新绿，寂寥的小径又将铺上如锦的繁花，往日的失去又都恢复了，看到这些，你还会感觉世界少了什么吗？

正因为残花落叶的归根，才能滋润为沃壤，含蓄为力量；正因为它们的凋零萧索，才会有第二年春天的灿烂；正因为老一辈安排之后的退隐，才会有新一代秩序的登场。在那千千万万的新芽上，在那如焰如火的蓓蕾上，在那些孩子的笑脸上，不正写着逝者的名字吗？

既然如此，你又何必为葬花而落泪，为扫叶而伤情，感时光之消逝，叹年华之老去呢？没有旧的走，如何有新的来？生原是走向死，死原为推动生。在这万古不变、轮转不止、消长更替的宇宙中，我们不会无限地生，却能永恒地“存在”啊！

有用的苍蝇

某年春天我到台湾南投的福寿山农场参观。因为正逢桃梨开花的季节，农场内仿佛织起了一大片粉红的锦缎。可惜的是，在这优美的环境当中，不知从哪儿飞来许多苍蝇，使我赏花的心情大受影响。

“在这高山上，为什么会有那么多苍蝇呢？”我对农场主抱怨。

没想到他笑了笑：“这些苍蝇都是我们花钱从山下运来的。”

“为什么自找麻烦呢？”我说。

“因为它们能够帮助传播花粉，使水果丰收。”农场主笑道，“所以现在看起来，它们虽然是一种小困扰，但对将来而言，却是一项大帮助。”

终止与转化

徐志摩在《歌》这首诗中有一段：

> 我死了的时候，亲爱的，
> 别为我唱悲伤的歌；
> 我坟上不必安插蔷薇，

也无需浓荫的柏树……

当我在国外把以上的诗句翻译给一位朋友听的时候，她说："如果我死了，我倒希望坟上能种几棵树。"

"为什么？"我问，"就算种几万棵树，你也没感觉了啊！"

"对！可是我的身体会化为养分、滋润土壤，使那些树长得繁茂高大，供人们乘凉、取材。这样，我的生命不是又能化为另一种形态，并继续贡献世界了吗？"

她的这段话真是太有意义了，使我想起一位长辈临终时说的——

"死亡不是终止，而是转化。"

小刺

吃鱼的时候，小刺要比大刺麻烦，因为大刺容易发现，小刺必须下很大的功夫才能清除。

做人，小毛病要比大毛病难于改正，因为大的差错，很容易见到，小缺点却必须格外留意才会发现。

虽然有小刺的鱼，经常肉都特别细腻而鲜美，但是许多人就因为怕小刺，而不愿吃那种鱼。

虽然脾气怪异、不矜细行的人，常有特殊的才华，但是许多主管就因为讨厌小毛病，而不愿用那些人才。

生之旅

当我小的时候，每次班上要郊游，总会兴奋得不得了，尤其远足的前一天晚上，更是拉着大人为我准备。其实不用我操心，父母就会把需要的东西装进旅行袋，并且催我早早上床。

第二天，带着父母的叮咛、满怀的欣喜和对目标的憧憬，背着水壶和内容充实的旅行袋踏上行程。通常刚出发时大家最兴奋，在车上尽情地歌唱，但是下车之后往往有好长一段路要走，就没那么轻松了，背上的行囊似乎也愈变愈重。记得那时我曾经对老师抱怨:“为什么这么远，还没到哇？”

“这才叫远足啊！而且走得愈远，风景愈好。”老师说。

终于到达目的地，有一种好轻松的感觉，但是看看周遭的风景，大家似乎又觉得不如当初想象得美。直到这个在溪里抓到只小虾，那个在山后发现了大洞，才渐渐觉得有玩不尽的地方。可是也就在这兴致正浓的时候，老师吹哨子，又得回家了。

人生的旅途不也如此吗？

童年时，我们在父母的呵护下成长，他们为我们安排一切，我们只要满怀着梦想，憧憬着明天就可以了。

但是当我们逐渐长大，就不得不离开父母的身边，带着双亲的殷切希望，与少年的理想闯天下。我们要读摞起来比自己高出许多倍的书，走长远而坎坷的路，度不曾经历的寂寞的夜，受难以忍耐的寒冷与煎熬，世界似乎愈来愈不及我们童年想象得美好。尽管师长总对我们说“吃得苦中苦，方为人上人”、“十年寒窗无人问，一举成名天下知”，但成功是那样遥远而艰苦，我们多么想重温童年的美梦啊!

然后，我们或许闯出了一点事业，一点不尽如人意的事业。虽然再没有人逼我们念不想念的书，走懒得走的路，我们却得去找自己需要的书，开创属于自己的路。最可怜的是当我们发现这个世界如此美好，渐渐能实现童年的美梦时，却暮色已浓，年已垂老，不得不告别人世了。

朋友！趁着时间还早，让我们扫尽荆棘，把路踏得更平吧!

让我们捡起纸屑果皮，把风景区维持得更美吧!

让我们设更多的路标，使得不再有迷途的孩子吧!

尽管我们终将离去，但这里还会有无数的游客来；我们如此做，他们才不致失望，我们也才不辜负自己的“生之旅”啊!

退休与转进

常听朋友说:“某人在退休之后，因为无所事事、志气消沉，而身体大不如前……”

我想，那些人都是受了“退休”这个词的害，因为“退休”从字面的解释为“退职”“退隐”“休息”“休止”，可以说完全都是消极的意味，毫无进取的成分，使许多人一想到退休，就很自然地衰老、停顿了。

其实人生真有退休吗?

如果有，那必是死亡。因为只要我们活着，就不可能“退”而且“休”。我们可以没有公司的职务，但不能丢下人生的职责；我们可以没有固定的工作，但服务社会仍然是我们的工作。持家、教学、读书、运动、习画、种花、养鸟和各种社会服务，我们能做的事真是太多了，怎能因为公务上的所谓“退休”，就真正退而休了呢？

所以人生无退休，“退休”只是“另一个开始”。

井蛙望天

有一个孩子到井边打水，当他正要将水桶往下垂的时候，突然从井底传来一阵歌声。

“是谁在里面唱歌啊？”孩子趴在井边大声问。

“是我在唱歌！”一只青蛙正腆着又大又白的肚皮，躺在水里洗澡，“这井水真是太凉快、太干净、太甜美、太舒服了！使我高兴得非哼上几句不可！”

“哈！哈！哈！哈！”孩子几乎笑弯了腰，“你真不愧是个井底之蛙，陷身在那既潮湿又黑暗的井底，居然还很得意呢！让我把你救出来吧！给你看看这个广大的世界，保险你只要瞧上一眼，就会被世界的美吓得昏过去，而且再也不愿回井底了！”

“谢谢你的好意，外面美丽的世界，你还是留着自己享用吧！在这井底我已经很快乐了，我不相信外面会比这块地方更好。”

“怪不得大家都形容那些见识浅薄，没见过世面的人为‘井蛙望天’，你真是井蛙望天，才三尺不到的那么一小块天，难道就能令你满足了吗？”

“我当然满足，三尺不到的天也是天，你们的天是圆的，我的天也是圆的啊！再说，我这么一只小小的青蛙，何必要太大的天空，那样太浪费了！”青蛙理直气壮地说。

“可是你知道晴朗时万里晴空，半晴时白云舒卷，阴天时浓云密布，落日时满天彩霞的各种变幻吗？”孩子说。

青蛙一笑：“但我也知道天上会降下暴雨，淹没你的田园；刮起台风，吹飞你的屋顶；出现闪电，吓得你往被窝里躲。”它拍拍大肚皮，“可是我都不怕。就算它下倾盆大雨，不过是为我这可爱的池塘多添半桶水罢了！就算它刮起十五级台风，不过给我吹吹风扇罢了！就算它满天闪电，不过给我照照亮罢了！”指指上面，青蛙得意地说，“你别瞧不起我这块天空哟！它虽然小，却只有好处。你也别得意拥有大块的天空哟！要想想它虽然给你好处，但也给你伤害。所以不要想拥有太多，得到太多反而会带来烦恼；更不要骂我井蛙望天，你自己一眼又能看多大片天空呢？”

“好！好！好！算你会讲话，我说不过你，现在请你让开一点，我要打水了！”说完，孩子就将桶抛了下去，在井底激起一个好大的水花。

“喂！客气一点好不好！”青蛙大声喊，“你说井底局促得不成样子，为什么还来我这块小地方打水？你说我生活得十分可怜，为什么还来破坏我的这点宁静？你说我是井蛙望天，拥有的天空不过三尺，可是当你说这句话的时候，却正挡住了我的天空啊！”

谋财害命

提到“谋财害命”，一般人就会想到凶杀案，其实谋财害命不见得是犯法的，甚至可以说，大部分谋财害命的人都不会被抓，因为他们不是谋他人的财，害他人的命，而是谋别人的财，害自己的命。

为了赚钱而一天工作十七小时的工人，为了发财而整年马不停蹄地奔波的老板，为了同时拍几部戏而日夜赶场的明星，为了赚取高薪而专门卖命的替身演员，你说他们哪一个不是在谋他人的财，害自己的命？

所以当我们触目惊心于谋财害命的新闻时，最好反省一下，自己是否也正在谋财害命。

燃火与磨墨

有一天，气温并不很低，房东老太太却点燃了壁炉，然后坐在前面的摇椅上，对着炉火出神。

“天气并不很冷，你生火做什么呀？”我笑着问她。

“你以为生火只是为了取暖吗？”她盯着炉火，无限感慨地说，“炉火给予我的是一种情调啊！看着那一根根粗重的木头在炉子里，起初只是蒸发它的潮气，然后冒出熊熊的火焰，最后却又变成灰烬、化为轻烟，这多像人的一生啊！笨拙地起步、雄健地奔跑、衰竭地停止，到头来不过是几抔黄土、一堆青冢，又能牵得走、带得去什么？”说完，她站起身，往炉中添了一块木头，然后走到我的桌前，此刻我正在研墨准备作画。

“每次看你磨墨，真是累，好好的墨汁不用，却要慢吞吞地磨，磨个老半天。”她歪着头对我笑，笑出了满脸皱纹。

“你以为我只是在磨墨吗？”我说，“我是在沉思啊！你看那无色无味的白水，在这砚中一磨就渐渐发出清雅的香味，变作浓浓的墨汁，然后被濡上了笔，落入了画，给予人们无限的遐思，并留传久远的年代，这不也像人的一生吗？平淡地开始，伟大地创造，久远地影响，虽然到头来那水的成分整个被蒸发而消失了，但是由它所夹带的墨韵与画意，却能长远地流传下去啊！”

“我用火来比喻，你以水来比喻，我用红色的火焰来比喻，你以黑色的墨汁来比喻，我们真是各有一门哲学啊！”她拍拍我的肩膀。

电视剧

某电视公司预告推出一个新的连续剧，但临时因故未能播出。在这前一个连续剧已经播完，后一个剧本却不能登场的情况下，公司只好临时制作了一个只有三集的短剧，来填补空当。

没想到短剧播出之后，居然佳评如潮，许多观众都表示那三集的短剧要比一般连续剧精彩得多。

电视公司的负责人觉得很奇怪，特别派员调查，为什么临时制作的三集短剧反而比投资数百万的连续剧更受欢迎?

调查报告出来了——

当一般连续剧有较高的收视率及广告收入时，电视公司常为了多赚点钱，而将剧集延长，结果造成内容空洞与拖拉松散的现象。

但那三集的短剧，由于事先已决定只播出三天，所以剧情紧凑，高潮迭起，非常吸引人。

调查建议：为了维持戏剧的水准，并使观众从头至尾都留下良好的印象，以后制作连续剧，不可因为广告好而任意延长，也不可因收视率略差而草草收场。

不单电视剧，我们做任何事不都应保持一定的步调与水准吗？如果艺术家因为收藏者喜欢某种风格而尽量迎合，文学家为趋读者的爱好而大量复制，制片人为赶时髦而一窝蜂地拍摄，绝不可能产生最佳的作品。

公德与公义

大家常说要培养公德，我则认为更应该推展“公义”。因为一般人心中，公德是在公共场所应有的道德，只要做到不乱丢果皮纸屑、不随地吐痰便溺、不污染空气、不制造噪声、不插队、不抢座，就可以了。于是导致大部分人只会独善其身，不知兼善天下，只会消极地遵守公德，却不知积极地奉献参与。

至于公义，则是教导大家要急公好义。不但自己守公德，更要纠正他人的不守公德；不但自己守法，更要纠察他人的不法。于是一人作恶，举城斥逐；一人不义，举国声讨。非但见不善如探汤，更能见善恐不及；非但“幼吾幼、老吾老”，更能“及人之幼、及人之老”。

所以，在大部分人都遵守公德的社会，无公德的人照样能够我行我素。但是当大多数人都有公义时，无公德的人自然会消失。在有公德的社会，如果有人滑倒，不一定找得到扶持，因为人们或许会想“我并没有丢香蕉皮，这不干我的事”。相反，在有公义的社会，众人都会跑去协助，因为大家不仅希望做个守法的“好”人，更要做个助人的“义”人。像这样，大家都以天下兴亡、世风良莠为己任的社会还能不安和？国家还能不强盛吗？

因此，我们不但要有公德，更当发挥公义。

演员

演员的快乐是什么？

是他可以借着扮演的角色，抒发自己的情感；他可以用剧中人的笑，笑人间的丑态；也可以通过戏中的哭，哭悲凉的世事。他可以想象自己是那雄才霸略的汉武帝、骁勇善战的奥赛罗、赍志沉江的屈原，或含恨而终的哈姆雷特。在短短两三小时里，他可以从剧中人的喜怒哀乐、悲欢离合，反省自己的人生。

一个有智慧的演员，应该比别人更了解什么是人生，因为他把人生带上了舞台，又将舞台变作了人生。他在期待中登场，于掌声中落幕，在寂静中离开。当他站在台上时，成为所有观众注视的焦点，观众以为他就是英雄、就是烈士，更为他笑、为他哭。但是到了台下，大家顶多只赞美他是一个成功的演员。

人生仿佛一场戏，我们都是其中的演员，有时观众多，有时观众少，但不论观众的多寡，也不管我们演得好坏，落幕时总会获得一些捧场的掌声。

人生好比一场戏，我们都是其中的演员，有人一辈子演主角，有人一生做配角，又有些人只能跑跑龙套。虽然每个人都是演员，每个人的角色于戏中也有必要，但在观众的眼里，却有轻重的差异。

人生如同一场戏，我们都是其中的演员，没有固定的剧本，却有太多同台的其他演员，大家争着表现、抢着露面。台下的观众则水准不齐、秩序杂乱，甚至有许多人半途入场，中间退席。至于场地，更不是缺水，就是停电，一会儿道具不足，一会儿灯光不亮，使许多优秀而卖力的演员，因为外在的配合太差，而无法有最佳的表现。

人生就是一场戏，我们都是其中的演员，哭哇哇地在亲长的围观下登场，生龙活虎地在众人的注视下表演，吹吹打打热闹地落幕，凄凉寂静地在坟土下安眠。如果演得极佳，或是有几位舞文弄墨的朋友，则可能还有篇洋洋洒洒的剧评出现。

人生真是一场最难演的戏，我们都是其中短暂出场的演员！

自爱与自重

有些词，表面看来差不多，意义却大不同。

譬如：

自爱，表面看是自己爱护自己，仿佛有些自私，但“自爱”绝不是“自私”。

自重，表面看是自己重视自己，虽然“重”与“大”总是相提并论，但“自重”绝非“自大”。

问题是：

许多人自爱得过火，只知爱自己，不知爱他人，所以成了自私。许多人自重得过度，以为天下只有自己最够分量，所以成了自大。

现代人

现代人跟过去真是大不相同。

过去的人骑马，常在郊野草原，纵辔驰骋，为的是开阔胸怀；现代人骑马，常局促在尘土飞扬的马场，为的是刺激和运动。

过去的人钓鱼，总在风光明媚的湖畔溪边，志不在得鱼，而在怡情；现代人钓鱼，则常围坐着上炙下溽、人声嘈杂的养鱼池，为的是钓鱼容易，成绩好还能赚钱。

过去的人运动，多在晨光中练拳习剑，为的是活动筋骨、呼吸新鲜空气；现代人运动，则常在下班后匆匆驱车回家，再换上短裤，沿着空气污浊的街边长跑，为的是加强体能和减肥。

过去的人日光浴，总要选择和煦的阳光，以免灼伤皮肤；现代人日光浴，却常选择海滩的烈日和室内的太阳灯，因为这样才能很快晒出“夏威夷的红色”。

现代人就是这么矛盾，他们可能一步路都不愿走（开车），却喜欢长跑；他们可能一步楼梯也不愿爬（坐电梯），却爱好登山；他们可能一点冷也受不了，却开着暖气喝冰水。怪不得有人说：“最现代的美国人，用电之所以为世界之冠，是因为他们开着冷气垫电热毯。”

亨与享

小时候写作文，我经常把“亨”与“享”弄混，但是有一次受到母亲的责备时，我却强辩地说：“亨跟享只差一点点嘛！”

“怎么能说差一点点呢？”母亲说，“亨少那么一画，就不能成为享。好多有钱的大亨，一年到头忙着赚钱，就因为少了那么一点轻松和豁达，就无法好好享用。”

“可是享多了一画，您怎么解释呢？”我不服气地问。

“这也有道理啊！享多那么一画，就不能成为亨。人们往往为了贪享那么一点，就永远当不上大亨。”

由浅入深

“如果一个学生能游二十二米，游泳池的长度是二十五米，我会叫他从浅处向深处游。”一位游泳教练对我说。

“可是他只能游二十二米，游到最后又正好是深水区，岂不是太危险了吗？”我问，“为什么不让他由深水区游向浅水区呢？就算他后来游不动，还可以站起来。”

“因为我发现学生照我的方法，进步比较快。”教练笑笑，“当你由浅水游向深水，起初必定知道保存体力，等到深水区，再拼命向前冲。也正因为最后是在深水带，游不动就会沉下去，所以必定发挥最大的潜能，即使原本只能游二十二米，到时候也能游完整个池子。相反，如果你从深水游向浅水，起初必然拼命，等到力气将尽，眼看自己已经在浅水带，就算原先能游二十二米，恐怕二十米也会耐不住了。比较起来，有五米之差，你说该采取哪种训练方法？”

保存体力，轻松地起步，再拼全力突破最后的困难，要比一入手就紧张，到头来却松懈，效果好得多。

储蓄

“许多人一心想着弄钱，似乎有钱才有安全感，对于这一点，您的看法如何？”有个学生问我。

“‘有钱才有安全感’这句话虽然不对，但也不全错。盈余时知道储蓄，虚空时自然能不致窘迫，问题在储蓄的方法和态度。我想你们小时候都听过蚂蚁和蚱蜢的故事，天气暖的时候，蚱蜢只会玩耍，蚂蚁却知储粮，到了冬天蚂蚁无虑，蚱蜢则因为找不到食物而饿死，由这个故事我们知道储蓄确实能带来安全。但是话说回来，如果蚂蚁过度地工作，甚至冒不值得的凶险，以致积劳或遇难而死，不是反不如蚱蜢了吗？所以，适度的储蓄和节俭是对的，但是只为弄钱而不要命，甚至贪赃枉法、投机行险，就反不如无储蓄的人了。”

权衡轻重

我的儿子很喜欢看故事书，而且碰到不懂的，一定会来问我。

某日他把故事书抱到我的面前，问:“司马光打破水缸救出跌在缸里的小孩，水缸被他打破，不是很可惜吗？”

“但是他如果不打破水缸，又没有大人去救，小朋友可能会淹死，当然只好把缸打破。”我说。

过了不久，他又走到我面前，指着书上的图画说:“乌鸦为了喝瓶里的水，把小石头丢进瓶子里，乌鸦难道不怕小石头弄脏水吗？”

“可是那时乌鸦口渴，又找不到别的水源，当然只好忍着脏了。”我又向他解释。

隔了几分钟，他居然又拿了一份报纸过来，指着上面一则新闻说:“这个小孩在山里割草时被毒蛇咬到，他居然用镰刀把自己被咬的地方割开，然后吸出血水，他怎么下得了手呢？真是太可怕了！”

“因为他知道毒蛇会咬死人，而当时离村子较远，来不及找医生，所以只好这么做，以防毒液的扩散。”我拍拍他，“你由今天的三个问题，可以知道:司马光如果珍惜水缸，小朋友可能会淹死；乌鸦如果怕石头脏，可能会渴死；割草的小孩如果下不了手，可能会中毒丧命。权衡轻重而后取舍，是非常重要的。”

十全十美

钻石很硬，但是怕高温；黄金耐火，但是又重又软；铝很轻，可惜会生锈。

如果钻石能像黄金一样耐高温，黄金能如铝那么轻、如钻石那样硬，铝又能像黄金和钻石一样不生锈，该多好。

这世上不仅是人，任何东西都很难十全十美。

圣母抱基督哀恸像

米开朗琪罗最著名的雕刻《圣母抱基督哀恸像》自从被暴徒损伤之后，圣彼得教堂就采取了最严密的保护措施，不但日夜派人看守，而且把雕像放在大厅的右侧，前面加上厚厚的防弹玻璃，并围起栏杆。

当我前往圣彼得教堂参观的时候，一位意大利的朋友感慨地对我说："如今这雕像已大不如前了，去看的人也不再像以往那样环绕在雕像的四周欣赏，久久不舍得离去。因为过去大家伸手就能碰到雕像，雕像也仿佛是生活在人群当中。米开朗琪罗对衣纹与肌肉的高妙处理，使我们几乎可以感觉雕刻具有真人的呼吸与体温。圣母那沉静中含蓄的悲情，更令每个欣赏者感动。可是如今你只能站在一侧，隔着远远的距离与厚厚的玻璃欣赏，再也看不清那雕像上细腻的衣褶和突显的筋脉，再也无法环绕在她的四周细细地感觉；她已被隔离在人群之外，虽然还是令我们觉得崇高伟大，却失去了过去的亲切感。”

“不论多么崇高伟大，都不能离开群众。”我说，“雕像与做人，道理都是一样的啊！”

警察

有位警界的朋友感慨地对我说：

“警察虽然有‘民众的保姆’之称，但是提到警察，许多人似乎只会想到抓抢劫犯、捉小偷、捕流氓和临检、搜查，却不太会想到警察的救灾、慰民、寻物、领路和维持社会治安。也就因为许多民众不能在心中建立起警察的亲切印象，而无法使警政工作体现最高的效率。”

“我认为目前的警政已经相当成功，为什么许多人还是不能对警察建立起亲切感呢？”我问。

“我想‘警察’这个名称是多少有影响的。使人听到警察两个字，自然联想到警告、警戒和检查、视察。其次则是由于人们小时候建立的错误印象。”

看我不太了解，他进一步说：

“举个最常见的例子，我们总听到父母警告哭闹的孩子说：‘不要再哭了！再哭警察就要来抓你了！’你想想，在孩子的心中怎么可能对警察有亲切的印象呢？所以，我希望以后大家如果再用警察来哄骗孩子，能改为：‘不要再哭了！警察会来帮助你的。’这样久了之后，小孩子迷路，自然会去找警察帮忙，长大之后遇到困难，也会主动请警察协助，更能时时向警察提供各种线索，不但警察的亲切感能建立，警政也必会更成功。”

游泳的本能

世界上没有天生的旱鸭子（喻不会游泳的人），也没有天生的水鸭子（喻会水者）。因为据医学研究，胎儿就仿佛在游泳，所以把初生的婴儿放在水里，能够自然地浮起；但又据体育专家调查，没有一个未曾学习游泳的人，跳到水里能立刻游得好。

前者的研究显示我们有游泳的本能，后者的调查表示我们需要后天的学习；天生的本能只有加上后天的培养，才能发挥。

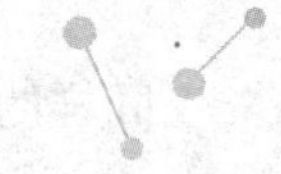

黄昏与黎明

某日下午六点钟左右，我搭朋友的车出去办事，短短半个小时的路程，居然看到三起车祸。

“不怕黑夜，怕黄昏；不怕白日，怕黎明！”朋友感慨地说。

“难道黄昏和黎明比黑夜和白天更容易出车祸吗？”我问。

“当然！黄昏的时候，大家累了一天，都急着回家。而那时，天正由亮转暗，有些人开了车灯，有的人没开，加上经过整个白天，眼睛一时无法适应黄昏的光线，自然容易出车祸。”朋友说。

“至于黎明，则路滑雾重、阳光倾斜，加上大家赶着上班，睡眼蒙眬，手脚又不灵活，当然也比较危险。所以开车，最好在光线亮，人又清醒的白天以及车子少而心理又较谨慎的夜晚，而不宜在黄昏和黎明。”

“你应该讲：不清醒、不灵活、不从容、不戒慎、不适应的时候不宜开车，而无须限定黄昏和黎明。”我说。

虚实相济

练功夫，讲究虚实相济，当对手以为是虚招而不拆不挡时，虚招就化为实招的攻击；当对手硬碰硬接的时刻，实招又能转为声东击西的虚晃。如此，实能转虚、虚能化实，自然攻势可以绵绵不断，力量能够源源不绝。

同样的道理，绘画也要虚实相济。看似重峦叠嶂、密不通风处，若能安排半角茅屋、一湾清浅，或留出几条羊肠小径，迤迤逦逦，转过山后，将欣赏者的遐思引至“画外之画”，未尝不是“实中之虚”。

又譬如在朗朗晴空、氤氤云霭、茫茫水色的空白处，添上几点飞鸟、半抹浅渚、一叶扁舟，笔简而意精、墨淡而味远，则又未尝不是“虚中之实”。

如此，于浓密处见分量、见气魄，虚疏处见幽远、见超脱。实以虚为灵、虚以实为体。虚实相济、灵体相合，自然能成佳作。

谈历史

中国的文字，真是高妙极了，譬如历史的“史”字，下方是手的象形，中间一竖为笔，上方像口的部分，则是所书写的东西，三者加起来，成为“记事者”，也就是“史官”，或今天所说的史学家。

此外，我们也可以说：史这个字是由“手”和“中”两部分结合成的，“中”又有两种解释，一个专指“官府簿书者”，一为“执中不偏”。结合以上许多点，我们为“史”下个定义，就是“记言记事，能执中不偏、秉笔直书，存正、存真者，为史”。

史既然是记录实事，自然种类繁多：依写法的不同，有通史、断代史、编年史等；依内容分，有文学史、美术史、音乐史；乃至专谈史学发展的“史学史”和研究没有成文史之前的“史前史”；甚至风流韵事写成书，也能称为风流史、韵史或艳史。总之，只要有人、有事、有笔、能文，就能写史，即使平凡的日记，只要写得实在，都能称为一个人的“史”。

西谚说：“学历史使人聪明”，也就是中国人所讲的“观古知今，鉴往知来”，一个人能知古、知今、知来，谁能说他不聪明呢？问题是，古为古，今为今，为什么看古人的事，能见出今人的发展？道理很简单，因为这是人类的世界，无论今古，人性是相似的，从基本上的嫉妒、贪婪、疑惑，到较深一层的忍耐、矛盾、妥协；从周幽王到尼禄、从恺撒到拿破仑、从日本的“大名”到中国的“军阀”，尽管时空差一大截，人性的变化却是相似的。所以，一个对历史研究深入的人，往往也是最了解人性的人。

“学历史也使人豁达”，纵观千古的兴废盛衰、荣枯消长之后，发现这茫茫人海、漫漫时空，千变万变，却脱不出历史的定则。成者为王，败者为寇；邦国定、疆臣遂，怎能不令人看破世事，豁然达观呢？

“人事有代谢，往来成古今”①，孟浩然的这两句诗，应该是对历史最恰当的解说了，因为他没有李白的“古来圣贤皆寂寞，惟有饮者留其名”②的消极，也没有杜甫“怅望千秋一洒泪，萧条异代不同时”③的感伤，更不像李商隐发“管乐有才真不忝，关张无命欲何如”④的惋叹。

历史没有错误，更无遗憾，因为历史就是历史，已经发生了，已经定案了，已经绵绵延延地影响下去了，也已经发展到今天。这么说，学历史对我们还有什么好处呢？那当是：

利用前人的经验，以掌握今天，创造明天。

冒险、金钱、沉思

你知道为什么少年人比较喜欢冒险吗？

因为他们眼前有太多的岁月，所以不觉生命的可贵；他们心底有太少的记忆，所以不惜冒险以寻求新的经验。

---

① 见唐孟浩然诗《与诸子登岘山》。

② 见唐李白诗《将进酒》。

③ 见唐杜甫诗《咏怀古迹》。

④ 见唐李商隐诗《筹笔驿》。

你知道为什么中年人比较喜欢金钱吗?

因为他们只剩下一半的年岁，所以渐渐感觉享受生命的重要；他们不再仗恃年轻的活力，所以开始依靠金钱。

你知道为什么老年人比较喜欢沉思吗?

因为他们拥有丰富的过去，却只剩下少许的未来；他们没有体力找寻新的体验，却能静静咀嚼过去的回忆。

知命与认命

我们常用“知命”与“认命”这两个词。

“知命”一词出于《论语·为政》，子曰:“吾十有五而志于学，三十而立，四十而不惑，五十而知天命……”

这个“命”指的是天命，也就是朱熹所说“天道之流行而赋于物者”。

至于“认命”则是认自己的命，认为什么事都属命中注定，理当如此，非人力所能转移。所以认命的命，包括在天命当中，两者的差异是:

知天命的人虽然知，却不一定认；认命的人，认了自己的命，却不一定知天。知天命的人能不违天命，所以达到从心所欲，不逾矩；认命的人，多半不为，所以常听天由命，变得消极颓唐。

由此可知，知命不是认命：知是了解，认是无奈；知是得到，认是放弃。许多人把认命当知命，以为是一种成熟与豁达，实在犯了大错!

得与失

人在大的得意中常会遭遇小的失意，后者与前者比起来，可能微不足道，但是人们往往怨叹那小小的失，而不去想想既有的得。

譬如一位千万富翁，很可能因为损失了两百万元而闷闷不乐，一位经理很可能因为遭受总经理的白眼而心萌去意。他们只计较眼前的小不如意，却不想想自己已经是非常得意的人。也就因此，许多得意者反不如一般人快乐；甚至千万富翁自杀了，经理辞职了，到头来这些得意人，因为自己小处看不开，最终成了真正的失意者。

得与失在我们心中，真是只有一线之隔。我们意以为得，就是得意；意以为失，就是失意。所以，颜渊居陋巷，一箪食，一瓢饮，也能得意在其中。秦王政统一六国，兼并天下，也能失意于其间。大约有得必有失，有失必有得；所得既多，就是再增加，也不觉得欣喜，稍有所失，便诚惶诚恐；所失既多，就是再失，也不感到痛惜，稍有所获，便十分快乐。如此说来，得意何尝不是失意之由，失意何尝不是得意之始呢？

更深一层想，我们人生最大的得意与失意，都无法由我们自己来决定。人生最大的得，应该是“生”，我们从父母处得到生命，不是最大的得吗？因为没有这个得，就没有以后的得，这是得的根本。而人生最大的失，应该是“死”，当这一刻来临，我们便要交出所得的一切，包括自己的生命，这不是最大的失吗？这最大的得与失，我们尚且无法掌握，还有什么得失好计较呢？

《孔子家语》里记载：有一天楚王出游，遗失了他的弓，下面的人要去找，楚王说："不必了，我掉的弓，我的人民捡到，反正都是楚国人得到，又何必去找呢？"孔子听到这件事，感慨地说："可惜楚王的心还是不够大啊！他为什么不讲：人掉了弓，自然有人拾得，又何必计较是不是楚国人呢？"（语译）

"人遗弓，人得之"，应该是对得失最豁达的看法了。就我们个人而言，固然有得有失；就全人类而言，不是都一样吗？仿佛云来云往，雨来雨往，世上总有晴朗与阴雨的地方；又如同生生死死，死死生生，这世间的一切总是继往开来、生息不断。所以，得与失，到头来根本就一无所得，也一无所失啊！

好与不错

好的不一定就不错，错的也不尽然就不好。

钢琴家在演奏会中可能弹错音，文学家在作品中可能写别字，画家在创作时可能有败笔；但是如果从整体看，他弹得好、写得深入、画得高明，他还是好，绝不会因为那一点小瑕疵而被否定。相反，一场毫不错音的演奏、没有别字的文章、笔笔精到的绘画，却不见得就好。

求好心切和得失心过重的人，因为他们审慎无比，所以常能"不错"；但也正因为不敢放手、不够洒脱，而难能"真好"。

从事艺术工作先求不错，再求好，固然不错，但是能先求好，再求不错，未尝不好。

汰旧更新

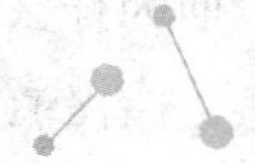

我们常在换衣服时，忘记将原来衣服里的东西拿出来，等到出门之后掏口袋才发现，不是没有钱，就是忘了钥匙，造成极大的不便。

我们常在换新方法、改新组织、订新规章时，将旧有的重要部分遗忘，表面上一切都是新的，问题是：正因为少了那些旧东西，造成极大的偏差。

衣服脏了，当然要换；方法旧了，当然要改。但是在这更换之间，有些东西是永远要保存的。

进一步海阔天空

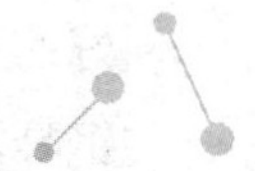

中国有句名言："等片时风平浪静，退一步海阔天空。"[①]西洋有句名言："雄辩是银，沉默是金。"这两句话，都有它的道理，但是如果改为"抢片时风平浪静，进一步海阔天空"、"沉默是银，雄辩是金"，似乎也不错。

这是个分秒必争的时代，我们争取机会还唯恐不及，怎么容得等待和退一

---

① "等片时风平浪静"，又作"忍片时风平浪静"。

步呢?

这是个真理与邪说战斗的时代，恶人“智足以拒谏，言足以饰非”。真理在前，他们还能将黑的说成白的，怎容我们以消极的沉默来对待呢?

遇到风雨，一条路是冲出暴风圈，早早奔向目标；一条路是退回平安的港湾。遇到邪说，一条路是以真理愈辩愈明的信念去辩说，一条路是遵从沉默是金的名言，紧紧地闭嘴。

您说，在今天这个时代，我们应该选择何者?

食髓知味

我想许多人都有这个经验:

当我们看到花生米、瓜子或牛肉干这类食物，不一定会立刻想吃，但是只要一开始，便很难停下来，经常吃到一干二净或撑得再也吃不下去的时候，才停止。

不仅是吃，我们对许多事情都如此。譬如写作和画图，未动手之前，往往并没有创作的冲动，但是只要笔一落纸，就变得下笔千言不能自已、淋漓挥洒不知昏晓。又譬如收藏，许多人起初只是在偶然的机会下买到几件小东西，结果因为玩而爱、爱而好，最后成了整天泡在古董店的收藏家。至于最糟糕的赌博、酗酒和吸毒更是如此，许多人原本只是抱着试试的心理，但是一沾手，便耽迷其中，无法自拔。

食髓知味！这世界上的“髓”真是太多了，只是有的髓滋补营养，有些髓腐蚀伤身，在吃之前，先得认清楚。

清苦与辛苦

“清苦”与“辛苦”，看来一样，其实大不同。

“清苦”固然苦，但是苦得清明恬淡；“辛苦”不但苦，而且窘迫辛劳。颜渊居陋巷，一箪食、一瓢饮，是清苦而非辛苦；千万富商，汲汲营营、忙忙碌碌，是辛苦而非清苦。

辛是辣，辛苦刺激而伤身。

清是淡，清苦平淡而养廉。

聪明人

聪明人常用笨方法治学，他们划定年表、列出公式，再三假设、不断考证，非有百分之百的把握，绝不下结论。

笨人常用聪明方法治学，他们投机取巧、乱套程式，自由心证、凭空捏造，只要有几分把握，就贸然对外发表。

正因为聪明人不怕用笨方法，所以聪明。

正因为笨人自以为聪明，所以愚笨。

刽子手与屠夫

人们总称那些杀人不眨眼、残害善良、无恶不作的人为“刽子手”。但是有谁想到，刽子手只是一种职业。刽子手杀人，并非他自己要杀，是有人命令他杀。魔王的刽子手常杀好人、圣王的刽子手总杀坏人。刽子手这个工作本无善恶，善恶在对他下令的人。

杀人的叫“刽子手”，杀牛羊猪的叫“屠夫”。人们似乎对屠夫也没好感，不论中外，称人为屠夫，多半带着轻辱的意味。但是没有屠夫，谁为我们送上宰割好的鲜肉呢？如果这个世界上没有屠夫，而人们又不得不吃肉，只怕每个人都要变成屠夫了！

慎谋与能断

我们常用“慎谋能断”这句话来赞美人。乍听，慎谋与能断，似乎是一回事，实际大不然。有些人能慎谋，却不能评断；有些人能判断，却不善策谋。前者由于想得太多，揽得太杂，加上优柔寡断，常造成朝令夕改，步调不统一。后者由于不能深思熟虑，常易鲁莽从事，流于仓促草率。唯有慎谋能断的人，才能表现得既有远谋，又见胆识，更显魄力。

问题是，这个世界上，慎谋且能断的人实在不多，因为慎谋的人善于推想，想得太多，钻得太深，反拿不定主意；能断的人，善于权衡，由于他着重于大处，所以常意有未周，顾得不全。只有“慎谋”与“能断”合作，才能撷长补短，有最佳的表现。

唐代名臣房玄龄、杜如晦，时人称为“房杜”。唐太宗以他们为左右仆射，有事必与二人商量，而玄龄善谋，如晦能断，加上太宗善任，所以能有贞观的治世。由此可知贤明的君主必须有雄厚的幕僚；能断的领袖，必须有辅佐的谋士。

人生的赌博

人生像一场赌博，生命是我们的筹码，虽然起初每个人的筹码大约相同，但赌的久暂和生命的长短却大有差异。

有些人爱豪赌，下的注大，固然刺激强、赢得多，却常输得快；有些人只是小玩，他们虽然下的注少，赢不了许多，却常能玩得久，而且乐在其中。

天才如李贺、凡·高属于前者，知足常乐的小民属于后者。

前者早早地赔上生命，却赢得千古的名声；后者虽然平淡，却换得闲适的人生。

漂亮与美

“漂亮”不是美。前者偏重表面的装扮和技巧，后者偏重内在，除了外表之外，更能耐人寻味。所以美的人，比漂亮的人来得悠闲雅丽；美的图画比漂亮的图画来得蕴藉深沉；事情做得美好要比做得漂亮更实在且完满。

问题是：世上美的人少，漂亮的人多；美的风景中，常盖上几栋不相称的漂亮房子；美的首饰，常为了打扮漂亮的人；本来可以办得极美好的事，常因为只求做得漂亮，而未能尽善。

漂亮有时真是美的敌人哪！

过熟

水果要熟，但是不能过熟，因为过熟则烂。

朋友要熟，但是不能过熟，因为过熟则狎。

读书要熟，但是不能过熟，因为过熟则泥。

技巧要熟，但是不能过熟，因为过熟则流。

所以，在水果店很少有人挑熟透的水果，因为那些水果买了得立刻吃，是不堪放置的。

所以，古人说君子之交淡如水，小人之交甜如蜜，因为蜜过了头会腻，反不如知心而不贴肤的朋友来得久长。

所以，古人说“尽信书不如无书”。因为人们对倒背如流的作品，反而少去省思。结果一开始便认为必然，太熟了之后认为当然，久而久之便不知其所以然。

权衡轻重

女词人李清照和她的丈夫赵明诚，是中国历史上有名的收藏家。据《金石录后序》记载，当建炎三年，赵明诚与李清照告别时，曾叮嘱他的妻子：“如果时局愈来愈紧，不得不跟着大家一块儿逃难，为了轻便，可以先把辎重丢掉，然后抛弃衣被；如果还不得已，则将收藏中的书册卷轴扔掉；再不得已，只好牺牲古器物。唯有所谓宗器，必须随身携带，宁可负抱着与身俱亡，也不能将它失去。”

在我们一生中，不是都可能遭遇为顾全大局，而牺牲小处的情况吗？我们必须不断地权衡轻重得失，以决定牺牲的分量和等级。

为了工作，我们可以牺牲娱乐；为了孩子，我们可以牺牲睡眠；为了保全生命，我们可以抛弃身外之物。但是当我们遇到比生命更宝贵的事物时，则不得不牺牲生命。

自我毁灭

鹿常因为角太长，而缠身灌木丛中跑不出；
龙虾常因钳子太大，而被拖累得逃不掉；
斗鱼常因为攻击鱼缸上自己的影子，而活活撞死；
人常因为过度发展武力，而自我毁灭。

小错大误

用两根手指打字，练熟了，也能打得蛮快。
以狗刨式游泳，游久了，也能浮潜自如。
垂着两肘弹钢琴，弹惯了，也能弹得不错。
问题是：
你想精益求精，更上一层楼，就不可能了。

许多错误，平时看不出来，犯错的人还可能自认洒脱，只有遇到最严格的考验，才会显出弱点。

表面的类似

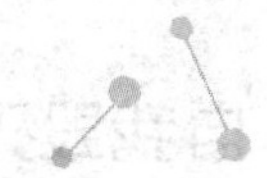

如果你二十岁的时候，体重六十一公斤，现在五十岁，还维持不变，是否就表示你的体形还跟三十年前一样呢？会不会只因为你的腰粗了、肚子挺了、膀子松了、胸肌瘪了，减了这儿、添了那儿，所以“总重量”才不改变？

如果你十年前每天早上六点起床，晚上十点睡觉，而今依然如此，是否就表示你如十年前一样充满活力，且能在一天当中做同样多的事呢？会不会在这十六小时当中，你学会了自我妥协、敷衍塞责，速度比以前慢，创意也不如从前了？

体重的不变，不代表体形的不变；工作时间的不变，不表示工作效率的不变。当我们在比较表面的数字时，也应作实质的反省。

圆珠笔与人生

圆珠笔常有个缺点，就是初用时虽然有满管的油墨，但不够滑；渐渐变得顺手时，又有出油太多的毛病，不但容易弄脏笔画，而且使原本已经不多的油墨，消耗得更快。

人生就像圆珠笔。年轻有冲力的时候，因为经验不足，而且有棱有角，做事总不顺；渐渐事业上了轨道，又不知保养身体而经常透支；等到悟出人生的真谛，从心所欲不逾矩的时候，却已经到了生命的尽头，而不得不向人世告别了。

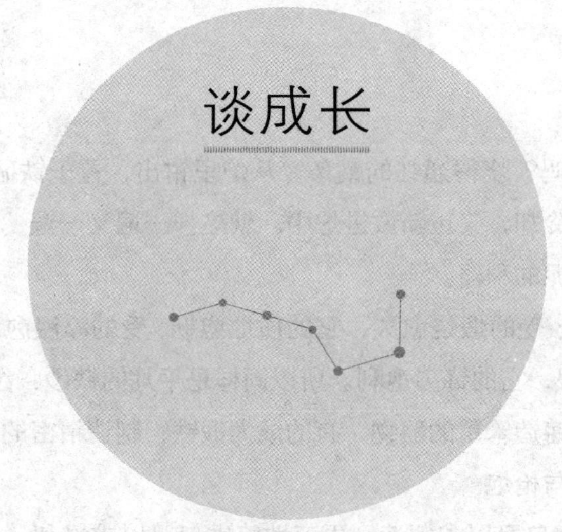

人生巷弄里的“打更者”

铸剑

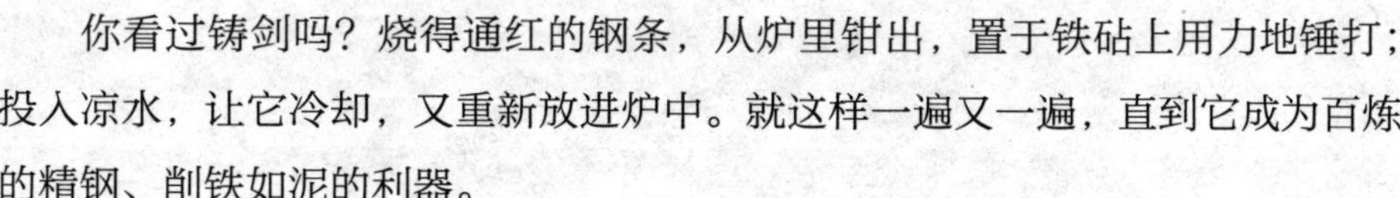

你看过铸剑吗？烧得通红的钢条，从炉里钳出，置于铁砧上用力地锤打；投入凉水，让它冷却，又重新放进炉中。就这样一遍又一遍，直到它成为百炼的精钢、削铁如泥的利器。

钢铁就像人：受的煅烧愈久，它的质地愈韧；受的淬浸愈冷，它的意志愈坚；受的磨砺愈狠，它的锋刃愈利。所以同样是平凡的铁砂，经过不同的冶炼，有的成为生铁，铸造笨重的器物，有的成为锻铁，制造精密的仪表，有的成为钢铁，塑造刀剑与枪炮。

“再三地燃烧自己以求塑造，再三地淬砺自己以求锋利。”能这样的铁砂，才能成钢；能这样的凡夫，才能成伟人。

打更

如果你不曾目睹，想必在电影里也见过，那旧时夜间的“打更者”。他们拿着梆子和锣，一边敲打着报时，一边反复地说：“夜深了！小心火烛！谨防盗贼！”那低沉的声音，回荡在寂静的长廊小巷，有一种特殊的味道。

“大家都入梦了，有几个人听打更的声音呢？”打更者心里明白。但是他仍然一年四季，冒着风雨霜雪，走过长长的巷弄，一遍又一遍地提醒人们:“夜深了！小心火烛！”一遍又一遍地告诉大家:“新的时辰来了！现在是 × 更天了！”

随着时代的进步，打更已成为过去的事，但我们在繁忙的生活当中，在昏沉而容易疏忽的时刻，仍然多么需要一位警醒我们的人，不厌其烦地告诉我们:“把握时间哪！不要出错啊！”

如果没有那么一个人，我们是不是在心灵的巷弄中，也该有一位“打更者”，随时自我提示、自我反省?

清华与古厚

近代国画大师溥心畬曾说:“画山不难于巍峨，而难于博大，不难于清华，而难于古厚。”意思是画山求突兀峥嵘的姿态容易，求连绵回环的体势困难，求秀丽明媚容易，求古朴浑厚困难。

这句话讲得真是太好了，我觉得它不但可以形容绘画，更可以比喻做人——要想特立独行容易，欲求包容化育困难；要想清新脱俗容易，欲求敦厚含蓄困难；要想崟崎磊落容易，欲求德泽广被困难；要想孤高雅洁容易，欲求蕴藉拙朴困难。

作画与做人，不是相通的吗?

计划生命

如果上帝告诉我，还有五十年的生命，我会照原来一样过日子。

如果上帝说我还有十五年的生命，我会加紧努力，完成自己的理想。

如果上帝说我还有五年的生命，我会及时行乐。

如果上帝说我还剩五个月的生命，我会好好安排身后的事。

如果上帝说我还剩五个小时的生命，我会赶紧写下遗嘱，见亲人最后一面。

如果上帝说我只剩五分钟的生命，我会立刻拿起电话，打给最爱的亲人，说一声:“我爱你！”

每个人都会死之，只是不知道什么时候来临罢了。它可能还相当遥远，也可能此刻正敲我们的房门。对于那些意外死亡的人，有谁能在前一刻就预料自己会死呢？如果知道，他们必会把握最后一点时间，做他应做的事；如果他前一年、前十年知道，也必然会改变原先行事的步骤，计划自己有限的生命。

生物的可悲，是从生下来便走向死亡。

如果说“你是在走向坟墓”，你会不承认吗？

如果说“你当计划自己不预知，却必将来临的死亡”，你会反对吗？

如果说“你必须把握现在所有的每一分、每一秒，因为它可能是你最后的一分、一秒”，你会认为错吗？

所以，赶紧努力吧！

迟

我有一次坐火车到水牛城去，火车离开纽约的时间比原定计划迟了二十分钟。但是当我问查票员抵达目的地的时间时，他却说要迟到一个钟头以上。

“我们只迟开了二十分钟啊！”我不解地问，“为什么会迟到那么久呢？”

“虽然我们迟开，但是别的列车并没有迟，所以在路上的许多地方，我们得停下来让别的车先过，等来等去，就非得耽搁一个小时以上了。”查票员笑着说，“火车上有句俗话：迟开一分钟，晚到十分钟。”

拳击赛

一位拳击手对我说：“拳赛的时候，你必须紧紧盯住对手，即使右眼被打到，遭击中的那瞬间，左眼仍然要睁大，唯有如此，你才能避免连续挨揍，也才能适时还击。如果当时左眼也闭上了，不但不可能安全，连左眼也会跟着挨上一记。所以打拳最重要的是面对现实，即使在最困难的时刻，也要正视对手，并把握机会，随时反攻。”

“即使右眼被打中，左眼仍然要瞪大。”这是一句多么残酷又真实的话！

时间的痕迹

你想知道一棵树的年龄吗？请数数它的年轮。

你想知道一条鱼的年龄吗？请看看它的鳞纹。

你想知道一匹马的年龄吗？请摸摸它的牙齿。

你想知道一件古物的年代吗？请测验它氧化的程度。

时间在每样东西上留下痕迹，只要你细细观察，即使是一分一秒，万物都在变化。

如果有一天，日夜不再交替，叶子不再枯荣，人不再死生，雁不再去来，我们还会感觉时光的移转吗？所以时间就是改变，改变就需要时间。抓住时间，以改善自己、改善环境、改善世界，就是生命的意义。

迎向光明

有光的地方就有影。光强时显得影深；光弱时变得影淡。面对光明时，影子便在背后；背对光明时，影子就在眼前。

所以我们想要拥有光明，就不能抱怨阴影；想要拥有快乐，就不能抱怨忧愁；想要获得成功，就不能害怕失败；想要摒弃眼前的黑影，就当迎向光明。

显微与望远

同样是运用光学原理，有的人发明望远镜，以观测遥远的星辰，有的人却发明显微镜，研究身边的细菌。

同样是探险，有的人乘火箭进入太空，一探广寒的蟾宫，有的人却乘潜水艇深入海洋，发掘地球的奥秘。

所以，同样是做学问，我们可以追索遥远宽广的一切，也可以探求眼前细微的事物，可以遐想，也可以慎思。只要往深处着手，小之内，大之外，总会有所获得。

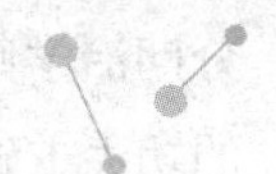

挺胸

学生时代，有一位长辈对我说：“你要成功，就得挺胸，改掉弯腰驼背的毛病。”

在那之后，我虽然照他的话做，但并不了解为什么挺胸有那么重要。所以最近当我又遇到那位长辈时，就问：“自从我改掉弯腰驼背的毛病之后，做事似乎比以前顺利得多，挺胸为什么有那么大的妙用啊？”

那位长辈拍拍我的肩，笑着说：“你现在终于体会了挺胸的好处。挺胸所能表现的真是太多了——美国人的挺胸是健康，英国人的挺胸是矜持，德国人的挺胸是自信，中国人的挺胸是风骨。挺胸表现了精神、魄力以及面对现实、迎向战斗的勇气。所以挺胸也是迈向成功的第一步。”

分期付款

不知从什么时候开始，人们发明了分期付款的办法。房子可以分期付款，电视、冰箱可以分期付款，甚至衣服、皮包也可以分期购买。自从这个办法施行之后，大家的购买力一下子增强了许多，从前不敢想的，现在都拥有了。虽然每个月要付款，但是由于期数多、金额分散，并不觉得吃力，所以有人说："现代社会最大的福利制度就是分期付款。"

我觉得分期付款这个办法，除了可以拿来买东西，也可以用于治学。看来令人生畏的巨著，每天读一点，很轻松地就能看完；仰之弥高的学术境界，持之以恒地钻研，时间久了也能达到。

当然分期治学和分期付款仍有些差异，那就是分期付款是先享用后付钱，分期治学则是先下功夫后享用。分期付款的钱付完了，东西也旧了；分期治学的功夫下够了，学问则愈扎实。

由以上的比较可以知道，分期治学要比分期付款更划得来。可是现在却有许多人，只知分期付款买昂贵的东西，却不知分期治学求高深的知识，从不嫌分期付款的东西贵，却要喊"这本书太厚了，我读不完；那样东西太难了，我学不会"。这岂不是很滑稽吗？

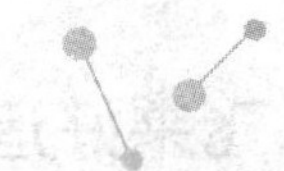

上多少班

由于日本造的汽车给美国汽车工业很大的打击，而引起美国朝野的重视，大家纷纷想找出问题的症结，到底美国的汽车竞争不过日本，是因为成本太高，设计不佳，还是品质不良?

有一次在新闻专访中，主持人劈头就问美国福特公司负责人:“是不是美国工人的时薪太高?”

负责人的答案非常简短而耐人寻味——

“不在于每小时工资多少，而在于用了多少小时啊！如果工作效率奇高，就算工资高得离谱，也可能划得来;如果工作效率低，就算工资低，也无济于事。”

他的话真是太有道理了。在过去的农业时代，由于多半靠劳力，人们工作效率的差距是较不明显的;但是今天，因为使用各种机器和电脑，操作者技术、速度、反应和积极性的小差异，常能造成极大的不同。所以经营者绝不能计较表面工资的高低，却忽略根本的工作效率，更不能以为工作的时间长，就代表了工作的成果高。

如果一个星期上四天班，而让员工有时间运动休闲进修，达到上五天班的工作效率，何必非要他们多费许多体力和交通费，跑到办公的地方“报到”呢?

不在于每小时工资多少，而在于用了多少小时。

不在于每星期上“几天班”，而在于上了“多少班”。

这是一种很重要的观念。

飞来好运

据《唐才子传》记载，名诗人钱起早年在京口客舍，听到户外有人吟诗：“曲终人不见，江上数峰青。”走到外面观看，却不见人影。正巧后来他入京考试的诗题为“湘灵鼓瑟”，钱起就将听来的那两句带入诗中，获得主考官的激赏，中了进士。

假使真如《唐才子传》所载，钱起可以说是十分幸运地当了官。但是话说回来，如果从那以后，他不继续用功，再难有佳作示人，又岂能受人重视，而被誉为“大历十才子”之一呢？

所以飞来的好运固然可喜，但接下去的努力更为重要。

振作精神

你注意过那些精神抖擞的人吗？他们容光焕发、皮肤润泽，头发像是柔滑的绸缎，眼睛如同清澈的湖水，即使是老人，面上的皱纹也仿佛奔腾的川流，充满生气。

你注意过那些意兴阑珊的人吗？他们形容枯槁、面容憔悴、皮肤干涩、首如飞蓬、双目无光，即使是年轻的少女，双颊也仿佛塌陷，眉宇也尽是忧戚。

精神，就像春风。当她骀荡过原野，冰河便将咔嚓咔嚓地解冻，枝头便将抽出耀眼的新绿，花朵便将纷纷地绽放。

振作精神，迎向风雨和战斗吧！

只要你把精神提起，世界便将改变，你便将年轻，阳光便将展现，胜利便将来到。

持志以养气

伯牙曾鼓琴于江畔，孔子曾观水于川上[①]，严光曾垂纶于富春[②]，陶潜曾采菊于东篱。他们岂仅是鼓琴、观水、垂钓与采菊而已，实在是以之托寄性灵、抒发胸怀、感悟人生。正因此，才表现出巍巍荡荡之志，悟出德道法正之义，不慕荣利，忘怀得失，为后代所景仰。

同样的道理，我们从事音乐、美术、文学的创作，绝不能停留在表面的技巧，而当持志以养气，博学以明理，血泪以俱，生死与之，才能成不朽的作品。

---

① 见《荀子·宥坐篇》：“孔子观于东流之水。子贡问于孔子曰：‘君子之所以见大水必观焉者，是何？’孔子曰：‘夫水遍与诸生而无为也，似德；其流也埤下，裾拘必循其理，似义；其洸洸乎不淈尽，似道；若有决行之，其应佚若声响，其赴百仞之谷不惧，似勇；主量必平，似法；盈不求概，似正；淖约微达，似察；以出以入以就鲜，似善化；其万折也必东，似志。是故见大水必观焉。’”

② 严光，东汉余姚人，本姓庄，避明帝讳改姓严，一名遵，字子陵。少与光武同游学；及光武即位，光变姓名，隐居不见；帝思其贤，物色得之，除谏议大夫，不就；归隐富春山，耕钓以终。后人名其钓处曰严陵濑。

尽善尽美

国画大师张大千说过一个故事：

他某日去拜访一位画家朋友，当时那朋友正在挥毫，作品已经完成了十之八九，气势相当不错。大千先生就赞赏了几句，没想到那位朋友立刻在未完成的画上题了字，并说："既然你喜欢，现在就送给你吧！"大千先生回问："不是尚未完成吗？"他的朋友却讲："你不是已经觉得很好了吗？这样就可以了。"说到这儿，大千先生感慨地说："这种不敬业和不求尽善尽美的态度，实在要不得啊！"

在这个世界上，得别人夸赞一两句，就自以为已经不错而停止奋斗的人真是太多了，也就因此，他们无法达到最高的境界。

坚持到底

当莱特兄弟研究飞机的时候，许多人都讥笑他们是异想天开，当时甚至有句俗语说："上帝如果有意让人飞，早就使他们长出翅膀了。"但是莱特兄弟毫不理会，终于发明了飞机。

当伽利略以望远镜观察天体，发现地球绕日的时候，教皇曾将他下狱，命令他改变主张。但是伽利略依然继续研究，并著书阐明自己的学说，终于在后来得到证实。

最伟大的成就，常属于那些在大家都认为不可能的情况下，却能坚持到底的人。

争取胜利

当我做电视新闻主播的时候，有一天，我报完新闻，接到一位老先生的电话，他以非常亲切的口吻对我说：

“刚才您播报的新闻稿中，有一句是‘迎接胜利’，我觉得有点不妥，应该改为‘迎取胜利’或‘争取胜利’，因为胜利不是迎接就会来到的，必须付出血汗的代价，才能获得。‘迎接’不够积极，我们要的是赢得、是争取、是主动地攻击与战斗。”

从那以后，我写稿绝不用“迎接胜利”这句话，遇到别人的稿件有相似的句子，我也一定建议他改为“争取胜利”。

胆大妄为

我们常骂人“胆大妄为”，我认为胆大妄为的不好，不在“胆大”，而在“妄为”。有时候正需要胆大才能获得突破性的进展，但是如果只知大胆地发，却不会小心地收，就要不得了。

所以科学家除了大胆地假设，更得小心地求证；艺术家除了大胆地下笔，更得小心地收拾；军人除了要大胆地攻击，更得小心地计划。

只知大胆，而不小心，是有勇无谋；只知小心，却不大胆，常难有创造。两者兼备，才能成功。

不做不对

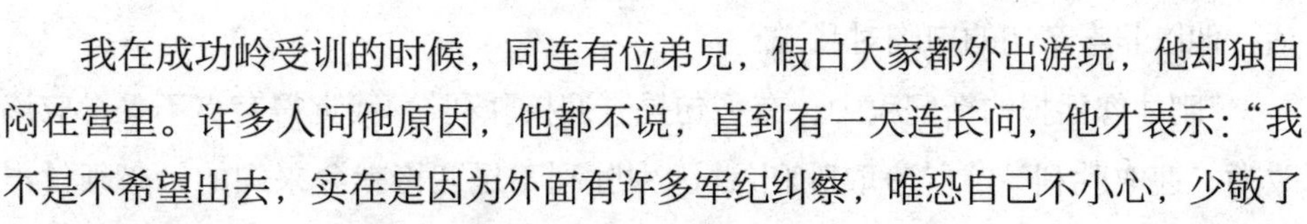

我在成功岭受训的时候，同连有位弟兄，假日大家都外出游玩，他却独自闷在营里。许多人问他原因，他都不说，直到有一天连长问，他才表示："我不是不希望出去，实在是因为外面有许多军纪纠察，唯恐自己不小心，少敬了个礼，或忘扣一个扣子而被登记，有损连的名誉。"

连长听了之后说："你这种爱护团队名誉的想法当然不错，但是军人就要有冒险犯难的精神，如果事事消极，又怎么主动出击呢？所以我们不能逃避现实，更不能等待机会，而应该创造优势；别想不做不错，而要想不做不对。"

严以责己

某日我与一位朋友在家聊天，碰巧有两个以前教过的学生来访。谈话中，我问他们："最近忙吗？"

一人回答："真是太忙了，我不是忙着练字，就是忙着作画。"

另一个说的也差不多：“我也很忙，不是忙得没能练字，就是忙得没能作画。”

学生走了之后，我的朋友感慨地说：“这两个学生都不错，可是后者尤其会成功。”

“为什么？”

“因为前者律己以宽，后者责己以严。前者容易骄矜自满、伐善施劳；后者却能自我要求、更上层楼。”

登山

同样是登山，有的人一边爬一边驻足看山下的风景，有的人认定目标，一个劲儿地往上攀。前者虽然爬不了多高，却颇得登山之乐；后者固然可能及时到达峰顶，享受一览众山小的壮阔，但也可能半途累垮，或虽然到达顶峰，却天色已暗，什么也见不到了。

人生就像登山，有的人欲望不大，步调缓慢，虽不能有杰出的成就，却享受了生活的乐趣。有的人理想远大，却能力不足，结果半途而废，壮志未酬。又有些人虽然意志坚定，达到了理想，却已是年老体衰，难有作为。只有极少的人是既有远大的抱负，又具卓越的胆识和超人的体力，能直登绝顶，看群峰拜于衽席之下，享受尺寸千里的美景。

先审度一下自己的能力再登山吧！爬到高处也往下看看，享受一些繁忙中的快乐吧！免得到头来什么都没看到，却已经不得不结束这“生之旅”了。

残而不障

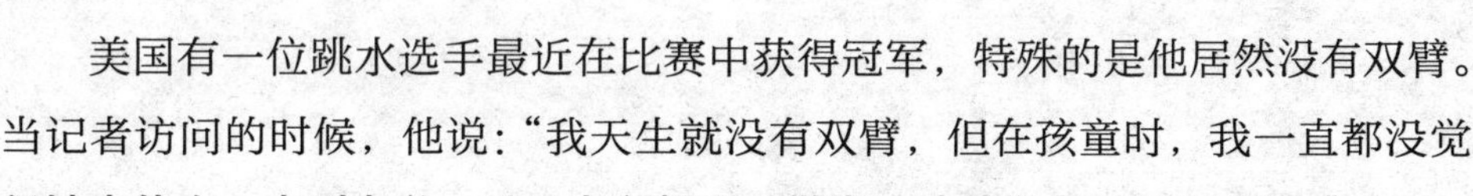

美国有一位跳水选手最近在比赛中获得冠军，特殊的是他居然没有双臂。当记者访问的时候，他说：“我天生就没有双臂，但在孩童时，我一直都没觉得缺少什么。直到上学，看见大家都用手做事，才感觉自己是个残障。”

我们的不满与自卑，常是经过比较产生的。如果世界上每个人都没有双臂，相信大家会跟那位跳水选手小时一样，不觉得有什么不便。相反，如果把我们从小就放到一个长四只手臂的外星人世界，恐怕相形之下，又要自觉残缺了。

身心障碍的人啊！如果你不跟别人比，就不会觉得自己少了什么。

正常的人啊！如果你去跟残障的人比，就会觉得自己多了一些。

胜任愉快

许多人认为，能够找到“胜任愉快”的工作，是最理想的，其实不尽然。因为能够使我们胜任的工作，常是我们既有的能力，便足以应付的，固然做起来轻松愉快，却难使我们有大的长进；反倒是那些我们稍微力所不及的工作，使我们能“因而学之，勉而进之”，由不熟而熟，由不知而知，能有较大的突破。

所以当我们选择工作的时候，一方面要使自己能“学以致用”，一方面更应该要求在工作时，能够“用以致学”。如果工作了十年之后，能力毫无长进，就算“胜任愉快”，又岂能称得上成功？

铅球与稻草

如果我拿出一个铅球、一小块石头和一根稻草让你掷远，你会选择哪一个？

当然是石头！因为铅球太重，稻草太轻，太重的掷不动，太轻的又使不上力气，只有重量适中、体积不大的石头能掷得最远。

如果有狂傲刚愎、不卑不亢和怯懦保守的三个人由你提拔，你会选择哪一位？

当然是不卑不亢的，因为前者用不动，后者扶不起，只有中间那个，不重不轻，“分量”恰当。

暂停

在棒球场上，碰到投手不稳、守备疏忽的情况，教练要叫暂停，以求安定军心，鼓舞士气。

在篮球场上，遇到阵脚混乱、频频失分的情况，教练也要叫暂停，为的是指导战略，稳定情绪。

在人生的战场上，如果你感到力不从心，遭到节节挫败，就叫一次暂停吧！让自己享受可贵的宁静，整理杂乱的思维，重新计划、重新武装。这短短的暂停在漫长的人生中算不得什么，却可能使你扭转颓势，恢复信心，再度出发。

但要注意，叫暂停的次数不可太多哟！否则就违规了！

读帖与读画

我们常说“读书”“临帖”“画画”，其实不只书可以读，帖和画也是能读的——

学写字，除了要练习“八法”，还得观察字的体势、结构，揣摩其中的风骨、精神；学画除了要练习点、染、皴、擦的技法，更得玩味前人手迹，观其构图、布局，得其神韵、风采。然后，胸中默记书道画理，腕下自然能合法度；心中蕴含情思哲理，手底自然能见性灵。

所以写字固然表现的是钩、勒、顿、挫，神妙却往往在“布白”处；绘画固然描写的是山、水、树、石，气韵却往往在“空灵”处。如果只在表面下功夫，是很难有“神品”出现的。

深耕

有一年冬天，我到乡村写生，在田埂上遇到一位老农，正准备下田，我就问:“请教您，想要丰收，第一件该做的是什么事？”

“深耕。”老农回答。

“深耕？”对这简单的两个字，我一时没能了解。

“对！深耕！就是早早下田，把泥土深深地犁起，这样土壤会变得松软而均匀，更由于泥土整个翻过来，接受了太阳的曝晒，而能减少病虫害。”老农叹口气，“我最看不惯现在一些年轻人，他们总说不急，直到要插秧，才匆匆下田，浅浅犁土，然后猛施化肥。时间久了，土壤和化肥结成硬块，整个田地都被破坏了。”老农看着我笑笑，“难道做学问不要深耕吗？”

表现

有一天到朋友家聊天，突然听到悦耳的鸟叫声，原来窗外养了一只金丝雀。这时主人走过去，一边喂鸟一边对我说:“我因为太忙，以前养了三笼鸟都忘记喂而饿死了。只有这只，养了两年多，几乎没有一天忘记。”

“这是为什么呢？”我问。

“因为以前养的都是十姐妹，它们不太会叫，即使叫也不响亮。这只金丝雀则总是唱着悦耳的歌，自然引起我的注意。”

人不也是如此吗？适时表现一下自己，是解除困顿，避免怀才不遇的最好方法。

理想的山峰

这是一位登山家的墓志铭：

跟许多勇士一样，他是人们掌声中的成功者，叹息声中的失败者。

他曾经征服世界次高峰，回国时受到英雄式的迎接与欢呼，他的照片曾被刊在报纸的头版，他登山的经过被印为专集。

在他征服第二高峰的次年，又去攀登珠穆朗玛峰，但不幸丧生于雪崩。噩耗传来，许多人都叹他太不知足，以致不仅失掉征峰者的美誉，更断送了自己的生命。

当他的尸体被人从雪里寻获的时候，他的消息已经不被人们注意，而在一个只有少数亲友围绕的午后，他被葬在这块地方。

或许他的名字已被人们遗忘，但我们将永远记得他说过的话：

“登山者攀登的不是高山，而是自己的理想。

“我宁愿在自己理想的山峰上被毁灭，也不愿毁灭我理想中的山峰。”

忍耐

我有个朋友，以耐性强、脾气好出名，许多别人会焦躁不安或无法忍受的事，他却能毫不在意、泰然处之。

“你能不能教我如何训练自己的耐性？”有一天我问他。

未料他摇摇头:“我不觉得自己曾经忍耐什么，怎么教你呢？”

“你已经教我了！”我说，“原来学习忍耐的最好方法，是不让自己觉得在忍耐，这就好比‘解忧’最好的方法是‘忘忧’一般。”

精明能干

我们常赞美人“精明能干”，问题是“精”的人一定“明”，“能”的人一定“干”吗?

许多人很精到，仿佛一点亏都不能吃，问题是他的视线不清，总走歪路，是“精而不明”。

又有些人能力超强，好像样样精通，可惜不努力、没行动，是“能而不干”。

“精而不明”好比有好枪却没有好射手。

“能而不干”好比有满仓的弹药，却没有军队。

只有真正“精明能干”的，才能打赢人生的这场硬仗。

点点滴滴

山岳是平原之父，川流是平原之母。没有冈陵的奉献，便没有江河中的泥沙；没有川流的冲积，就没有肥沃的平原。

岁月是文明之父，人类是文明之母。没有岁月的流转，万物便无法进化；没有人类的传递，知识便无法汇集。

耸峙的山岳崩颓了，漫长的岁月飘逝了，广漠的原野展现了，伟大的文明建立了。但你可曾觉察到那滴滴雨水的侵蚀，分分秒秒的改变？你可曾发现那川流中夹带的尘沙，点点滴滴的累积？

伟大事物的建立，常在我们的不知不觉中啊！

高尔夫

打高尔夫球的时候，虽然头杆与末杆代表的同样是一杆，但强弱与技巧却大不相同。第一杆常要用最强的力量，才能打得高、飞得远；最后一杆则当用力较轻，才能打得准、进得去。如果只会其中一种方法，是绝对不行的。

我们做任何事不都如此吗？要有强健的体魄，也需有缜密的思维；要大胆地假设，更得小心地求证。如果只有粗犷，而无细腻，只有武勇，而无谋略，或只有柔美，而乏雄浑，只有小聪明，而无大魄力，是很难成功的。

出国发财

常听国内的人说：“出国可以发财。”这句话真是讲得太容易了，似乎国外遍地都是黄金，人只要到了国外，财源就会滚滚而来。其实外国的情况正好相反——

在国内的时候，亲友多、地方熟，做事常能事半功倍；到异国什么都得靠自己，做饭、洗衣、剪草、修车，几乎样样都得亲自动手。但也正因此，人们反能激发求生、上进的潜能，做国内做不了的工，读国内念不下的书。想想在国外洗碗碟、端盘子的留学生们，在国内有几个人愿意做这些工作呢？恐怕他们连自己的筷子都难得洗一次吧。

出国能发财，这句话诚然不错，但是换个角度想，如果在国内，大家也像在异乡一样，睡五小时觉，打十二小时工，不是一样可以发财吗？

所以“出国可以发财”这句话，应该改为：“拿出在国外努力的精神，任何地方都能发财！”

辩论

我在学生时代，曾经为了参加辩论比赛，去请教一位著名的“语言训练”专家。

“参加辩论最重要的是语气要缓，语词要强。”那位教授说，“前者的意思是指讲话的态度要和缓。你想想看，有些人参加辩论比赛，未讲话前已经怒发冲冠，一发言，又破口大骂，这样的态度，怎么令人欣赏？这样暴躁，他自己又如何思考？

“至于后者，则是指语言的内容。参加辩论，自己一定要有充分的准备及理论根据，话既出口，就不能再犹豫，也绝不能半途更改。必须‘持之有故，言之成理’，才能使人信服。

“既有礼貌，又有理论，既使人产生好感，又拿得出坚强的道理，哪有不得胜的呢？”

这位教授的话讲得真是对极了，从那以后，不论参加辩论比赛，还是劝说朋友，我总不忘“语气要缓，语词要强”，“礼貌要好，理论要强”这两句话。

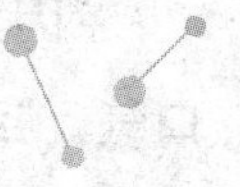

龙虎斗

某日我画了一张龙虎斗，图中龙在云端盘旋将下，虎踞山头，作势欲扑。虽然我自认龙和虎都画得不错，但是那张画完成之后，却总觉得其中动态不足。正不知如何改进的时候，母亲适巧走进画室，我就请她品评一下。

“龙和虎虽然都画得不坏，但是你要注意，龙在攻击之前，头必然向后退，虎要上扑时，头必定向下压。龙颈向后的屈度愈大，虎头愈贴近地面，它们也就愈能冲得快、跳得高。”母亲说。

这时我才发现自己画的龙头太向前，虎头又太高了。由此我还领悟出一个处世的道理：“退一步准备之后才能冲得更远，谦卑反省之后才能跳得更高。”

帮倒忙

有一天我与赵友培教授同在美国的华李大学演讲。赵教授谈书法，我讲绘画。

演讲之前，赵教授特别去向华李大学的朱一雄教授借毛笔，以便现场示范挥毫。当时我问赵教授：“您这次到美国来，既然早已准备作多场有关中国书法的演讲示范，为什么不从国内带些自己适用的笔墨出来呢？”

赵教授叹了口气说："我带了啊！可是一下飞机就丢了！不但遗失了最好的笔墨纸砚，还丢了几十张书法代表作呢！"

我吃了一惊："怎么会遗失这么要紧的东西？"

"因为到机场接我的朋友太多了，每个人都抢着帮忙提行李。"赵教授叹了口气，"结果，我以为你拿了，你以为他拿了，反把最重要的东西给忘了！"

一大群人没有计划地工作，虽然看来效率不差，却最容易出错啊！

抓住自己

我在美国弗吉尼亚州的马丁斯维尔教课时，曾经与几位当地著名的舞蹈家举行有关艺术的讨论会，记得其中一位舞蹈教师曾说：

"当我训练学生的时候，学生常说他们没有舞蹈的感性与动机，我则给予一个建议，教他们抓住周遭的一切音响，如钟的嘀嗒、雨的淅沥、鸟的呢喃、虫的啾唧，当每个声音传来时，都配合着给予一个舞蹈动作，而当这样训练久了之后，即使寂静无声，舞者们也能找到舞蹈的感觉，因为他们抓住了自己心灵的律动。"

他的这段话讲得真是对极了，我相信每个人都有他自己的感性与心灵节奏，只是不一定能感觉与表现罢了。所以作为艺术家的第一步，不是掌握外物，而是抓住自己。

独立作战

有“黑珍珠”之称的球王贝利，一九七七年曾经到台湾，并接受我的访问。

当我问他对台湾球员的观感时，贝利说：“我觉得你们球员的技术都不错，只有一个缺点，就是太爱长传。当自己队友在较有利的位置时长传过去，当然不错，但是如果自己有能力射门，更应把握机会，假使人人都希望传给队友进攻，大家都不愿在必要时独当大任，怎么能赢球呢？”

贝利笑笑：

“所以比赛时，不但队友之间要有密切的配合，每一个球员更要有自信。只要认为是自己进攻的机会，就要勇往直前。这不是出风头，而是独立作战。”

这段话岂止适用于足球，在任何团体中，我们不是都该如此吗？

偶像

“不要去了解你的偶像，因为当你了解之后，偶像就破碎了。”一个学生对我说。

“这是什么意思呢？”我问。

“因为我们心中的偶像常是不可思议的神奇人物，但是当我们去接近他之后，就会发现，他跟我们一样吃饭，一样过日子，伟大的地方不过多读几本书、多走几段路、多思考一点、多创造一些罢了。”

“于是你的偶像就破灭了，对不对？”

“是的。”

“但是你却能建立起另一个信念。”

“信念？”

“对！”我说。

“你只要多读些书、多走些路、多思考一点、多创造一些，就可能跟他一样成功。”

冰雪的力量

纽约的隆冬之后，总看到许多工人忙着修补路面。

“下大雪的期间，应该行驶的车子特别少，为什么路面反倒破了这么多大洞呢？”某日我不解地问一个修路的工人。

“这不是被车子破坏，而是遭冰雪侵蚀的。”工人笑着回答。

“那就奇怪了，你们的工程为什么这么不结实？连冰雪都能将路面损坏呢？”

“你一定是初到有冰雪的地方吧？”工人放下铲子，指着远方的山头说，“如果有空，你可以到山上去看看，那里有许多比路面结实几十倍的岩石，都因为冰雪的侵蚀而崩裂了，所以你不要以为冰雪算不得什么，只要有一点小缝，被它渗进去，就可能制造大麻烦。它能够在结冰时膨胀体积，然后一分分地移动岩石，再一块块地将碎石推下山头。渗透、侵蚀、瓦解、崩溃，都是从那些小裂缝开始的，都是由那些看来不怎么稀奇的雪水推动的。”

“谢谢你给我的启示。”我说，“我现在就要回家修补裂缝。”

回忆与憧憬

回忆不如憧憬，因为回忆有限，憧憬无限。

回忆不能变为憧憬，憧憬却能成为回忆。

回忆可能因遗忘而愈变愈少，憧憬却能因向往而愈化愈多。

回忆不可能再成为现实，憧憬却可能实现在眼前。

所以我们不应在回忆中沉湎，而当在憧憬中开创。

后顾之忧

有一天我把许多书放在大纸箱里，准备拿去寄。当我正封箱口的时候，母亲走过来问：“在你装书之前，有没有先封好箱底？”

“没有。不急嘛！等封好箱口，再翻过来封底也不迟。”我说。可是话才说完，当我把箱子抬起来的时候，由于底没封好，装妥的书竟全从箱底漏出来了。

“这下子你该知道了吧！”母亲说，“记住！装东西之前，先要封好箱底，没有后顾之忧，做事才能成功。”

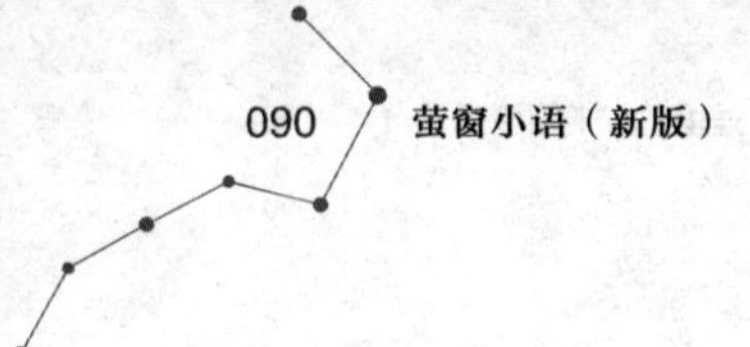

憧憬与反省

我有许多习画的学生，由于他们程度不一，画龄也不相同，所以我起先把学生分为高、中、初三级，分班上课，但是后来因为某些学生时间无法配合或补课，造成高、初级班学生同时上课的情况。令我惊讶的是：这样的效果反比分班上课更好。因为高级班的学生看到初级班的学生画东西，常能温故知新，再作些反省；初级班的学生看到高级班的学生已经能创作大张的作品，会更加强他们的信心与兴趣。

向前憧憬，回顾反省，任何人能如此，都比较容易成功。

人生的色彩

当我教水彩写生的时候，发现如果学生看到的静物是苹果和橘子，很可能他们就只挤一些红、橙和黄色的颜料在调色盘中；如果看到的风景是树林，则很可能只挤一点绿色与褐色。他们这样做，是因为只看到那些明显的主色，却忽略了其他的色彩，当然不可能创造出最好的作品。

同样的道理，许多人在计划工作的时候，常只注意到最明显的事物，却忽略了许多细微的东西，自然也就不可能获得最佳的成果了。

一个好的画家不会放松细微的色彩。

一个好的导演不会忽略配角的演出。

一个好的建筑师不会忘记任何管线。

一个好的主管不会轻视任何小职员。

想要获得最完美的成果，就不能忽略任何细节。

花开堪折切勿折

“花开堪折直须折，莫待无花空折枝。”这是唐代杜秋娘著名的诗句，意思是劝少年人把握时光，以免老大徒伤悲。但我觉得原诗句如果改为“花开堪折切勿折，莫待无果空折枝”，似乎也别有一番意味。

在人生的旅程上，吸引我们、令我们眷恋的东西实在太多了。我们经常因为眩于眼前的繁华，而停下奋斗的脚步；贪图一时的享受，却丧失更大的成果。这好比看到树上有花就去攀折，但没想到折下一时娇艳的花朵，却失去了未来丰盛的果实。

少壮努力，不是及时行乐，而是把握光阴，所以我要说：

“花开堪折切勿折，莫待无果空折枝。”

天线

电视的画面不佳时，最好先注意一下是否天线的方向有问题，或是有小鸟在天线上跳动。

当学习的效果欠佳时，最好先注意一下是否读书的方法不好，或有太多分心的事物。

先选择正确的方向，再除去可能的干扰。能这样做，就已经成功了一半。

煮饺子

某日我请一位外国朋友吃水饺，他除了大大赞美，还要求我教他制作的方法。于是我特别另外安排一天，从拌馅、擀皮，一步步为他解说。这位外国朋友非常认真地学习，不但亲自动手，而且写笔记；不但学会了简单的形式，而且还知道如何包“小老鼠”“三角”等花式的饺子。学成之后，他真是兴奋得不得了，立刻打电话给朋友，宣布他学会了包饺子，并决定露一手。

没想到才隔两天，他突然打电话给我，请我赶紧去帮忙，因为他煮出来的不是“饺子”，却成了一锅“面片汤”。等我赶到他家才发现，他每个步骤都没错，只是居然把饺子丢进凉水再加热，怪不得饺子都破了。

我们学习的时候，不也常犯同样的错误吗？许多艰深的理论和词语都学会了，反倒忘记最基础的东西，结果功亏一篑。

你的生活是我的

我曾经访问一位成功的企业家，请教他用人的方法。

“我带领员工的方法很简单，只有两句话：‘你的生活是我的，我的公司是你的。’”企业家说。

“职员的生活为什么是你的？你拥有的公司又为什么变成了员工的呢？”我不解地问。

“如果职员生活得不好，他怎么可能为公司效命？所以好的主管一定要把员工的生活看成自己的，为他们解决一切困难，使员工的生活安定满足。”企业家说，“至于公司，它当然应该属于全体员工，因为公司是由员工组成的，每个人的工作都影响整个机构，必须使职员对公司有强烈的‘参与感’，并把获得的利润合理分配给每个人，大家才可能同心为公司效力。所以每位职员到任的时候，我都会对他说：‘你的生活是我的，请你安心工作；我的公司是你的，请你放手去做。’”

不提当年勇

人们都知道“好汉不提当年勇”，却总爱提当年“别人”的“不勇”。

所以，一个人或许不说“想当年我已经做了科长”，却可能讲“想当年某人不过是个小科员”；他或许不说“想当年我在学校总拿第一名”，却可能讲“想当年某人留了级”。

表面看，他虽然没有“自提当年勇”，只是“提了当年别人的不勇”，实际上，却是以贬别人来扬自己。问题是：当他讲这些话的时候，自己是否有了精进，别人又是否仍然老样子呢？如果早先的小科员而今升为了经理，当年的科长仍待在原位，如果以前的“留级生”而今成了学者，当年的榜首，却一无创获，此时谈他人当年的不勇，是否仍足以显示自己的伟大呢？

原本只有武勇，而乏智谋的吕蒙，笃志向学之后，能被刮目相看；出门数岁，大困而归的苏秦，苦读再出之后，能佩六国相印。谁又敢以早期的不佳，来贬抑他们日后的成就！

所以，好汉不提当年勇，而该专注于现在的努力；更不提当年别人的不勇，而该检讨自己的得失。

新发现

常听人说:“又发现了一种新的元素”,“又发现了一个新的星体”。其实它们应当改为:“新发现了一个元素”,“新发现了一个星体”。因为那些元素及星球亿万年前就已经存在,只是人们一直不知道,新近才发现而已。

无尽的知识宝藏,早就在我们四周,只要我们去发掘,随时都可能有新的收获!

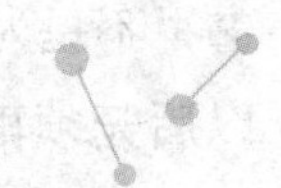

用墨

经过一个寒假,开学时,我发现许多学生的墨居然碎成了小块。

“因为美国的天气太干燥,加上使用暖气,我们的墨都碎了。”一个学生向我解释。

可是当我细细观察之后,发现几个比较用功的学生的墨,则完好如初。

“你们知道为什么我和这几位同学的墨都没裂吗?”我说,“因为我们不断使用。墨常磨,则湿度总保持在一定的程度,自然不易裂。相反,如果你画一天,停十天,墨锭暴露在干燥的空气当中,日干一日,是一定会裂的。所以,你们如果想防止墨裂,最好的方法就是多用功。”

弃书

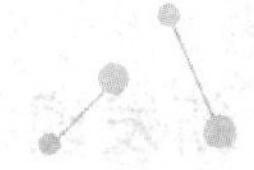

每年考试结束，总可以发现许多教科书被弃置在考场四周，令我有几点感慨：

第一，教科书之于考生，好像枪之于士兵，哪有士兵打完仗就把枪扔掉的呢？

第二，那些书伴随考生多年，考生在上面圈重点、写眉批，人与书彼此总有些情感，哪有目的达到，就把老朋友甩到一边的道理呢？

第三，一个考生把书扔掉，常是由于考得太差，以后不打算再试，或自认考得很好，以后不必再考这两种原因。前者是自暴自弃，后者未免太过自信。

第四，不管考生为什么把书扔掉，有一件事是可以肯定的：他们为考试读书，不是为做学问读书。因为做学问的人不可能把念了许多年的书扔掉，就算以后无须再读，总该留在手边一阵子，以备查考资料的不时之需。温故而知新，谁敢说念过的东西就都能记牢，谁能说旧书重温不会有新的领悟呢？何况那些书都是自己多少年摩挲惯的，要找什么章句，一翻就能翻到。面对旧书，仿佛与老友相晤，彼此不开口，便能有许多沟通。

第五，考生把书籍、讲义弃置考场四周，烦劳服务人员清扫，是没有公德心。一个人求学，应该德智并进，这种人考完“智”，就忘了“德”，就算智能佳、考得好，又有什么用？

西班牙的斗牛士有句俗话：“你再得意，也不能把斗牛的红布抛在空中。”

孙文先生更说过“竹杠与马票”的故事——苦力中了马票，得意地丢掉竹杠，才想起马票仍藏在竹杠里。

当我们想“潇洒”地把书抛弃时，真该三思啊！

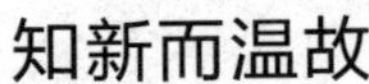

知新而温故

某日我去拜访一位著名的史学家，并向他请教历史方面的问题。

“请等一下！”史学家说，“对于你这个问题，我得查查书。”说着就从架上取下几本看来已经很旧的书。

“这不是您自己的作品吗？”我看到书名和作者而好奇地问，“为什么还要查考呢？”

“过去记得的东西，今天不一定清楚；过去的看法，今天也未必赞同。”史学家扶扶眼镜笑道，“虽然我心里已经想好了答案，但还是要与以前的作品对照一下，如果记的年代与书中不同，就要再查查年表，看看是过去错还是今天错。如果看法跟书里不同，更要做一番审问、慎思和明辨的功夫，把错误的地方修正。这样才不致出问题，思想系统也才能贯通。”

临走时，史学家送我到门口，再次强调：“今天不是昨天，昨天也不能代表今天。我们常说‘温故而知新’，其实也当‘知新而温故’。因为前者重在发现，后者贵在省察。”

冷天游泳

如果你有在冷天游泳的经验，一定会感觉最痛苦的就是下水了。那水似乎要比外面的气温凉上几十倍，就算拿脚尖轻轻探一下，也会冻得直打哆嗦。但是话说回来，当你一寸寸地潜入池中之后，似乎水又很快变得不冷，甚至还有些温温的感觉。届时，你也就能轻松愉快地逐波戏浪，一展身手了。

你曾经看过别人在冷天游泳吗？那时站在岸上的人多半会说："天这么寒，穿着衣服站在这儿，还觉得冷，真不晓得这些人怎么能游得起来，而且好像还挺开心呢！"

至于曾经尝试，却半途而废的人，则可能会感慨地说："我只摸了一下水，就吓得不敢尝试了！那水简直是锥心刺骨的寒冷，真不明白他们是怎么跳下去的。"

但毕竟游泳的人在那儿愉快地游着，不觉得不可耐，也没觉得是在受罪。而岸上的人仍旧在岸上，他们看到别人游，都要打哆嗦，更不用说到水里去享受戏波的情趣了。

这个世界不就如此吗？许多工作和环境，我们初试的时候，会觉得困难万分、辛苦无比，但是只要咬紧牙关撑下来，不久后就能应付裕如。相反，那些过不了第一关的人，只好带着怀疑、怯懦且羡慕的眼光，永远站在门外张望了。

创造与阐述

莎士比亚只有一个，但是穷毕生之力以研究莎翁的人有多少？

曹雪芹只有一个，但是全力钻研考证，治“红学”的人有多少？

王羲之只有一个，但是千百年来，专习“王字”的人有多少？

问题是如果莎士比亚、曹雪芹、王羲之，一生也都在临摹、仿古、考证、搜补的话，又何来哈姆雷特、《红楼梦》和飘若浮云、矫若惊龙的“右军书风”呢？

聪明的人跟着伟人走，伟大的人自己走。

第一等人创造，第二等人阐扬，第三等人模仿。

语文脱节

许多已经在自己国家学过中文，又赴中国深造的外国朋友表示，他们以前学的许多词语，到中国根本用不上，甚至有脱节的感觉。举几个最常见的例子：

他们学的“电门”，我们今称为“开关”。

他们学的“洋火”，我们今称为“火柴”。

他们学的“西红柿”，我们今称为“番茄”。

他们学的“胰子”，我们今称为“肥皂”。

他们学的“洋灰”，我们今称为“水泥”。

其实他们老师教的“电门、洋火、西红柿、胰子、洋灰”都没错，只怪那些在外国教中文的老师，几十年不到中国，产生了脱节的现象。

由此可知，我们从事任何一门学术的研究，都得不断地求新求变。不仅科学是一日千里、时刻进步的，即便是最固定的语文，长久下来，也会有许多改变。

乐工画家

宋代的名画家翟院深，据说曾在官府担任击鼓的乐工。

有一天太守请乐队在府里演奏，翟院深打鼓打到一半，突然停住，并仰面看天，使得乐曲大乱。太守十分不悦地问他原因，翟院深回报：“当我在击鼓时，突然看见一片淡淡的孤云从天际飞过，非常可爱，心想把它画下来，所以把击鼓这件事给忘了。”

在这个故事中，翟院深诚然对自己正在担任的工作不够专心，但又也可以看出他对绘画用功之深。只有时刻观察、思索的艺术家，才能有最深入的表现。

愈冷愈振奋

纽约的冬天很冷，气温常在零摄氏度以下，尤其是大雪初融，不但冷得沁入骨髓，而且雪水在地面会再结为薄冰，变得滑不留足。

某日，我出去办事，正逢这种严寒，我除了穿着厚厚的大衣、围起围巾、戴上帽子、竖直衣领，并把两只手揣在大衣口袋里。走在路上正好碰到我的邻居老先生，我点头打个招呼，并继续赶路。但是老先生把我叫住，问道：“你冬天都是这样走路吗？”

“是啊！”我说。

“太危险了！你怎么把手放在大衣口袋里呢？”

“因为太冷了。”

“天愈冷，你愈得把手放在外面，你可以戴上手套，但绝对不能揣在口袋里，因为路很滑，如果你滑倒的瞬间，双手不能及时做出反应、支撑，是很危险的，每年因为在冰上滑倒而伤亡的人不知有多少。”老先生神色严肃地说，“你看！树上的鸟儿们在雪天不停地抖动翅膀，所以没有雪花会在它们身上停留。它们因为运动，而不至于被冻死。寒冬专门伤害那些瑟缩的人，愈冷愈要振奋。”

滑翔翼

美国流行一种惊险刺激，看来又非常过瘾的滑翔翼运动，参加的人从山顶乘着风筝似的三角翼向下滑，随着气流和风向，能够在天空停留极长的时间，并做各种转弯变化。由于这种滑翔翼比降落伞准确，而且移动幅度大，许多军事学家更在研究如何用来作战。

当我在夏威夷海边写生时，看见一个乘滑翔翼的人，正好降落在我旁边，就好奇地问他：

“我也想学学这种运动，不知道要什么条件？”

“你有没有心脏病？”那人问。

“没有。”

“你会不会游泳和爬树？”他又问。

“会游泳，可是几乎没有爬过树。”

“先把爬树学会，再来玩滑翔翼。”他很干脆地说。

“可是我要学的是滑翔，不是爬树啊！”我不解地问。

“你学过柔道吗？刚开始学柔道，不是学怎么摔人，而是学习如何被人摔。你只有在不怕被摔，知道如何在摔倒时保护自己之后，才能有更大的信心和勇气去摔人。同样的道理，你只有在不怕落入大海、掉进丛林之后，才能滑翔得好。”他一边收拾滑翔翼，一边说，“没有人能永远成功，所以总要作失败的打算。我们不怕失败，只怕失败之后不能再站起来。”

道路与指示标志

如果你闭着眼睛走路，会发现由于两腿的力量不均，常走不了多远就歪出了道路。

如果你闭着眼游泳，会发现由于两臂的力量不同，总是游不直。

如果你在沙漠行走，明明一直前进，却可能永远出不去，因为沙漠上没有指示标志，你很可能只是在小范围内打转。

如果你身陷箭竹林，又没有指南针，即使是登山专家，也可能受困，因为你看不到远处的景物。

人若失去了道路、失去了指示标志、失去了方向，再坚强而有毅力，也很难闯得出来。

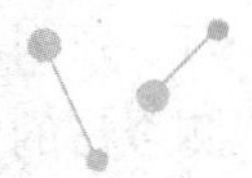

多变

从事录音工作的人都有经验，如果同一篇讲稿，因为太长而分两天录音，虽然主播的人相同，声音却可能不一样：不是高低强弱和速度改变，就是语气情绪有别，甚至同一天，只隔了下午茶的二十分钟，声音也会有差异。

人就是如此，我们以为每天的自己都差不多，其实我们时时在变，刻刻在改；所处的环境，所遇的人物，所吃的东西，所想的事情和身体的状况，都能改变我们。因此，我们才不是机器；也因此，人才称得上多变。

新闻与旧闻

会看报的人，不但看当天的报，而且翻以前的报，因为在这前后比较下，最能见出来龙去脉。传说的不真实、揣测的不正确、论点的前后矛盾、效果的前后改变，都能很容易地看出。譬如过去小的征象，而今已经显现大势；小的暗示，而今已经正式定案；民间的舆论，而今已经产生影响；过去的政见，而今已经实现；从前的允诺，后来全不认账。就在这比较当中，你愈能认清报纸，认清时势，了解政策，得出看法，进而看出时代的趋势，乃至推断未来。

或有人说，只要记性好些，看当天的报，自然能与以前记忆中的相参照，何须重翻旧报？我想，对于那有第一等敏锐和记性的人，确实如此。但是许多昔日看来毫无意义的字，乃至模棱两可的句子，甚至认为是笔误或疏忽的地方，在前后比较之后，都可能发现事出有因，当初若能见微知著，早就可以预测今日的发展；而今天有此发展，如果不与过去的新闻相比，又有几人能将那些小地方环扣起来？

新闻圈常说：“看小地方，就知道新发展了。”所以，资深记者看政府的公报、政令，常能有超人的推想力，也就是“新闻感”。

就多年从事新闻工作的经验，我劝您在看“新闻”之余，不妨也找找旧闻：看多了，能论时势，甚至能成半个史学家呢！

第二种方法

请听我说几个故事：

据说古希腊的佛里几亚国王葛第士曾经以非常奇妙的手法，在战车的轭上打了一串结，并预言谁能打开这个结，就可以征服亚洲。但是一直到公元前三三四年，亚历山大大帝入侵小亚细亚，来到葛第士绳结之前，没有一个人能够成功地将绳结打开，亚历山大大帝却不费几秒钟的时间就打开了绳结——

他毫不考虑地抽出剑，砍断了绳结，果然一举占领了比希腊大五十倍的波斯帝国。

司马光幼年时，某日跟小朋友在花园里玩，突然有一个孩子不小心掉进园中的大水缸，别的孩子都束手无策，只有司马光毫不迟疑地找来一块石头，把水缸打破，救出孩子。

某日我跟几位朋友到湖滨野餐，当一切东西就绪，突然发现忘记带拔软木塞的工具，几个人用了各种办法都不能将瓶塞取出，这时有位老先生笑嘻嘻地走过来：“把瓶子给我。”然后毫不考虑地用叉子的柄，将瓶塞推入瓶中，并为每个人斟上了酒。

以上三个故事，给我们很好的教训：

解决事情的方法常不止一种，能完满地打开绳结而无损绳子，把孩子救出而不破坏水缸，把酒倒出而不将瓶塞顶入固然最好，但是情非得已时，宁可断然采取第二种方法，而不能固执于第一个理想。

物我两忘

“上场之前，我先尽量放松，使舞蹈的情绪与冲动，渐渐提升起来；然后我便觉得地板不再是冷硬的地板，而变成了我的朋友，它是那么温柔且有弹性，仿佛爱人的肌肤，张开双臂，迎接我投入其间。于是我便轻盈地，仿佛出壳的魂魄，将自己对生命的爱，以一种浑然的姿态，融入其中。我已经忘了什么是舞台，什么是我，什么是音乐，什么是动作，因为我就是舞，舞就是我。”一位舞蹈家说。

“在我弹出第一个音之前，我先调整自己的呼吸，仿佛是弓箭手，将箭搭在弦上的一刹那；他的心不在弓，也不在箭，而在靶。同样的，我的心不在琴键、不在观众，甚至不在音符，而在那浑然一体的爱和颂赞。这时那原本冷硬的琴键也便不再冷硬，仿佛正召唤我，叫我以十指、身体和全部的生命投向它，你说我还可能有什么惧怕吗？因为我已不再是我，琴已不再是琴，我即琴，琴即音乐，音乐即生命。”一位钢琴家说。

当你觉得舞台是硬的，琴键是冷的，观众是可怕的，自己是怯懦的时候，绝不可能有最佳的表现；只有在媒体不再是媒体，过程不再是过程，神理合一、物我两忘的时刻，才能达到艺术的最高境界。

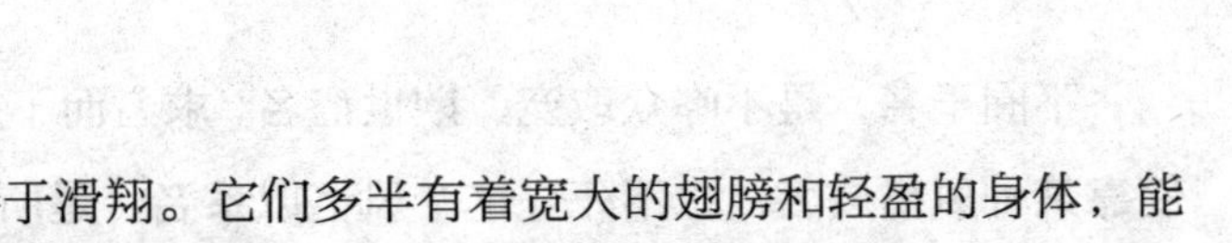

翱翔

能飞长程的鸟，都善于滑翔。它们多半有着宽大的翅膀和轻盈的身体，能够在奋力振翅之后，舒展双翼，慢慢地滑向远方。所以，在它们迁徙的过程中，看似不断振翅翱翔，实际许多时间都是利用空气的浮力前进，一方面消除紧张，另一方面养精蓄锐，以备下一次的振翅。

能成大事业的人，都善于掌握时势。他们应该有豁达的胸怀和开朗的性格，能够在繁忙中保持冷静，掌握时代的脉动；在地利、人和中，以时势造英雄。

四不囿

作为一个成功的艺术家要能“四不囿”：不囿于法，不囿于物，不囿于己，不囿于名。

不囿于法，是不为成法所拘，化古而不泥古，师古而不复古，于自然中求规矩，于疏宕中见章法，如此才能自出机杼、另辟蹊径，成一家之画风。

不囿于物，是不囿于物之外形，要超于象外，得其环中。于不似中求似，于无景中求景，于松脱中求紧密，于空灵中求意趣。

不囿于己，是不可师心固执、刚愎自用，而当虚心向学、求教有方；时时反省退思、审问明辨。仿佛虫之作茧，蝶之蜕变，一朝突破，必有大成。

不囿于名，是不哗众取宠、欺世盗名；求名而不好名，有名而不恃名，即使靠某种风格成名，也不死守这个风格以系名。是所谓弃小名，求大名；弃今生名，求万世名。

蝶的自述

我是一只五彩斑斓的蝴蝶，人人都说我美丽，但是在我记忆的深处，我曾经是一只行动迟缓的毛虫，受到人们的诅咒。

直到我自己做了一间斗室，苦苦地躲在其中，反省与自修之后，我才能拥有今天。

每当我想到过去，我便知道谦虚，我便知道同情那些行动比我迟缓的毛虫；每当我想到过去啃食叶片的举动，我便觉得羞愧，并以传播花粉来补偿我的过失。

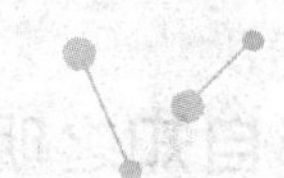

再入手

许多习画的学生，起初只为消遣，日久之后，由于表现甚佳，兴趣愈来愈浓，则会有做专业艺术家的想法。当他们提出这个理想时，我总会建议他们从头检讨，把过去所有学过的一枝一叶都来个深入的反省，有不够的就从基本再入手、再加强。

“为什么我已经画大幅设色的作品了，而今却要回头去画小幅水墨的基本稿呢？”学生总不解地问。

“因为当你学画只是做消遣时，不论老师对你，还是你对自我的要求，都不会太严格；但是而今你计划以艺术为终身职业，则各方面的要求和条件都得改变。”我说，“好比你起初打个浅浅的地基，为的只是盖间平房，但是平房建好之后，又想在原地起栋高楼，这时你不但得把平房拆除，而且要重新打更深的地基才成。所以，你现在计划以艺术为奋斗终生的目标，第一件事就是拆掉平房，重打地基，而不是急急忙忙地往平房顶上加盖，否则你建起的高楼一定不稳。”

自知之明

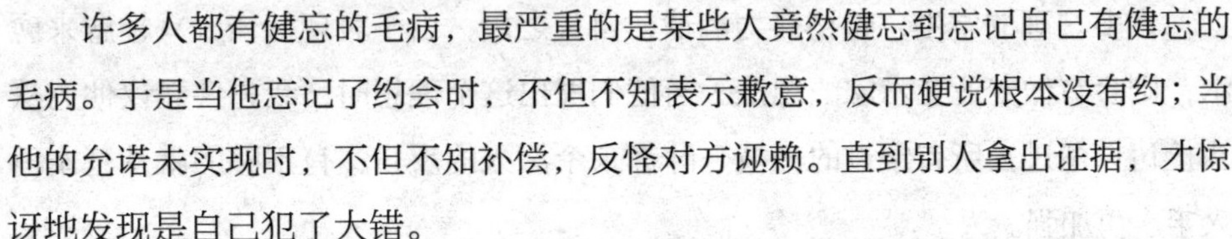

许多人都有健忘的毛病，最严重的是某些人竟然健忘到忘记自己有健忘的毛病。于是当他忘记了约会时，不但不知表示歉意，反而硬说根本没有约；当他的允诺未实现时，不但不知补偿，反怪对方诬赖。直到别人拿出证据，才惊讶地发现是自己犯了大错。

许多人都有固执的脾气，最严重的是某些人固执地不承认自己固执。于是当他固执时，连最亲近的人也说不上半句话；当他固执以致犯错的时候，硬不承认错误是由于他的固执。甚至别人拿出真凭实据来说服他时，他都固执地不愿意看。

如果健忘的人能自知有健忘的毛病，就不能算真的健忘者，因为他总能自我提醒，是不是又忘了什么，忘的事自然会减少。

如果固执的人能自知有固执的毛病，就不能算是真正的固执，因为他即使在人前不认错，背地也会检讨。

疯而不知疯才是真疯；醉而不知醉才是真醉；错而不知错才是真错；不知而不自知其不知，且自以为知，才是真的不知。

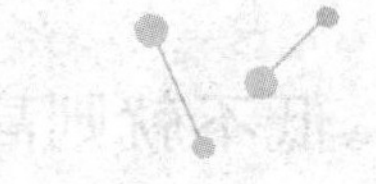

闪耀的过程

如果你去阿里山旅行，获得的快乐，一定不只是日出和云海，而是一路上的点点滴滴。所以，你在去阿里山之前，可以想“我此行主要是为看看那有名的日出和云海”。但是当你结束旅程时，所拥有的，却包括了一花、一草、一石、一木、一声雁鸣、一缕云烟、一翦轻波，乃至一声小贩的叫卖。雄壮、秀丽、开阔、幽邈、明朗、悠远、疏宕、孤危、和煦、萧飒的种种感受，织成了你愉快的旅行，又岂是朝起的日出和入晚的云海所能完全包括的呢?

人生就是一段旅程，或许你早就找到了奋斗终生的目标，许下了宏大的志愿，但是在向理想迈进时，也不能忽略身边许许多多令人惊喜的事物。如果你对它们一无所感，就算达到自己奋斗的目标，也算不得完成了一个充实的生命之旅。

生命是由不断发现、不断学习、不断创造、不断完成累积起来的。在这个过程中你可以有最高的理想，但不能只有唯一的目的；你可以没有最辉煌的结束，但不能没有闪耀的过程。

低不就则高不成

人们常说："高不成，低不就。"我则爱讲："低不就，高不成。"因为一个人如果不愿意迁就较低的工作，就往往不能在未来有更高的发展。

"登高自卑"，盖高楼的第一步不是往上搭建，而是向下挖掘。拿破仑是由炮兵干起，卓别林是从跑龙套的演员起步，如果他们当年不迁就那个低微的工作，可能有日后的成就吗？

所以我要说：

"低不就则高不成。"

再试一次

我们经常在正忙的时候听到电话铃响，因为没能立即接，等到慌慌张张赶去，对方却已挂断了。这时我们多半会在电话旁稍候，盼望对方能再拨一次，假使就此沉寂，总会有几分失落。

有些人打电话，如果对方没反应，会再拨一次，因为他会猜想是自己拨错了号码、电话机跳了号，或对方正忙，也就因为他再拨，才把电话打通。相反，许多人打电话只拨一次，铃响几声没人接，就把电话挂上，因此错失了机会。

一次不成功，再试一次！拨一次对方没反应，再拨一次！想想自己（难免会拨错号码），想想对方（可能刚才正忙），意外的成功，常就会出现。打电话如此，做任何事不都一样吗？

头脑的死角

我相信大脑里一定有死角。

一个记忆力很强的学生，可能对某个程序或人名总是记不住；一个文采很高的作家，可能对某一个题目总是写不好，而且这种情况没有道理可讲，恐怕就是碰到头脑中的死角了。

对于这个死角，各家的看法不同，有人认为遇到死角要“冲”，记不住就死命去记，写不好就涂涂改改地一直写；也有人认为应该回避，另找一条路线；又有人认为可以慢慢疏通，譬如将记不住的东西写在屋子的每个角落，让眼睛经常掠过，收潜移默化之功。至于俄国大文豪、《战争与和平》的作者托尔斯泰，则是每当文思不畅时，便放下笔，走入田间，跟农夫们一起工作。因为肌肉的劳动可以放松头脑的紧张。当他再提笔时，灵感就泉涌而出了。

打破葫芦

甲乙二人同时在摊子上各买了一个雕花的葫芦，甲回家之后，便把葫芦挂在墙上，有朋友来，总要向他介绍这可爱的收藏。但是乙回去不久，就把葫芦打碎了，甲听了之后惋叹不已。

两年后，有一天甲到乙家做客，惊讶地发现满墙挂的都是葫芦，而且花纹各异、美不胜收，比当年买的葫芦更精致。

“我在研究它雕花的方法之后，打碎葫芦取出种子，种了满架的葫芦，并以研究改良的心得，雕了这许多葫芦。”乙说。

有的人善于守成，一天到晚抱着老东西玩赏赞叹；有的人敢于打破传统，创造出新的作品。

螺丝钉

你一定旋过螺丝钉吧！那么你必然知道最好的方法是先找定位置，用锤子敲两下，使钉头刚好嵌入，再用螺丝刀在不让钉子倾斜的情况下，用力压着钉子，并转动钉子，使钉子由于螺旋的作用而平稳地进入。

做学问就像旋螺丝钉。先要找对目标，克服初学的障碍，再把握正确的方向后下功夫。

螺丝钉要慢慢旋入，学问也当慢慢地钻研，不能囫囵吞枣、临时填鸭。因为“强打进入”的螺丝钉远不如“慢慢旋入”的结实；硬填鸭的学问，远不如“真积力久”来得深入。

难温旧梦

常听人在某些留恋的时刻感慨地说：“把握此刻，因为它一去，便再也不会出现了！”问题是，这世上哪一刻不是如此呢？时光不断在推移、宇宙不停在变化、人们时刻在老去，哪一个明天会等于今天，甚至哪一个下一分钟，会等于现在呢！

有了这种认识，我们走在街上，可以对自己说，珍视你看到的每一个路人、每一幕景象吧！因为极可能你一生只能遇到他一次，而且可以肯定，每一幕景象，是再也不会完全相似地重现了。

人生如梦，在这梦中我们永远无法重温旧梦，即使旧梦真正重新出现，那做梦的我们，也已经不再是原来的自己。

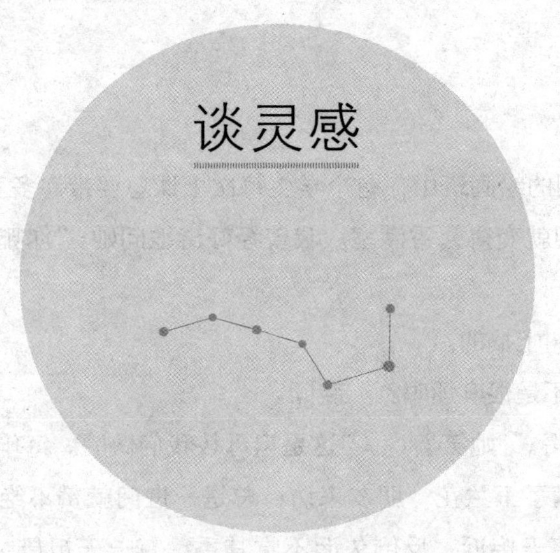

拾起遗漏的稻穗

玉兰花

在我星期四的绘画班中，有个学生每次上课总要带许多玉兰花分给同学，所以一到星期四就变得馨香满室。我曾经好奇地问她：“你哪儿来这么多玉兰花啊？”

“我从家里树上摘的。”

“每次去摘不是很麻烦吗？”我问。

“麻烦也值得。”她笑着说，“这是祖母教我们做的。每年到这个季节，我家的树上就开满了玉兰花，朋友来访，总是一进门就赞不绝口，说是浓郁极了，可是我们整天接近，反倒久而不觉其香。有一天祖母突然对大家宣布：‘以后每个人出去，只要树上开有玉兰，就摘一些送朋友。’当时大家都反对：‘为什么不自己留着？’可是祖母说：‘花总要谢的，自己有得太多，反不觉得芬芳，何不拿去送给没有花的人，让我们庭院的馨香散发在每个朋友的身旁呢？’从此全家人就都这样做，它使我们结交了很多朋友，树上的花似乎也开得比以前更盛了！”

学生的这番话，真是令我感慨不已：有些东西我们拥有得过多，反而感觉不到它的美好，何不将它分给那些需要的人呢?

让我们小小庭院的芬芳，散发在每个人的身边；让我们狭窄的快乐，扩展到社会的每个角落；让我们家中的炉火，温暖每颗寒冷的心；让我们阶前的灯，照亮每个夜归人的路；让我们从别人的笑脸上，看到自己的笑吧！

迎向风雨

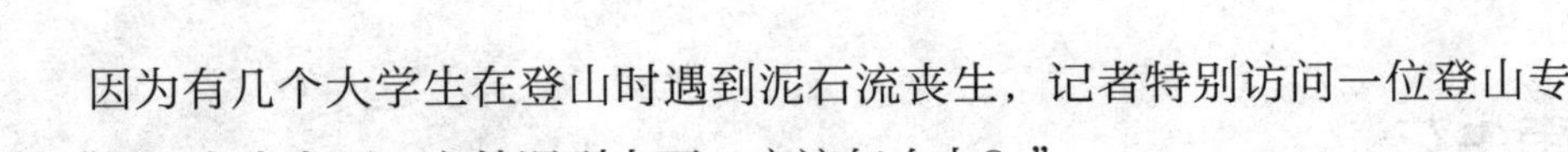

因为有几个大学生在登山时遇到泥石流丧生，记者特别访问一位登山专家：“如果在半山腰，突然遇到大雨，应该怎么办？”

“应该向岩石比较坚固的山头走。”

“为什么不往山下跑？山头风雨不是更大吗？”记者不解地问。

“往山头走，固然风雨可能更大，却不足以威胁你的生命。至于向山下跑，看来风雨小些，似乎比较安全，却可能遇到暴发的山洪和泥石流而丧命。”登山专家说，“对于风雨，逃避它，你只会被卷入洪流；迎向它，你却可能获得新生！”

有声的宁静

“空山不见人，但闻人语响；返景入深林，复照青苔上。”

“独坐幽篁里，弹琴复长啸；深林人不知，明月来相照。”

这是王维的《鹿柴》和《竹里馆》，也是唐代五绝中最美的两首诗。因为诗中非但不着一个“静”字，而且既闻人语，又有弹琴与长啸，但较诸万籁俱寂更来得宁静而幽远。它使我们了解真正的宁静是一种泰然、闲适、完满、愉悦的情怀与“蝉蜕尘埃之中，浮游万物之表”的超脱境界。而一切能帮助我们澄澈、反省以达到这种境界的音响，像是杳杳的钟声、唧唧的虫鸣、潺潺的流水、瑟瑟的金风，以及夜来的砧杵、五更的鼓角，都是一种宁静。

牵牛花

小时候，家里的围墙上攀满了牵牛花，清雅的淡紫、袅柔的藤蔓和那如喇叭的花形，留给我很深的印象，再加上童谣里唱过“纺织娘娘织布，牵牛姐姐吹喇叭”，使得牵牛花更给予儿时的我一种幻想的美，所以成年之后画花卉时，常爱把牵牛带入图中。

奇怪的是，许多朋友看到我画牵牛花，都会问:“你为什么画这种花呢? 它不是很微贱吗？”

我则反问:“你不觉得牵牛花有一种淡雅而飘逸的美吗？它总是在晨光中含露绽放，所以西洋人给它一个优雅的名字叫作‘晨光的颂赞’(Morning glory)。它这么美，我为什么不画它呢？”

“我本来觉得它很美，但是一想到四处都看得见牵牛花，它是不值钱的野草花时，就不喜欢它了！”对方常这么答。

由人们对牵牛花的态度，我发现许多人以世俗的价值来评判美，似乎贵妇就应当美，村姑则必然丑；牡丹就一定富贵，牵牛则必然贫贱；大山就一定幽深，小丘则必然平淡。其实美是无所不在的，“一沙一世界，一花一天国”，只要我们摒除世俗价值的翳障，睁开灵慧无私的眼睛，在任何细微的东西上，都能见到美，而那时整个世界也就会变得更可爱、更多彩多姿了。

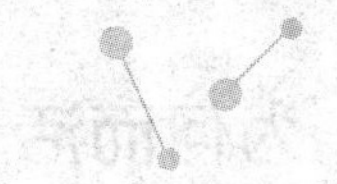

春联

每到旧历年，我们都可以在街头看见卖春联的人，他们背后挂满了“天增岁月人增寿，春满乾坤福满门”这些吉祥话的对联，有的更在案上摆了笔墨纸砚，当场为人挥毫。

过去的春联都是写在长条的红纸上，但是由于科技进步，近年来竟出现了塑胶制品。这种春联有许多好处，它不像红纸，日晒雨淋，过不了多久就变色，也不似纸张那么容易破，甚至连书写都不必了，因为在工厂早就印上了各种文字，真可以说是集耐用、美观、经济诸优点于一身。

但是尽管如此，过年的时候我仍然看见家家挂纸对联，卖纸春联的摊子也依旧生意兴隆。实在想不通是什么道理，所以今年过年的时候，看到一位卖纸春联的老先生，我就问他：“请问您，塑胶春联出现之后，对您的生意有没有影响啊？”

老先生沉吟了一下说：“刚出的那年影响很大，但是第二年就小了。”

“塑胶春联防水、防霉，永不褪色，不易破损，甚至字体还有凹凸变化，可以说是价廉物美，为什么大家不喜欢呢？”我问。

“就因为它有这些优点啊！你想想，从年头到年尾，门边的春联永远如新，怎能有时光过往的感觉？去年挂的那副，今年根本不必换，又哪里像贴纸春联时，必须先撕去旧的，刷净门框，重新贴上一副色彩鲜明、墨香犹存的新春联，来得有除旧迎新的感觉呢？所以贴春联的目的不是装饰，而是在一年之始，勉励人把握时光，奋发向上，祝福家庭和乐、国运昌隆。这正是——”说到这儿，老先生举起刚写好的一副春联：

“一元复始，万象更新。”

为何而活

有三个愁容满面的人去请教心理医师，怎样才能使自己活得快乐些。

“你们先说说自己活着是为什么。”医生笑道。

甲说：“因为我不愿意死，所以我活着。”

乙说：“因为我想看看明天会不会比今天好，所以我活着。”

丙答：“因为我有一家老小靠我养活。我不能死，所以活着。”

医生摇了摇头：“你们当然都不会快乐，因为你们的活，只是由于恐惧、由于等待、由于不得已的责任，却不由于理想。人若失去了理想，就不可能活得快乐。”

黄粱一梦与江郎才尽

你知道“黄粱一梦”与“江郎才尽”的故事吗？

据说有位落第书生，向旅途中遇见的道士诉说自己的不得志，道士就交给他一个枕头。

枕着它，书生梦见自己娶妻、生子，并做宰相，一直活到八十岁。醒来才发觉原来是个梦，而睡前所蒸的黄粱，此刻还没熟呢！这就是“黄粱一梦”。

又据《南史·江淹传》记载，江淹某日睡觉，忽然梦见一个叫郭璞的人，对他说：“我有支笔在你那儿好多年，现在该还了。”江淹于是由怀中取出一支五色笔交给郭璞，从此以后，江淹再也写不出好的诗句。这也就是“江郎才尽”的由来。

你可由这两个故事中获得什么启示？那就是黄粱梦虽美，但只有透过道人的“枕头”才能得到；江郎的诗句虽佳，也只是靠着“五色笔”才能写出。枕上美梦总会落空，五色神笔终必交还，不凭真本领获得的成功，是不可能长久的。

锣

据说世界上最好的锣出在中国，中国锣又以西藏的为最佳。当喇嘛寺中的铜锣响起，能在清晨晓雾中声传百里。近听，声音沉厚而不震耳；远闻，余音袅袅而回荡不绝。

又据说，好的锣是以整块铜板锤打而成。制锣的师傅，由铜板边缘一圈又一圈地向锣心敲打，每一锤的轻重间隔都得恰到好处，否则声音就不均匀。

所以一只大锣往往需要经过整年的时间，千万次锤打之后才能成功。最重要的是，一只锣的好坏，常决定在最后锣心的一锤。师傅们必要在焚香膜拜之后，才举起铁锤，做那关键的一击。锤得好，便是声传百里的宝器；击得稍差，声音便不够醇厚，余音便不够袅绕；而且只要击坏了，就再也无法挽救。好坏全在那最后的一锤。

在我们的人生当中，做许多事不都如此吗？为山九仞，常功亏一篑。经过了长久的努力，成与不成常取决于最后的一刻啊！

小记事本

许多人随身都会准备小记事本，记录朋友的名字、地址和电话。

我也有一个小小的记事本，是电信局早年随电话簿赠送的，虽然上面已经记得密密麻麻，纸张又破又旧，但我总舍不得将它扔掉。因为我不能一天没有它，否则跟朋友的联络就大成问题，同时每当我翻阅它时，过去的岁月便很快地再度展现在眼前。我能从记录的次序，回忆认识朋友的先后，也能由上面的笔迹，回想当时的情景——

潦草的字体，可能是匆忙间在街头写的；工整的小字，可能是为了表现特别的敬重；写好又删去，表示那人已不在记忆中停留……

世事多变，萍水相逢的陌生人，可能而今已成为肝胆相照的挚友；许多曾共事的人，可能久已失去联络；尤其令我感慨的是几位敬爱的学者，而今已经离开了人世。从那小小的记事本里，我能忆起过去这许多年的生活，那似乎就是我的一个小世界。

我们因事而认识人，因人而成就事；由生疏而熟稔，由聚合而分散，只要我们活在这个世界上，就必须跟他人接触。我们将别人的名字记入本子、融入脑海，也将自己的名字留在别人的纸上、心上。

解决问题的问题

如果你拿到一个表皮不干净的水果，虽然削了皮再吃，还是可能吞下许多原来附在表皮上的细菌。

如果你的手脏，虽然先擦肥皂再用水洗净，还有可能沾上许多原先附在手上的细菌。

因为当你削果皮的时候，总是一手拿着水果转动，一手拿着刀削皮，拿水果的手，自然把原先果皮上的细菌带到已削了皮的果肉上。

因为当你以脏手开水龙头时，便把细菌留在了开关上，虽然手已洗净，但在关水龙头时，又可能带回一些原先留在上面的细菌。

许多解决问题的人与方法，都可能成为问题解决之后的问题。

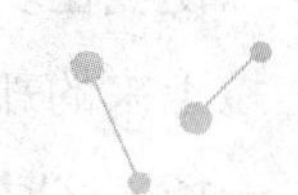

自行车

自行车要想立得住，就必须行走。走得愈快，愈平稳；方向愈定，愈平稳；身体愈放松，愈平稳。

同样的道理，我们要想独立，就必须行动。要快速行动，以掌握先机；要立定志向，以统一步调；要放松心情，以随机应变。

钓鱼的哲学

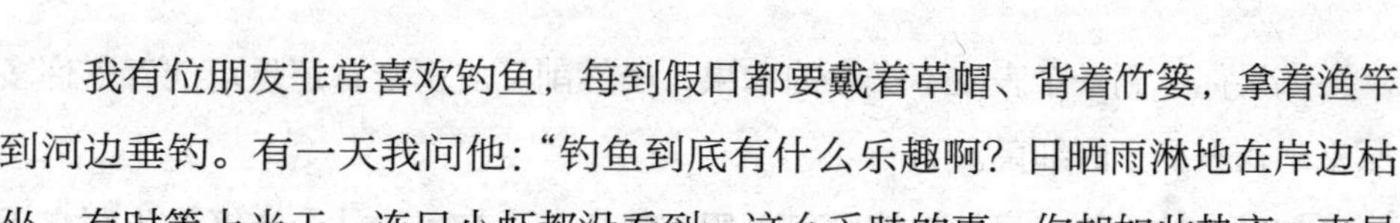

我有位朋友非常喜欢钓鱼，每到假日都要戴着草帽、背着竹篓，拿着渔竿到河边垂钓。有一天我问他:“钓鱼到底有什么乐趣啊？日晒雨淋地在岸边枯坐，有时等上半天，连只小虾都没看到，这么乏味的事，你却如此热衷，真是令人不解。想吃鱼，何不到菜场买呢？”

朋友笑笑:“因为你不钓鱼，所以不知其中的趣味，钓鱼最大的快乐不是‘得鱼’，而是‘垂钓’。当你把鱼饵挂上钩，并尽力摔向河面，你的心、你的希望，也似乎就那么嗖的一声，飞往几十米外的水中。然后慢慢将渔竿插在岸边，半躺半卧地闭目养神或纵目碧水。此刻你虽然看似心不在鱼，却要保持高度的敏锐，一点点风吹草动、渔竿的颤抖和渔铃的声响都得注意。突然铃声大作，你赶紧飞身而起，抓住渔竿往回收线，收线时要忽松忽紧，鱼儿才不会逃脱。尤其到了岸边，更要特别小心，否则功亏一篑。当鱼儿出水时真是漂亮极了，只见一尾银梭，啪啦啪啦拍打着水面，映着天光，闪闪生辉，那种景象，即使我在梦中都难忘。当然钓鱼也有令人懊恼的时刻，那就是费了半天力气，拉上来的却是半块破布、一根枯枝，或只留下不见饵的钓鱼钩，令人空欢喜一场，这时我只好从头再来。所以钓鱼要放长线、下肥饵，要长期等待而不焦躁，态度从容却保持敏锐，不怕挫折且充满希望，即使空手而归也乐在其中，能修到这种境界，你还说钓鱼不好吗？”

“这大概就是钓鱼的哲学吧！”

拾穗

三个妇人在收割过的田里，弯着腰捡拾稻穗。金黄色调的画面、一望无际的田野，给人宁静祥和的感觉。这就是名画家米勒所描绘的“拾穗”。

最近我在新闻中也看到了一则拾穗的消息——美国许多大学生集体下田拾穗，短短几天，竟然捡到了数以百吨的谷子，于是他们以这些收入，做了一次成功的社会福利工作。

那“稻穗”可能是微不足道的零钱，可能是小小心灵的触动，可能是偶然相遇的陌生人，他们确实很小，但请千万不要错过。

在我们生活当中，有许多遗漏的稻穗，如果我们都能小心地拾起，慢慢地积蓄，不是也能用来做许多有意义的事吗？

幻想、理想、感怀

孩子们看星星，说那是一闪一闪的萤火虫，伸手就能摘到。

青年人看星星，说那是亿万颗星球，总有一天会被人征服。

老年人看星星，说那是上帝的杰作，神秘不可窥透的宇宙。

孩子们多幻想，青年人多理想，老年人多感怀。

无知的常幻想，强健的常怀理想，衰退的常感怀。

幻想、理想、感怀就代表着生命的三个阶段。

静坐

有个朋友，最近在修习静坐。

有一天，我问他有什么心得。

“甭提了！我不学了！”朋友回答。

“为什么？有困难吗？”我说。

“因为我连静坐的第一步都办不到。”他摇摇头，“老师叫我们闭上眼睛，从一数到十，在这个过程当中，除了数字之外，什么都不准想。”

“这不是很容易吗？”我说。

“天知道！我原来也这么想，可是没数一下，许多杂念就溜进脑海，愈想拒绝，愈来得汹涌，连日常生活的一点琐事，都会打破我内心的宁静。”

外界的宁静容易，心灵的宁静困难。真没想到，只从一数到十，这样短短的宁静，都难以获得，可见我们的心，平常有多么嘈杂了。

寂寞身后事

我念高中时，有位老师曾在台上说："最好的意见常常不会被大家接受，真正能通过的方案反倒是稍次一等的。"

当时对他的这几句话，我相当不了解，但是进入社会，海内外跑了这么久，愈来愈发现它的道理——

能被大多数人接受的东西，总是人们最能了解的东西，而非曲高和寡、超出一般人知识水准太多的。所以跟着群众走的人，常是平凡人；被群众尾随的人，常是聪明人；远远走在前面，后面空了一大片，仿佛十分孤独的，常是伟大的人。许多伟大的文学家、艺术家，在逝去多年之后，才被群众认同，是因为直到那时候，后面的人才追上他的步子。

"千秋万岁名，寂寞身后事。"无怪杜甫有如此的喟叹。

毒蛇

某日，我碰到一位捕蛇专家，就向他请教："在爬山时如果遇到蛇，而看不清蛇头，要怎么判断它是否有毒？"

捕蛇专家说："看到你来，立刻仓皇遁去的蛇，八成没有毒；如果它只是把前半身钻进草丛，尾巴却留在路上，一副要走不走的样子，则必须小心，八成是极毒的蛇，最好躲着它。”

“如果是许多人一起爬山，走在后面比较不会被蛇咬，对不对？”我又问。

“你错了！”捕蛇人笑笑，“反而比带头的人更危险。因为当第一个人走过时，毒蛇还没反应过来；等它做好攻击准备，遭殃的正是后面的人。”

朝三暮四

某慈善团体为了学生安全，决定捐一座人行天桥给某大学。没想到校长听说之后，居然表示反对，认为要设就设地下通道，因为据他观察，学生都不愿意上天桥，而喜欢走地下通道，所以设人行天桥用处不大。

慈善团体不解地问：“天桥的阶梯和地下通道差不多，走起来花一样的力量，为什么学生喜欢走地下通道，却不愿意过天桥呢？”

校长答：“因为天桥是先上后下，地下通道则是先下后上，学生看到天桥要费力往上爬，就懒得走了；看到地下通道是轻松地向下行，则乐于通过。他们却不想想，上天桥固然费力，下行却很轻松；相反，走地下通道开始固然省力，但后来还是要往上爬的。”

蜂蜜

你吃过蜂蜜吗?

"吃过。好吃极了!"

你可由其中得到什么启示?

"还会有启示吗?"

那么让我问你,你知道蜂蜜是怎么造的吗?

"那是蜜蜂采集花粉酿造的。"

一只蜂每次能采许多吗?

"不能。"

花都离蜂巢很近吗?

"不一定。"

你知道我们所吃的一瓶蜜,需要多少只蜂,飞多远的路,花多少时间才能酿造出来吗?

"不知道,但想必很不简单。"

你知道这些蜜是谁取出来供应市场的吗?

"是养蜂人从蜂巢中取出的。"

蜜是蜂的食粮,它们的蜜被取走,是不是都会饿死?

"没有。"

为什么?

"因为它们的储蓄远超过它们的需要,所以虽然被取走不少,仍然可以维持生存;而且养蜂人不会取尽,总要给它们留下一些。"

以上许多答案,就是蜂蜜给我们的启示。

植物与动物

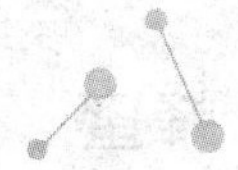

如果这世界上没有了植物，动物马上就难以生存，因为动物虽生存于地球上，却难从泥土中吸取养分，真正作为动物与土地的媒介者，总是植物。

于是蜜蜂采花酿蜜，涂上了我们的面包；牛吃草，产生乳，进入了我们的杯子；鸡吃谷子长大，成了我们的佳肴。若没有花、草和谷子，我们从何来那许多动物的美味呢？

所以在科学飞速进步的今天，维持生态的平衡，仍是不可忽视的课题，一旦公害杀死了所有的植物，恐怕我们也将难以生存。

海的独白

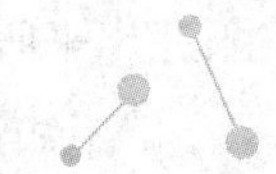

我是海，一个多情的少年，海鸥是我片片的飞吻，海平线是我的琴弦，月亮是我的恋人，她对我洒下爱的银辉，我便潮来汐往，夜夜难眠。

我是海，有人称我为不良少年，只因为他不懂爱的教育，才觉得管我是那么困难。他用阴霾的脸孔对待我，以风雨的咆哮斥责我，我当然要汹涌沸腾，仿佛疯癫。如果他沐我以和煦的阳光、温柔的清风，我必还以万顷碧波、一张笑脸。

我是海，如果你是丑陋的岩石，我便要呼啸呐喊、惊涛裂岸。如果你是温柔的浴场，我便为你筑起更细、更长、更软的沙滩。

感性

我曾经学过现代舞。第一堂课的时候，舞蹈老师叫每个人坐下，并将双手伸出，眼睛闭上，全身放松，保持宁静，然后问大家是不是觉得有风在自己的指间穿过。

起初大家都没有感觉，但是经过一段时间，心神宁静之后，果然觉得有一缕缕的风在指间穿梭。

“我感觉到了，但这屋里并没有风啊！大概是错觉吧！”有人问。

“这不是错觉，是真实，因为现在就有风，只是很微弱，小到一般人都感觉不出来罢了。”舞蹈老师说，“知道我为什么叫你们全身放松，眼睛闭上并保持宁静吗？因为当你思想一杂乱，心情一紧张，感性就变得迟钝。如果能静下心，则能见平日所不能见，听平日所不能听，感平日所不能感，而这种敏锐的感性正是艺术家最需要的。”

书房与卧室

有位朋友最近订了一幢新房，为了室内的隔间，夫妻二人争执不下。妻子主张卧室要大，书房小些无妨；丈夫则坚持书房要宽敞，卧室可以马虎。于是请我去做调解人。

我说：“你们只顾争，何不说出自己的道理给对方听听呢？”

夫妻二人都很同意，于是妻子理直气壮地讲：

“人生于床上，死于床上，如果一天睡八个小时，总有三分之一的生命是在卧室度过的，所以卧室要大。”

丈夫则慢条斯理地说：

“有道理，人确实可能有三分之一的时间在卧室度过，那是因为睡眠。但是只要床榻舒服，空气流通，睡着了，又有谁感觉卧室的大小呢？同时睡眠是人间最平常的事，英雄、懦夫、圣贤愚劣都要睡眠，他们真正不同的地方不是睡眠，而是醒时所做的一切啊！我是个文人，我希望有杰出的表现，而不愿昏昏碌碌，昼寝夜眠过一辈子，所以卧室小些无妨，书房却要讲究。”

妻子摊摊手，听了丈夫的。

佛光

到峨眉山，大家都希望见到“佛光”。

据说看佛光要在天气晴朗的午后，当云雾渐渐由山谷升起，站在峨眉山的“金顶”，阳光由背后射来，可以看见云雾间一个人影，四周环绕着七彩的光环。

“那不过是自己的影子，被阳光照在云雾上，又因为空气中的水汽，造成彩虹折射的效果罢了。”看完佛光，我对峨眉山报国寺的和尚说。

原以为他会不同意，没想到他一笑：

“可不是吗？众生皆有佛性，人人可以成佛，要得到佛光不能靠别人，只能靠自己！”

茶

泡好的茶，茶叶都浮在上面，喝的时候，总得一次又一次将表面的茶叶吹开。不仅麻烦，而且这种茶，由于味道没有进入水中，一定不够香醇。只有当它们都沉在杯底的时候，才能成为一杯佳茗。

要想把事情做成功，就不要急着表现自己，以免像轻浮的茶叶只会令人生厌。

让我们慢慢地沉下杯底，让我们奉献出自己的芬芳，让我们默默地、谦虚地等待人们的品尝与评鉴。

麻豆文旦

台南的麻豆文旦可以说是闻名全省，但是当我小时候第一次看到它时，真不敢相信那貌不惊人的小东西会是麻豆文旦。因为它不但小，而且表面看来干干瘪瘪，毫不吸引人，仿佛是摆上几个月卖不出去，而变干变黄，将要发霉的水果一般。

但是当我拿起麻豆文旦时发现，它虽然不大，却沉甸甸的，不像某些差的品种，表面看来又大又饱满，却因为皮厚、汁少而没有几分重量。

至于剥开品尝，就更令我惊讶了，因为它表面虽然干瘪，里面却皮薄、子少、肉多、晶莹细腻、甜美多汁，真可以说是入口即化、滋味无穷。

而今市面上卖的文旦，许多不是来自麻豆，却贴上“麻豆文旦”的标志，但我仍能很容易地分辨，因为我知道文旦就像人，有的人只重表面，内里毫无内容；有的人外貌虽然平凡，胸中却含蕴博厚。

选择文旦时，只有拿起它，才知道它的重量；只有品尝它，才知道它的滋味。选择朋友时，只有接触他，才知道他的分量；只有了解他，才知道他的内涵。

打球与打仗

我有一位军中的朋友，非常喜欢打篮球，某日我开玩笑地问他：“你有没有从篮球当中领悟出什么作战的道理啊？”

“当然有！”他得意地说，“作战跟打篮球的道理是一样的。打篮球要事先了解对方的情况，作战要事先探听敌人的虚实；打篮球有掌握时机的快攻、稳扎稳打的慢传，作战有出其不意的突袭、步步为营的推进；打篮球有中间的抄球抢球，作战有半路的伏兵暗算；赛球有潜入篮下从旁策应的方法，打仗有潜伏间谍里应外合的战术；打球投篮之后常要继续跟进，以备不进时抢篮板球继续跳投，作战时则一次攻击后要继续推进，以彻底歼灭敌人，获得辉煌的战果；打球时得分后当迅速地反防，以御敌人的快攻，打仗时一次战役胜利后应当更加戒备，以免敌人的反扑。当然，最重要的是不论球员或军队，都得经过严格的训练，并具有高昂的斗志，才能克敌制胜，获取最后的胜利。”

伟大的老虎

老虎和猴子聊天。

“听说人类是由你们猴子变的，但我劝你千万不要变成人。”老虎指着猴子说。

“为什么？”猴子诧异地问，“人不是万物之灵吗？他们的食、衣、住、行，样样都比我们强。”

“真是笑话！”老虎大吼了一声，吓得猴子差点从树上摔下来，“你应该说人类的食、衣、住、行，没有一样及得上我。你可知道人类吃东西有多麻烦？单单以面包来说吧，从麦子的播种、施肥、除虫、收割、碾粉到发酵、烧烤，就不知要经过多少人的手。可是我呢？我不必靠同类的帮助，自己就能找到东西吃，而且还常吃不完呢！”

“您怎不想想人类吃东西麻烦，是因为他们讲究呢？”猴子问。

“算了吧！他们不是讲究，而是因为体质太差。吃生的怕拉肚子，只吃肉又恐油腻；吃少了怕营养不良，吃多了又怕发福。”老虎拍了拍胸膛，“你看看我们老虎，有没有因为肉吃太多，而肥得要进医院的？有没有因为不吃水果蔬菜，而缺乏维生素 C 的？人类跟我们老虎比起来，真是差太多了！”

“对！对！对！人类的‘食’，真是远不如您。”猴子服气地说，“您再谈谈衣吧！似乎所有的动物，只有人类会做衣服穿。”

“那也是因为他们差啊！”老虎笑着说，“人类穿衣服，是因为他们天生光溜溜的，没有衣服一定会冻死，所以不得不穿。如果他们能天生有我这身皮毛，还用得着花那许多工夫纺纱、织布、量身、剪裁吗？”

“可是人类穿衣服还有一个目的，是为了装饰、美观、舒适啊！”猴子打断老虎的话，“听说他们的衣服很值钱呢！”

“胡说！”老虎突然火冒三丈，“他们的衣服再漂亮，又能美得过我的天然衣服吗？他们的衣服再舒适，又能比我的皮毛更合身吗？他们的衣服再值钱，又能贵过我的这件吗？要是他们自己真能做出最好的料子，也用不着千方百计来抢我这件虎皮大衣了！”

“真是太有道理了！”猴子猛鼓掌，但是鼓了一阵，突然说，“您的食和衣虽然比人类强，可是他们住的却比您好啊！”

“别开玩笑了！”老虎突然又大笑起来，“人们羡慕我还来不及呢！听说他们在城里仿照我住的样式，盖了许多‘人造山洞’，偏偏他们的技术又不行，结果弄得糟透了，使得许多人到假日，宁可跑到野外露营，也不愿留在家里。”

“人类的房子为什么不好呢？”猴子追问。

“他们的水泥洞，一个连着一个，一间叠着一间，东家吵、西家闹，户户不安宁。同时他们的水泥洞不像我的老虎洞能够自由出入，而是几十家共用一个大门，如果我是猎人去抓他们哪，只怕他们半个都跑不掉。再举个简单的例子吧！只听说人类大楼失火，一死就是几十人，总没见过森林大火时，有老虎在洞里被烧死吧？”老虎笑得直喘气。

“真是太有道理了！还是老虎的科学进步。可是谈到‘行’呢？没听说老虎开汽车啊！”猴子说。

“人类也是因为自己身体差，既跑不快，又行不远，才不得不开车的。你要知道，他们开的车子，并不是开车的人自己造的，一辆车子听说要经过好几百人的手呢！而且机器出故障不能开，油用完了不能开，没有驾驶执照不能开，路况不好也不能开，就算都成了，还会出车祸。”老虎得意地说，“你总没听说老虎撞老虎，一撞就死几十只吧？”

“对！对！对！对！对……”猴子一连说了十几个对，点了几十下头，但是就在这时候，远处突然传来一声枪响。

“糟了！人来了！我得跑了！”老虎连“再见”都来不及说，就一溜烟地冲向森林的深处。

“喂！”猴子大声喊，“您不是说人类什么都不如老虎吗？可是您为什么怕他们呢？”

“因为他们懂得守望相助、团结合作啊！”老虎的声音隐约地从远处传来。

剁肉的哲学

某日我到一家广东餐馆买烧腊，掌刀的是位年轻的小伙计。他从挂钩上取下我要的烤排骨，放在俎上，用一把又厚又重的刀，将排骨剁成小块。

这位伙计的刀法看来并不差，他每刀下去都用了很大的力量，能立即将坚硬的骨头平整地剁开，同时切得大小都一样；但美中不足的是，在他剁的过程中，有好几块排骨跳离刀俎，使他不得不再去切一点，以弥补损失。

正当他摇头叹气，把落在地上的排骨捡起来的时候，店里的老师傅过来了，一声不响地接过刀，并取下一大块排骨，然后连着几刀，很平稳地把肉全部切好，且没有一块飞掉，这时他才对小伙计说：“你只想剁得准、剁得断，却不先把刀抓稳，结果准是准，断是断，但因为刀抖，剁好的肉却飞了。”老师傅抓着刀示范给小伙计看，“记住！刀先抓稳，稳而有力，才是真正的力。如果只有猛力，却不稳，到手的东西，还是会失去的！”

我们不是也常会像那个小伙计吗？只想达到目的，却不知如何稳住获得的成果；一心只想赚更多的钱，却没有用钱的方法。有勇力而无智谋，有冲劲却乏计划，到头来很可能还是一无所获啊！

铅字的独白

我是传统印刷中一个小小的铅字，天生头上就刻着名字，虽然我的名字笔画不多，意思也不重要，但我仍然引以为傲，因为我知道：每个铅字的职责，就是使人们看见它的名字，我不能替代别的铅字，别的铅字也无法代替我。

刚生下来，我就离开了母亲（铸字模），被安置在高高的铅字架上，我静静地躺着，直到有一天被打字员取下，放入木盒里，跟许多其他名字的小朋友并排地站着，我才学会说话。

而后，打字员把我们和稿子、大样，一同交到排版工人的面前，我就更高兴了。因为排版工人把我们原本拥挤不堪的行列重新设计，安排得整整齐齐、井井有条，在那里我学会了如何立正、看齐，如何将自己的意思清清楚楚地表达出去，以及如何团结其他的铅字，连缀成完美的语句、整篇的文章。

经过几次演习、校对与修改之后，我们终于排着整齐的队伍，走上印刷机了。在那里，我们的头发被抹上油墨，接着便有一张张白纸，从我们头顶滚过。虽然我的头被压得有点痛，但我仍然挺立着，因为只有这样，人们才能从印刷物上看到我，也只有如此，我的生命才有价值，我的名字才能永远地流传下去。

我的工作真是相当辛苦，上万次的印刷之后，我的头被磨秃了，牙齿也开始动摇，工人把我们从印刷机上卸下、拆散，并倒入一个大铁桶，我知道自己的工作已经完毕，生命就快结束了。

当我被送入熔铸炉时，我一点也不伤心，因为我知道：没有过去其他铅字的牺牲，就不可能有我；没有我的被熔化，就不可能制造以后的铅字。此刻我正该高兴才对，因为虽然我即将消逝，但跟着便将有一批活泼、健壮且体内流着我血液的新生儿登场了！

如烟似梦

我们常感慨过去的事，如缥缈的云烟，似虚迷的幻梦，而说“往事如烟”“浮生若梦”。

但是如烟的往事从何而来？若梦的浮生，又是从何而生？当我们叹“往事如烟”的时候，正有不断的轻烟从我们面前飘过；当我们说“浮生若梦”的时候，自己却可能还在梦中。

所以，当我们仰首感叹如烟的往事时，不如低头照顾一下眼前的炉火，把握现在的光和热。当我们依恋枕边，想重拾昨夜的幻梦时，不如振奋而起，开创美好的今天。

不知不觉的变化

“最近我总掉头发，早上起来，枕头上全是，洗完头更可怕，池子里都是头发。”一个朋友忧心忡忡地对我说，“我真怕过不了多久，我的头就秃了。”

“我看还好啊！头发还很多。”我看看他说，“而且据医学统计，人一天平均会掉八十根头发，一边掉一边生，这是正常现象。”

他一笑：“这个我早知道，也曾经自我安慰，可是我已经去看过医生了，医生说头发非常丰茂的人，一天是可以掉八十根，但是对头发已经比较稀疏的中年人就不一样了。同样是八十根，对有八万根头发的人占千分之一，对只有四万根头发的人则成了五百分之一，当有一天掉得只剩八百根头发，如果还掉八十根，那就是十分之一了。”

在美国做体检，发现左肺的尖端有个暗影，虽然我不断解释说小时候得过肺病，那是钙化的痕迹，医生还是不放心，非换角度再扫描不可。

“其实我三个月前在台北也才照过肺部的X光，”我又说，“一点问题都没有。”

没想到医生拉着脸：“三个月前没有，不代表现在没有；连三天前看不到的东西，三天后都可能出现。”

虽然后来检查结果没问题，但医生的话总响在我耳边。加上前面那位朋友的话，给我很大的启示——年轻时掉八十根头发，不等于中年时掉八十根；中年时的失误，更不等于少年时的失误。

年龄在变、身体在变、拥有的本钱在变，我们永远不能用同一个标准来衡量不同年龄的自己，更不能认为昨天没问题的，今天就一定不成问题。

空中小姐

空难频传，有一天我坐飞机，问空中小姐会不会紧张。

“你紧张吗？”她笑笑，“我们现在的命运相同了。你不紧张，我就不紧张。”

隔了一阵，她又过来对我笑笑：“你知道吗？这个工作改变了我的人生态度，使我有很大的进步。说实话，每当我看到空难的消息，都会触目惊心，而每次离开家时，常想可能再也回不去了，所以我特别知道把握时间、掌握生命。我把自己的房间打扫得一尘不染，每一封信都及时回复，每一样事都尽快做好，每一件东西都井井有条地放置着，使我在任何一刻离去，都不会有太多的牵挂。我更知道孝敬父母，珍视朋友，因为我怕自己突然遭遇了空难，再也没有孝敬和亲近他们的机会。我甚至珍视每一位飞机上的旅客，认为他们是我最好的友伴，因为我们都在一架飞机上，或许会有同样的遭遇，如果坠机，我们可能同时离开这个世界。我更学会了感恩，感谢上苍赐予我每一刻生命；我要抓住宝贵的时间，睁开眼多看看这个世界，伸出手多做些造福人群的工作，并将我以生命换得的每一分钱放在最有意义的地方。”她笑笑，“所以我很感谢这份工作，它使我更知福、惜福、感恩。”

生命原是一个危险的旅程，当我们跨出生的第一步，也同时迈向死亡。意外、疾病、战争随时可能夺去我们的生命，我们能不努力，掌握这有限的人生吗？

打蚊子

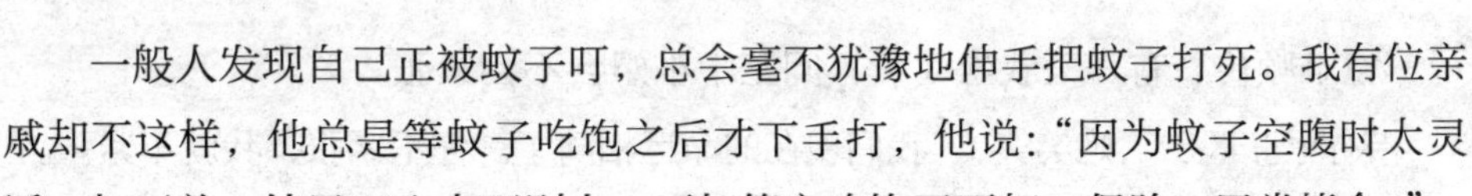

一般人发现自己正被蚊子叮，总会毫不犹豫地伸手把蚊子打死。我有位亲戚却不这样，他总是等蚊子吃饱之后才下手打，他说：“因为蚊子空腹时太灵活，打不着，结果又飞去叮别人。不如等它吃饱了再打，保险一巴掌毙命。”

他这种打蚊子的方法，我不能说对，但是他牺牲自己，保护别人，忍己身一时之痛，除众人长久之患的态度，却是值得佩服的。

回声

你曾经在野外呼喊过吗？那应当是一种很特殊的经验。有时你喊一声，有一声回音；有时喊一声，却仿佛有千百人和你呼应；又有时你的声音只是逐渐消失，杳然不知去向。

你曾经为有许多回音而雀跃吗？你曾为没有回音而怅然吗？那是大可不必的，因为纵然有千万回响也不是别人对你呼喊，没有回响，也不表示别人的冷落，因为你面对的根本就是无人的野外。

你只管喊你的吧！何必求那些回音呢？仰天长啸，一吐胸中的块垒，不就已经足够了吗？

表面功夫

听说劳力士表可以防水，又是自动的，某人存了几十万，终于买了一只。

号称“蚝壳”的金表，每个数字下都镶着一颗钻石，某人觉得风光极了，戴着金表去海边度假。为了避免海水损伤他的“宝贝金表”，下水前，特别把表摘下来。

游完泳，某人回到他在沙滩上的座位，咦，金表呢？金表已经不翼而飞。

听说出国旅行，带旅行支票比较保险，遗失二十四小时之内就能补发，某人特别把现款都换成美金支票。

果然才到国外，旅行支票就被偷了，某人赶快申请补发。

“你的支票号码多少？”发票银行问。

“我没记下。”

“你总在上面一栏签名了吧？”

“什么？”某人一怔，“不是用的时候才签吗？”

“你一定先要在上面一栏签名，用的时候再签下一栏，别人无法仿冒你的签名，那支票才管用。”银行人员说，“现在人家上下一签，就都能用了，你的支票早成人家的支票了！”

听说数码相机好用，某人特别去买了一架最贵的数码相机。

相机上有“逆光”键，某人不会用，在雪地拍摄出一个个黑黑的脸孔。

相机可以删除不满意的照片，某人也不会用，所以洗出来一堆模糊不佳的照片。

相机可以调整解析度，某人不会调，结果拍摄的照片比用胶卷多不了几张。

相机可以当作录像机，某人更不会用，只好另外提一架老式的摄像机。

相机电池需要充电，某人没带充电器，带出国没多久就关机了。

明明买劳力士表，最大的好处是防水，某人却不敢戴着游泳；明明旅行支票因为签名而安全，某人买了之后却不立刻签；明明数码相机有比传统相机好的功能，某人却不看说明书。

只知赶时髦、慕虚名，却一知半解，世界上这种人真是太多了。

平凡中的伟大

“我母亲最近参加镇农会举办的烹饪比赛，得了冠军。”一个学生兴奋地对我说。

“真是太不简单了，她必定做了一道很名贵的菜参加比赛吧？”我说。

“不！那是别人，几乎每个参加比赛的人都用了海参、鱼翅这类昂贵的材料，但我母亲只用了一些青菜、豆腐和草菇。”

“那么简单的材料，怎能赢呢？”同学们异口同声地问。

“因为评审说大家做的菜都很可口，但我母亲用的全是本乡出产的材料，物美价廉而且营养丰富，所以理当得第一名。”

“对极了！”同学们都大声地喝彩。

绘画何必一定要绘名山古刹、长河大川。有时几畦菜园、半角红墙、一湾清水，同样能成为不朽的作品，而且给予我们更亲切的感受。这不是一样的道理吗？

芯与志

虽然电灯早已非常普遍，但是许多欧洲家庭在晚餐的时候仍然喜欢点蜡烛，因为他们觉得那昏黄跳动的烛火，远比电灯来得有情调。

当我到欧洲旅行的时候，曾经去一个制烛厂参观，在那里陈列了各式各样的蜡烛，从不及铅笔大的迷你烛，到十几公斤的巨无霸，从圣诞老人的造型，到丘比特的雕像，布置成一片蜡烛世界。

“这些蜡烛做得真是太精巧了，只可惜每个蜡烛上面都拖着一根芯，看来有点碍眼。”我说。

“怎能没有芯呢？”蜡烛店的老板似乎十分惊讶地睁大了眼睛，“既然是蜡烛，当然就要有芯，没有芯的蜡烛根本不能用。蜡和芯是彼此不能缺少的。没有蜡的芯，一下子就会烧焦；没有芯的蜡，根本无法点燃。蜡供给芯燃烧的油脂，芯则集中蜡的能源发出光亮，所以通常制烛的第一步就是装芯，芯是蜡烛的心，就像人的心一样重要啊！”

蜡烛的心叫“芯”，人的心叫“志”。有志向却不知充实自己，志就成了妄想，有学问却不能立志做大事，也很难有高的成就。

立志与求学就如同烛芯与蜡油，是相辅相成的。

重号座

当你到戏院看电影时，如果注意一下，常会发现，即使客满，在场里最佳的位置，仍然有几个空位，那些座位并不是观众未到，而是戏院特别保留的“重号座”。

因为售票员为观众划座，难免有疏忽，而产生一个位子卖两张票的情况，这时服务人员则会把后进场却发现重号的观众，带到预先留好的重号座。更由于重号座总在最佳的位置，所以遭遇这种情况的观众，一定会欣然接受。

相反，如果重号座的位置很差，观众必不高兴而有怨言；倘使预先不留重号座，又客满，结果就更不堪设想了。

不只戏院，我们做任何事，不都该如此吗？即使再细心的人，也可能百密一疏，为了使自己有个退路，为了使尴尬的情况能够解除，我们都应该预留几个“重号座”——

当你投资的时候，再有把握，也不该将家产全部掷入，而应留一点起码的生活费。

当你登山的时候，再有把握，也该随时记住入山的路线，以便前面遭遇困难，可以由原路返回。

当你主持节目的时候，出场的安排再严谨，也该预记一些备用的台词，以便演员耽搁时用来填补空当。

“防患未然！”做任何事，都不能忘记这一点啊！

圣诞树

每年十二月一日，纽约洛克菲勒中心前面的广场，都有圣诞树点灯的仪式。

超大的圣诞树，据说都是由宾夕法尼亚州从千万棵巨大的杉树中挑选出来的。

有一天我教学生画杉树，顺便提起那棵巨无霸。

“你以为那巨大的圣诞树真是那样的吗？”一个中年女学生神秘地笑道，“错了！多好的树都有缺陷，都会缺枝子、少叶子，必须由我在那里当木工的丈夫，用其他树的枝子补上去才能完美啊！”

此后，每次我看洛克菲勒圣诞树点灯的新闻，都想起她的话。

我想这世上的每个人，无论他多伟大、多有名，都像那么一棵树……

不修边幅

大家常用“不修边幅”这句话来形容不注意衣着打扮的人，我则用“不修边幅”来评论学生的绘画和作文，因为他们画画，经常对于前景非常讲究，用笔一丝不苟，设色也很恰当，但是画到远景时，却常因为耐性不够，或以为远景不重要而草草了事，结果就因为边幅之不修，而糟蹋了一张画。

至于作文也一样，大家总说开头难，我却发现学生作文常是结尾差。因为他们开头时往往能细细经营，到结尾时却草草收场，造成虎头蛇尾的现象。

所以我觉得“不修边幅”这个词，用在评论诗文书画的布局、用笔，要比形容人的衣饰、装扮更为恰当。因为衣装不讲究，还能“粗服乱发，不掩国色”，但是诗文、书画不修边幅就“一步走错，满盘皆输”了。

鞋子们的讨论会

某晚，柜子里的皮鞋们举行了一场讨论会。

为了敬老，首先由一双弯腰驼背、满脸皱纹，而且牙齿漏风的皮鞋老爹发言，他颤抖地说：

“我觉得人类是最没良心的，因为世界上任何动物都用它们自己的脚板走路，只有人类狠毒地剥下动物的皮，做成皮鞋来穿，不管太阳晒得柏油路面冒泡或是雨水混合着泥浆，也不管地上有又尖又硬的石块或刺人的荆棘，他们都毫不怜惜地踩着我们乱走，要我们为他们受苦、受难，好让他们的脚长得又白又嫩。而且，当我们破损变形不堪再穿的时候，他们就把我们往垃圾桶里一扔，甚至还怕把手弄脏，而急着去洗手。他们不念主仆的情分，不念我们的功劳、苦劳，把我们甩掉之后，还要侮辱我们，你说人类可恨不可恨？”说到这儿，皮鞋老爹又气又累地干咳不止，咳出不少沙子。

这时坐在柜子最上方，刚加入鞋柜不久的皮鞋小伙子开口了：

“皮鞋老爹太夸张了！他一定是因为年纪太大，而且牙痛，所以丧失记忆、乱骂主人。我觉得人类是最有良心、最体贴，且能以德报怨的。”

所有的皮鞋都露出怀疑的目光。

“至少我觉得主人对我就相当好。”新皮鞋小伙子继续滔滔不绝地说，“他每天擦拭我，使我一尘不染；他每周为我刷上鞋油，使我总是神采焕发；他甚至走路都特别小心，乘公共汽车更不时闪躲别人的脚步，唯恐我受丝毫的损伤。至于阴天下雨，长途跋涉，他从不要我出马，而任凭我在家睡觉，这是多么体贴呀！尤其不简单的是他以德报怨的胸襟。尽管我因为年轻气盛，有时咬他几口，害他脚跟起泡，他还是对我满脸笑容，并时时在人前夸赞我的身价。他真是伟大、慈祥，而且……”

“够了！够了！你们都太偏激！让我来讲几句公道话。”已经开始发福的中年鞋子打断小伙子的话，“我记得主人起初是那么慈祥体贴，但是渐渐地，他就露出喜新厌旧的本性，先是不再每天给我搽面霜，后来连脸都不为我擦了。而且过去别人如果踩我一脚，他一定会瞪上那人老半天，然后掏出洁白的手帕，弯下腰，轻轻为我擦去泪水，但是而今，别人踩我好几下，他都不在乎，还穿着我去爬山和踢足球。”

说到这儿，他长长地叹口气，低头看看满身的泥土，摇着头说：

“为了他，我真是牺牲太大了。他的脚长得怪，我特别扭着腰、伸长脖子、挺着肚子去适应他，使他穿着舒服。岂知，就因为如此，举凡粗重的工作，长远的跋涉，他必定要我出马。为此我擦伤了漂亮的脸颊，跌落了整齐的牙齿，不但没获得报偿，他反而因我失去美貌，任何宴会大典都不带我去了。所幸他偶尔还会拍拍我，对他太太说我是最舒服的鞋子，并在他心情好时，为我搽上一点面霜，使我的怨气能稍稍平息。”

最后，站在一旁老半天的鞋刷也开口了：“我觉得你们根本不必争辩，人类不单对鞋子，他们对任何东西都这样。像我，先是被用来刷帽子，而后刷衣服，现在则刷鞋子，只怕明天也就要进垃圾桶了。有用的时候说你好，并给你重任，没用的时候，头也不回地把你甩掉，这大概是人类的本性吧？幸亏他们对同类不至于如此，当父母年老无用时，他们还知道孝敬；当妻子人老珠黄时，他们还知道体贴；当朋友穷愁潦倒时，他们还知道济助。就凭这一点，他们还算得上是人，如果有一天，他们对亲友都失去了情义，就连我们鞋子、刷子也不如了。”

全体鞋子都热烈鼓掌，使得柜子里尘土飞扬。

“谢了！谢了！请别再鼓掌。”鞋刷子大声喊着，“否则我又有的忙了。”

全垒打

一声清脆的声响，球斜斜地飞向外野，越过外野手的头顶，飞过那堵长长的矮墙。

“全垒打！”

在万众的欢呼声中，打击者轻松愉快地跑完一、二、三垒，接受队友热情的拥抱。这是多么光荣的时刻！经常只是这一棒，就能为自己的球队抢下半壁江山，就能把对方的投手打得方寸大乱。

可是我却见过一位全垒打者，当他正接受队友祝贺的时候，裁判却手一举，判他出局了。

“为什么？”他惊讶地问。

“因为当你跑完三垒时，许多队友过去迎接你，使你忘记踩本垒板了！”裁判说。

得意常会忘形，忘形则易疏忽，疏忽招致失败，当我们得意的时候，怎能不以此警惕呢?

纤纤玉手

当你与两位女士握手时，如果一位女士的手柔腻丰腴，另一位的手粗糙干硬，你会有怎样不同的感想？

我会喜欢前者，因为她使我想到《诗经》中“手如柔荑，肤如凝脂”的美女庄姜，使我想到电影中翩翩起舞、湖畔嬉戏的贵妇，那是何等美好的联想！

但是我更会敬重后者，因她必定十分辛苦。她照顾家庭，将庭院的草剪得平平整整，将房里打扫得一尘不染；她也可能专心工作、亲手操持，牺牲原本柔细的双手，成就一番事业。

女士们！如果你拥有一双粗糙的手，请不要因为它们失去往日的光泽而叹息，更请不要隐藏它们，因为你应当为有那么一双伟大的手而骄傲，你的手比任何语言更能在一握之间，向对方述说你的成就。

勾践与苏秦

可怜的毛虫，你怨恨自己的迟缓丑陋，羡慕蝴蝶的轻盈美丽吗？那么赶快做一个茧，将自己深藏起来，逐步改进、缓缓蜕变，重新装扮一番，长出一双翩飞的彩翼吧！

可怜的朋友，你怨恨自己的失意无能，羡慕别人的学识成就吗？那么赶快走回书房，将自己安定下来，静静思索、细细检讨，更加充实一番，塑造一个新的自我吧！

没有地底的蛰伏，哪有嘹亮的蝉鸣？没有十年的“生聚”，哪有复国的勾践？没有刺股的苦读，哪有合纵的苏秦？每当我们不得意的时候，都当关起门来，好好地反省啊！

快感与美感

什么是快感？什么是美感？

如果你喝一杯饮料时说：“真是太好喝了，太解渴了！”这是快感。

如果你喝一杯饮料时说：“酸酸甜甜的，仿佛初恋的滋味。”这是美感。

什么是美感距离？

如果你看到一幅画像，而认识其中的人，八成会评它像不像。

如果你看到一幅画像，而不认识其中的人，八成会评它美不美。

这当中的不同，就是美感距离。

新精神与新境界

今年春天，我在美国弗吉尼亚州的马丁斯维尔，欣赏了一场以训练方法为主题的现代舞发布会。其中令我印象最深刻的，是主讲人法兰西斯女士以喜、怒、哀、紧张等情绪为“触机”及“题材”，编成的一段舞蹈。

当她讲到笑，舞者就表现出各种不同的笑，有的捧腹大笑，有的忍着不笑，有的嘿嘿冷笑，有的咯咯娇笑，有的狂笑，有的窃笑。而就以这许多笑的动作，她组合成舞蹈，呼应成节奏，组织为画面，予人律动的美。

她们的舞蹈使我想起《诗大序》中“在心为志，发言为诗。情动于中而行于言，言之不足，故嗟叹之，嗟叹之不足，故永歌之，永歌之不足，不知手之舞之，足之蹈之也”的句子。

情感确实是音乐、舞蹈、绘画、诗歌等各种艺术创作的原动力，能够掌握情感，就能创作出最引人共鸣的艺术品。可惜现在有些艺术家只重形式而忽略内涵，只知重复过去的样子，却不能表现新的意境，造出许多只见古人躯壳，却无今人血肉的东西。其实前人固然主张师古，但也主张师人、师心、师造化。“师人”是取他人之法，“师心”是表现自己的精神，“师造化”是感受山灵水韵，岂能因“师古”而“泥古”呢?

所以不论绘画、音乐、舞蹈、诗歌，我们都应该注入新精神，创造新作品。古人留给我们的文化遗产，我们不但要传承下去，更当创造这一代的东西，给以后的人看啊!

诗人

你可以不会作诗，却成为诗人，因为虽然你不能写诗给别人看，却可以有诗人的感觉，虽然你不透过语文表达，却能在内心颂赞。

什么是诗人?

诗人是对一切事物都关心的人。从枝头的新绿、阶角的苔痕、晨流的清露、向晚的斜阳，到虫的唧啧、鸟的啁啾、水的低语、风的呼啸，乃至山岳的崩颓、江河的移转、国家的盛衰、历史的变迁，都是诗人关注的对象。

所以诗人的题材永不匮乏，诗人的灵泉永不干涸。

什么是诗人?

诗人是充满同情心的人。他忧国、忧民、忧时，忧这世上的一切，甚至花的缤纷、叶的凋零、星的陨落、月的消瘦，乃至一滴露水的坠落、一片雪花的消融、一朵云彩的流浪，都能引起他的感伤。

什么是诗人?

诗人是能从丑里见到美、从痛苦里寻找愉悦的人。他为葬花而落泪，也为盼望春回而欣喜；他歌颂绿油油的田野，也欣赏白皑皑的山峦；他对生命怀着炽热的爱，也把死亡看作安详的睡眠；他憎恨人类的残酷，也歌颂战争的壮烈；他能以泪眼看花、冷眼看人生、青白眼看世俗。

什么是诗人?

诗人是最敏锐的人。他能从枯枝上见到春、从繁花间悟到秋、从年老的皱纹里感悟人生、从鱼儿的优游里找到快乐、从婴儿的啼哭中开展希望。他能窥视穹苍、谛听万籁、对语大地。即使一粒种子的萌发,他也能觉察;纵然是无生命的高山,他也能“相看两不厌”。

什么是诗人?

诗人是最纯真的人。他的心里不藏仇恨,所以能容得下山川;他的眼里不带偏见,所以能存得下日月;他的耳里不留恶言,所以能容得下天籁;他不奔忙于富贵,所以脚下不染尘埃;他不攀缘于名利,所以腕底自见天真。

诗人有这许许多多,所以他又是最丰富而满足的人。

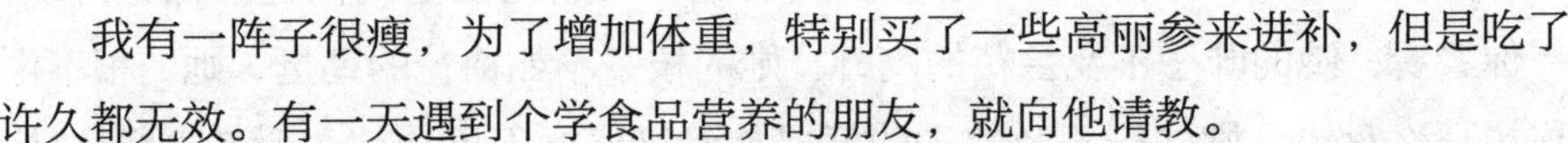

高丽参

我有一阵子很瘦,为了增加体重,特别买了一些高丽参来进补,但是吃了许久都无效。有一天遇到个学食品营养的朋友,就向他请教。

“你除了吃高丽参之外,有没有增加日常饮食的分量?”营养专家问。

“没有。”我说,“我向来都只吃一点点。”

“那你怎么可能胖呢?”

“可是我每天都吃人参,高丽参不是非常补吗?”我不解地问。

“如果你天天上补习班,回家却不念书,你的功课可能有大的进步吗?如果你天天练拳打坐,却营养不良,身体可能好得起来吗?”营养专家说,“上补习班或许能帮助你理解,但是并不能为你记忆;练拳打坐固然可以锻炼筋骨,但是并不能帮你制造营养。同样的道理，人参可以帮助新陈代谢，但是你总要摄取足够的食物，身体才有的吸收啊！事情要做成，各种条件必须相互配合，只逐一端是没用的。”

困顿的牡丹

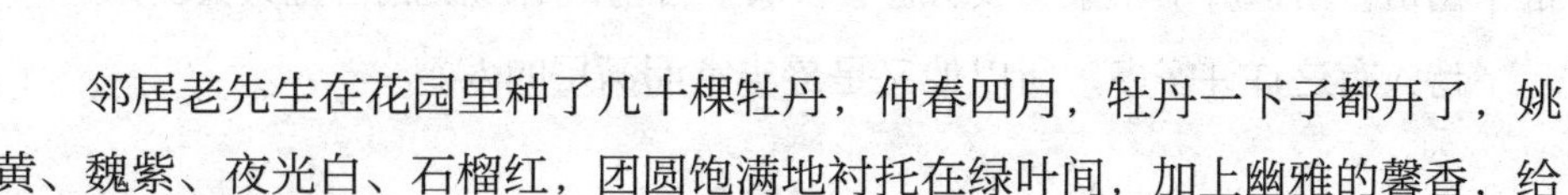

邻居老先生在花园里种了几十棵牡丹，仲春四月，牡丹一下子都开了，姚黄、魏紫、夜光白、石榴红，团圆饱满地衬托在绿叶间，加上幽雅的馨香，给人一种端丽华贵之感。

“怪不得牡丹叫富贵花。”某日走过牡丹园，我忍不住地赞美。

岂料正在整理花园的老先生，很不以为然地转过头问：“你说牡丹是富贵花？”

“中国人自古称牡丹为花王，也叫它富贵花。”我说，“所以许多牡丹的图画上，都题有‘富贵满堂’‘富贵长春’之类的句子。”

“你一定是弄错了，牡丹怎么会富贵呢？”老先生把我拉近一棵牡丹说，“你看看，她的叶子不及兰花的婀娜，她的枝子不如梅花的劲挺，她的根不像松树那么盘错，她的干不及竹子的轩昂，而且盛夏不见浓郁，严冬唯留枯枝，只不过春天才发芽、含苞、开花。你如果说她富贵，是就眼前所见盛开的花朵而言，却没想到牡丹的一生。她是辛辛苦苦积了四季的营养，忍了冬天的霜雪和夏天的炙热之后，才有今天丰富的花开，而且开完花，就又恢复了平凡，跟一般树不但没有两样，反而更朴素些呢！”

“富贵常得之于困顿，奇逸常得之于平凡，清淳常得之于幽远。”我感慨地说，“您讲的岂止是牡丹，更是人生的哲理啊！”

爱与欣赏

“爱”和“欣赏”，表面看来接近，实质却有距离。爱常是主观的、执着的，欣赏往往是客观的、冷静的。所以，尽管我们“欣赏”一样东西的时候，多半也会“喜爱”它，但“爱”和“欣赏”不一定要共存。

对某些人，我们虽不爱，却能欣赏。譬如在战场上，我们可以向誓死不屈、壮烈阵亡的敌军勇士行礼，因为我们虽然不爱他，却欣赏他英勇的表现。

对某些人，我们虽不欣赏，却可能深挚地爱他。譬如父母可以对不孝的子女说：“我们很不欣赏你的行为，但是仍然像过去一样爱你。”

又有些情况，我们可以爱，但是不欣赏；虽然不欣赏，却又不完全否定它的价值。譬如苏东坡在评宋代名书法家李建中的作品时说：

“李建中的书法虽可爱，但是品位不高，却不能把他抛弃。”

伏尔泰则说：

“我可以不同意你的看法，但我誓死维护你发言的权利。”

谈新

每个人都喜欢新。喜欢新衣服、新鞋子、新房子，追求新知识、新事物、新风格，更不断结交新朋友、进入新环境、接受新观念。问题是，当我们在讲“新”这个字的时候，却可能犯了错误。

什么是新?

必须相对旧的而言，才有所谓新。所以，我们可以说买了一件新衣服、穿着一双新皮鞋，却不一定能讲娶了一个新太太，因为我们有旧衣服、旧皮鞋，却不一定有旧太太。所以，太太永远是太太，除非再娶，是没有新旧之分的。

新的东西必须以后要能变为旧的，今天才能称为新。譬如我们所说的新款式，将来会成为旧款式；我们所住的新房子，将来会成为旧房子。所以今天我们可以称它们为新。相反，太阳虽然亿兆年来便已经存在，每天的朝晖又都能变为夕照，我们却不能称今天的太阳为新太阳，或一万年前的太阳是旧太阳。因为太阳不会旧，太阳永远是太阳，所以没有新旧之分。

同样的道理，我们常说新棉花、新木料，却不会说新金子、新石头，就是因为棉花和木料容易变旧，金子和石头则不会。

此外，新常要能成为潮流、变为事实、演为风气、为多数人承认，才能称为新。所以，在石涛、朱耷和莫奈、凡·高的时代，人们可以称他们的作品为新风格，因为那种风格是走在时代前端的，是创新，且为后人欣赏、仿效和肯定的。相反，如果一个人只是乱出花招，标新立异，甚至违风悖俗，绝不能称为真新。所以，我们可以称迷你裙为新款式，却不能说裸奔是新风格；我们可以说“新写实主义”为新派别，却不能赞赏某人拿鸡蛋和蜗牛向画布上砸是新派。

新又有感觉上的新和实质上的新。譬如一件新做好的衣服，是实质上的新衣服，因为原本并没有那件衣服，但是一个新发现的元素，实质上却不能说是新的，因为那个元素早已存在，只是新近被发现而已。又譬如说“在环球旅行中，我今天到达了一个新国家”，这句话中的“新国家”可能有两种意思：一为新成立的国家，一为新到达的国家。前者是实质上的新，后者为感觉上的新，其间也是有别的。

由以上许多点，我们知道“新”这个字是多么难用了。最重要的是：当我们讨论新的时候，绝对不能忽略旧的。因为新的常以旧的为基础。新风格是从旧风格演变过来的，新品种是自旧品种改良的，新国家是以旧有的土地和人民建立的，新房子是以既有的木石建造的。没有旧，便没有新；没有新，也便没有旧。在这新新旧旧之间，历史便写成了，世界就进步了。

细细品味

我们吃东西，除了为果腹，还要求味觉的享受。但是饿极了多半会饥不择食，顾不得细嚼慢咽地品尝；吃饱了之后，又因为失去食欲，就算山珍海味放在眼前，非但不想吃，还可能有要作呕的感觉。

我们读书，除了为求知，还要求读书的乐趣。但是为考试开夜车的时候，多半只知死记硬背，顾不得推敲玩味；填鸭填得太多之后，又对书产生反感，就算名著放在眼前，非但不想读，还可能头痛。

只有在想吃东西，又不饿极了的情况下，才能享受食物的美味。

只有在心灵渴望，又不赶进度的情况下，才能得到读书的乐趣。

堆积的梦想

梦想，有时多么平凡！

游子们梦想有一天能与家人团聚。

病危者梦想有一天能恢复健康。

失聪者梦想有一天能听得到。

跛脚者梦想有一天能走得好。

失明者梦想有一天能看得见。

有健康的身体、明亮的眼睛、聪敏的听觉、稳健的脚步和团圆的家庭，不是很容易吗？不是大部分人都能如此吗？可是它为什么却能成为别人的梦想呢？

因为那许多平凡的东西，对他们而言并不平凡——他们睁开眼，却看不见；跨出脚，却走不好；侧着耳，却听不到；要跳下床，可是毫无力气；想跨进家门，家门却在千里之外。那些事既然在真实生活中难以实现，自然成为他们的梦想。

想想这些，我们真应该知足，因为我们原本以为非常平凡的自己，竟是许多人的梦想堆积成的。

灵感

灵感真是奇妙的东西，走在路上，它会突然掠过你的耳畔；坐在车里，它会蓦地挂上你的车窗；推开门，它会飘落阶前；关起灯，它会在暗中闪耀；甚至到了梦乡，它还会扣动你的心扉。它是那么不期然地来到，那么轻、那么快，却又那么强烈、那么无痕，仿佛光的一闪、水的一波、雁的一掠，也就在刹那间，给予你无限的喜悦、无比的情思、无穷的哲理、深长的意味。

每个人都可能有灵感，但不是每个人都抓得住它。对于哲学家，它或许是苦思不得的顿悟，对于音乐家，它可能是人间难求的天籁，对于艺术家，它或许是超凡脱俗的意境，对于文学家，它或许是剔透玲珑的巧思，但是对于平凡人，它可能只是瞬间的欣喜罢了。

这是因为前者在平时就已经不断钻研、探索、搜求、构思，仿佛早已在林间张起高高的网子、在山间挖下深深的陷阱，尽管灵感的翅膀飘忽、脚步轻巧，但落入网子、跌入陷阱，也不得不束手就擒。相反，日常不多思考，或学无专精的人，仿佛竖起小小的网、掘下浅浅的坑，即使有鸟兽落入，也钩不住、套不牢。

由此可知，只有准备好柴薪的人，灵感才能成为火种；只有准备好行囊的人，灵感才能成为导引；只有笔墨在手的人，灵感才能成为书画；只有绘好五线的人，灵感才会化作音符。为了寻找灵感，你应该学习兀对寻山的范宽[①]、

① 范宽，名中正，字仲立，华原人。曾说："与其师人，不若师诸造化。"意思是"跟人学，不如跟大自然学"。与李成、董源并称北宋三大家。台北"故宫博物院"藏有范宽的《溪山行旅图》。

骑马觅句的李贺[①]；为了抓住灵感，你应该效法有感于苹果落地的牛顿、观察吊灯摇摆的伽利略[②]。因为只有渴求灵感的人，才能抓住灵感；也只有不放过任何小灵感的人，才能有大的创获。

男女平等

男女平等，不是男女相等。因为男女天生就不相等，也无法相等，你不能叫男人去怀孕，也无法使女人都有男人的力气。上帝造男女，是叫他们平等地去合作，而不是让他们去夺权。所以，女人不能说“男人如何做，我也要如何做”，男人也不可讲“因为女人会那样，我也要那样”。这都犯了只知求相等，却不知求平等的错误。

因此，在争取男女平等的时候，不论男人还是女人，都要扪心自问“我能做什么”，而不该坚持“我要做什么”。男女都可以做自己“能”做的事，才称得上男女平等。

---

① 李贺，唐宗室，字长吉。从小就很聪明，而擅长诗文。他作诗，不先定题，每次骑马外出，都叫跟从的小书童背着锦囊，有灵感，则当场写下，投入囊中，而有“锦囊妙句”之称。

② 伽利略，意大利物理学家、天文学家及数学家，出身贵族，初习医，后改修数学及科学，任比萨大学及帕多瓦大学数学教授。发现落体及摆的等时性定律，始制温度计，并以望远镜观察天体，证明地球绕日，因此触怒教皇而下狱。伽利略的发明甚多，被后世尊称为实验科学之祖。据说他因观察吊灯摇摆而发现摆的等时性定律。

风景

风景不仅要用眼睛欣赏，更要以整个身体和心灵去感觉。

松涛、竹韵、鸟语、虫鸣，我们可以侧耳谛听；清风、细雨、骄阳、冷露，我们可以用肌肤体会。又如花的馥郁、草的幽香、水的爽冽、土的浑厚，我们可以用鼻子辨别。至于如茵的草地、积叶的秋林、细软的沙滩和青石的路面，我们则可以用脚底感触。当然，更有那凄冷、幽深、荒寒、苍老、典雅、朴拙、高古和孤危的感觉，需要我们心灵的契合。

风景不只是表面的形色，更有它蕴涵的精神。也正因此，它才能勾起我们的遐思、开拓我们的胸怀、启发我们的灵感、顿悟我们的人生。

“行到水穷处，坐看云起时。”风景不仅看不完、寻不尽，而且风景之外，还有人生的哲理。

贮水和储金

你参观过水库吗？

水库通常是在溪谷间筑起拦水坝，在水源充沛时贮存用不了的水，到干旱的季节再将水放出。由于它可以有效控制水源，所以能防止水患及干涸，更能扩大灌溉的面积，增加粮食的产量。

储金就和贮水的道理一样。如果你能在收入丰富时，将多余的钱储蓄起来，则可以无虑一时的短缺。储蓄的习惯可以使你在得意时不致荒逸，在失意时不致窘迫，更因为你能有计划地使用，让每一分钱都发挥最大的功用，而增加许多财富。

水库可以发电，储蓄能够生息；水库可以辟为风景区，储蓄不是也能为我们的人生开拓美好的远景吗？

常清洁、常活动

我家附近有个水果摊，卖水果的老先生，没事总把篮里的水果拿出来擦拭，有一天我开玩笑地问他："水果擦亮一点，是不是比较好卖？"

"我才不做那种表面功夫呢！"老先生说，"我是为了避免水果霉烂。病人如果久不洗澡，躺在床上又不能翻身，背上会溃烂。同样的道理，水果久不擦拭和翻身，也容易生霉。水果跟人一样，要常清洁、常活动！"

评书法

当我在高中教书时，常听见导师们说：“学生的书法是最好改的了，因为好坏只要一眼就能评断，不像周记得逐句看。”

对于这番话，我不敢苟同，我认为书法是很难评阅的，有时一篇字看许久都无法决定。因为学生各有各的体气，劲挺的可以写瘦金，浑厚的适合写颜鲁，险峻的可以写欧阳询，雄健的可以写《石门颂》，洒脱的可以练王羲之的《兰亭序》，奇峭的可以试黄庭坚的《松风阁》。学生选的碑帖与他个人体气是否配合，应该加以审度，必要时则建议他更改。

此外有些学生选碑奇特，譬如《天发神谶碑》①和《爨宝子》、《爨龙颜》②，非下功夫，不能欣赏。

至于最难的，则是少数作品看来横涂竖抹、漫无章法，但是细细品味，却能见出不凡的气魄和风骨，仿佛未琢之玉，表面粗粝，但是内蕴奇才。这种学生若为他选择适当的范本并给予鼓励，常能有特殊的成就。相反，如果随意评个“大丙”，掷在一旁，恐怕学生一辈子都会认为自己毫无书法细胞，而永远被摒在书家的门外了。

---

① 《天发神谶碑》，又名《天玺记功碑》，是三国时孙吴的皇象所写的。历代评书者认为它“若篆若隶，字势雄伟”或“铦厉奇崛，于秦汉之外，别构一体”。

② 《爨宝子》和《爨龙颜》大约写在东晋和南朝的时期，作者不详，两碑字体相近，属于隶书到楷书过渡时期的作品，世称“二爨”。

修鞋的哲理

我家附近有个修鞋店，虽然专门修理旧皮鞋，但是店中的各种机械设备齐全，绝不下于制造新鞋的工厂。

某日我问那里的老板："你有这么好的设备，为什么不制作新鞋，却要去修理那些又脏又旧的破鞋呢？我看你修理某些破鞋所下的功夫，恐怕比制作一双新的还麻烦。"

"人们既然能生育，人口又增加那么快，为什么还要医院呢？医院是为挽救人们的生命，我的工作则是挽救皮鞋的生命啊！"老板笑道，"新生的孩子不能做成人的工作，新制的鞋也不如旧鞋舒服；从小养个孩子要下许多心血，重新买双鞋也得花不少钱，岂能随便把他们抛弃呢？"

"人是人，鞋是鞋，人是有生命的，鞋是无生命的，你怎能以鞋来比喻人呢？"我不服气地说。

"人对人有情感，对鞋也有情感；人与人有缘，人与鞋也有缘啊。你想想鞋店里有成千上万的鞋，你为什么会选上这一双？你看上它的样子，未必满意标的价钱；两者都如意，还可能找不到适合的尺寸。东挑西选，有时跑上十几家鞋店，才选上这双，岂不跟交朋友一样不容易吗？更何况它与你有长时间的相处，那简直就跟知心的老友一样……"

"听你这样讲，倒真有几分道理，鞋确实是愈穿愈适脚，只恨鞋底总容易磨坏，要不然还真舍不得换。"

"这就对了！鞋面没坏，鞋底先裂，扔了既然可惜，当然就得送来给我修。"老板得意地笑着，但是接着又叹口气，"这年头，大家挑鞋总计较鞋面的皮革软不软、滑不滑，却很少考虑鞋底的材料是否结实和做工是否精细；制鞋的人为了多销，也尽量在鞋面上下功夫，这样当然鞋底容易坏。买鞋的人原想鞋底别人看不到，差一点没关系，岂知就因为鞋底不好，使得鞋面容易变形，更因为鞋底常坏，又懒得送修，而不得不买新鞋，这岂非太浪费，也太不明智了吗！”

“这下我倒也要拿人来比喻鞋了。”我说，“我们选鞋固然重面不重底，做人不也常如此吗？只知做表面功夫，却不知在根本上加强，结果因为基础上的毛病，改变原先的计划；更因为根本的动摇，而常常不得不从头再来，这也是太浪费且太不明智了啊。”

伤与感

许多文艺创作者都有相同的经验，就是愈在伤情的时候，愈容易产生创作的灵感。

其实这道理很简单，它好比鼻子敏感的人，对气味和灰尘特别敏感；风湿的患者，对天气晴雨仿佛能够预知；身体衰弱的人，对一点冷暖的变化都难以忍受。

同样的道理，满怀感情的人，情绪变得特别脆弱，外界的一景一物、别人的一言一笑、昔日的一纸一字，都能勾起他无限的感伤，也自然容易在诗文中宣泄出来，成为感人的作品。这也就是杜甫会由于“感时”而觉得“花溅泪”，“恨别”而觉得“鸟惊心”，李易安会因为“旧时天气旧时衣”，而怨叹“只有情怀不似旧家时”的道理了。

手卷与人生

中国画在格式上最特殊的要算是手卷了。手卷是把宽度不大，却横而长的画裱成卷轴的形式，长的能达数丈，短的也有好几尺，欣赏时可以一边卷，一边展，仿佛看电影的摇镜头，一段一段、一树一石、一山一水地欣赏。有些手卷上画的小路从头至尾迤逦连绵，看的人顺着小径，穿林、过桥、走栈道、涉溪渚、经津渡、访山村、临深涧、登悬崖、赏烟岚、观飞瀑，一路看下来，仿佛身游画中，怡然神往。古人说“画可以观、可以游、可以居”，手卷是最能“游”的了。

我国历代的手卷名作相当多，其中为大家所熟知的有宋代张择端的《清明上河图》、元代黄公望的《富春山居图》、明代仇英的《汉宫春晓图》、清代郎世宁的《百骏图》和近代张大千的《长江万里图》等等。

好的手卷不但要一石、一树画得疏密有致，一人、一马画得生动活泼，亭台楼阁描绘得典雅，竹篱茅舍安排得闲逸，近山远水经营得有层次，重林幽壑处理得有深度，使欣赏的人，一尺一寸地近观，能觉得意味无穷。而且整幅手卷摊开来远看，也要能见节奏、见气魄。如果近看虽然有味，远看却是一片琐碎，山头没有大小安排，色彩毫无轻重变化，甚至画几千里的山川，全用一种笔法，地质风物毫无差异，绝不可能成为最佳的作品。

人生就仿佛手卷，一边开展、一边收卷；已经卷起的存入记忆，尚未呈现的充满新奇。随着它，我们有时能登泰山而小天下，有时入深谷而不见曦月；

有时直入华美的殿堂，有时寄居拙朴的茅舍；或登东皋以舒啸，或临清流而赋诗；或引壶觞以自酌，或抚孤松而盘桓。只要手卷没有展完、生命没有结束，前面就有可看的景物、可感的人生。

问题是虽然我们从一日、一月来看自己的人生，仿佛处处可爱、时时有所获得，但是当有一天，别人把我们的一生像手卷般完全摊开时，在那许多细琐、繁复、千山、万壑之外，是否能见到最最感人的气魄、节奏和力量呢？

所以，不论手卷抑或人生，片片段段的美固然重要，浑然整体的力量更不能忽略。

大自然的精神

台风刚过，走在路上，突然有进入乡野的感觉，眼前明明仍是原先的高楼、马路和行道树，为什么会给我如此异于昔日的感动呢？

我终于想出来了！因为台风吹走了都市里污染的空气；因为树木折的折、歪的歪，不再像以前一样整齐地直立着；因为树叶上的尘污都被雨水洗净，重现它们青翠的面貌；因为路上的人车稀少，且散布着强风吹落的枝叶。

清新、亮丽、爽朗，不事雕琢，于规律中表现不规律，于完美中带有残破，或许这就是“大自然”的感觉吧！

清洁巷

离我家不远有一条巷子，附近的人都管它叫“清洁巷”，因为那条巷子总是非常清洁，即使旧历年的时候，也难得看到一点爆竹屑。

起初我以为清洁巷之所以干净，只是因为居民特别守公德，或是清洁队格外照顾，后来听邻人解说，才知道清洁巷的由来，主要是因为住在巷里的一位老人，每天清晨就出来扫街，从巷头扫到巷尾。

起初巷里的居民看到，都劝老人不要这么辛苦，但是老人依然每天定时扫街。邻居们心里不安，所以再不敢随便丢果皮纸屑，有些人甚至傍晚还要到门外检查一遍，唯恐自己门前不干净，即使老人不骂，其他邻居看到也要责怪。每个家庭更叮嘱自己的孩子，千万不可给扫街的爷爷添麻烦，所以连上幼儿园的小朋友，都知道不可乱丢脏东西。大家这样维护，加上老人每天把仅有的一点尘土都扫去了，自然使得那条巷子成为“清洁巷”。

有一天早晨我经过清洁巷，正好看见老人在扫街，就趋前问道：“老先生，我早就听说您为社区服务，您是否能告诉我，是什么动机，使您开始每天扫街的工作，您不觉得辛苦吗？”

“怎么会辛苦呢？这一方面服务了社区，另一方面对我自己也有好处啊！”老人笑着说，“第一，家庭是在社区当中，有了干净的社区，才能有健康的家庭，所以我为别人洒扫，也等于为自己服务。第二，扫地也是运动，它不激烈，却能活动筋骨，不是很好吗？”

“在这方面您真是比晋朝的陶侃更伟大。”我说，“陶侃在广州做官的时候，曾经以搬砖来锻炼自己，但是据说他搬砖只是在自己家里搬，而且搬的是同样几块砖，所以陶侃固然锻炼了自己，却无益于邻里。至于您老人家，则不仅运动了身体，而且有利于社区，更收到了端正风气和教育的功效，岂不更伟大吗！”

治印之道

你一定看过刻图章吧，那些师傅多半先将印材夹在一个由许多小块木板组成的印床上，再描绘印文，下刀雕琢。由于印材早已固定，所以雕刻时不会摇动，就算刀子滑出去，也不致伤手，可以说既省力，又安全。

但你可知道，治金石的名家，多半是一手执印，一手执刀，而绝不依赖那“印床”的。他们右手向前刻，则左手执印向里送；右手向内刻，左手则将印材向前迎。遇到硬的材料，左右都用力；遇到软的印材，内外都留三分；碰到不均匀的石头，则要刚柔相济。就在这左右手的配合下，表现出“崩”的气魄、“刮”的细致、“大白文”的力量和“细朱文”的柔婉。当然在这雕刻的过程中，只要滑刀，就难免将手割破。我们可以说一般刻印的工匠很少有为刻印所伤手的，而金石的名家，即使在治印几十年之后，仍然有挂彩的可能。

艺术追求的常不是必然，而是偶然；常不是圆熟，而是拙朴；常不是平顺，而是惨烈。

垃圾

某日清晨散步，正遇见环卫工人沿街清除垃圾，就跟他们打了个招呼。

“先生，您早！”环卫工人笑着说，“这个地区真不错，从垃圾就可以看出大家都很谨慎、有公德，而且充满慈爱。”

“由垃圾可以看出这么多吗？”我不太相信。

“当然啦！如果你发现，他们的垃圾不论是塑胶袋还是纸箱，都包得好好的，不致在搬运时破裂，表示这些人一定很谨慎。假使发现他们砍下的树枝用绳子捆好，拆下的木条把上面的钉子敲平，不致使环卫工人搬运时伤到手，表示这些人一定有公德。如果他们把还能使用的东西与废物分开放，以便需要的人拿去用，表示他们一定充满慈爱。由小处看人，要比从大处观察，更来得真实而准确呀！”

了解

同样一个城市，住得愈熟，愈觉得小。

同样一条路，走得愈熟，愈觉得短。

同样一本书，读得愈熟，愈觉得薄。

同样一种技巧，学得愈熟，愈觉得容易。

同样一个人，交得愈熟，愈觉得平凡。

“了解”，能使这个世界变得简单。

谈死刑

世界上许多国家都废除了死刑，反对死刑的人认为，刑罚的目的，是给予受刑者惩罚和教训，也就是“明刑弼教”；但是死刑，只有惩罚，没有教训。

此外，死刑是使犯人永久隔绝于社会，使他再也不能对社会构成威胁。要达到这个目的，判无期徒刑就成了，何必判处死刑呢?

有一派反对死刑的人，认为社会应该对所有的罪犯负责任，因为“人之初，性本善”，其犯罪不因为他生下来就该是强盗、凶手，而是由于没受到父母悉心的照顾、老师谆谆的教诲和社会善良风气的诱导，所以他的犯罪，社会要负很大的责任，自然不应将他摒弃于人世之外。

“欠债还钱，杀人偿命”，千百年来，这似乎已经成为当然的道理，但是在这惩戒并含有报复的死刑背后，却有许许多多的问题。法律的精神、社会的道义、教育的功能，乃至人生不平等的遭遇，都是我们应该深思的事。

好笑的笑

每个人都会笑，但在这笑当中，却有很大的不同。当我们幼小时，只有遇到高兴的事才露出笑容，但是成年之后，有时并不愉悦，也要维持笑意。

农夫渔父听笑话时，可能畅怀地大笑；绅士淑女碰到极逗乐的情况，却可能仅仅莞尔。所以，随着年龄的增长，接触社会层面的不同，我们笑的方式也会改变。女孩子由童真地扑哧一笑、羞涩地嫣嫣一笑，到风情万种地回眸一笑。男孩子们由小伙子的呵呵傻笑、青年豪放的哈哈大笑，到老年含蓄的莞尔一笑。此外还有嘿嘿的冷笑、无声的窃笑、有意的嘲笑、尴尬的干笑、无奈的苦笑。谁能说在那笑容和笑声的背后，代表的一定是快乐？

笑可能是真实的愉悦，也可能是抽象的语言；可能是幽幽的应允，也可能是淡淡的否认；可能是无限的深情，也可能是无穷的禅理。有些人的笑，如同天真的婴儿，人人都能理会；有些人的笑，仿佛怀情的少女，只有她自己知道，谁能说笑都是可解的呢？

笑虽然在我们的生活中占了这么重的分量，但是有谁能笑着来到人间？又有几人能笑着离开世界？人生就是如此，哭哇哇地坠地、笑嘻嘻地成长，然后学会了各种巧笑、娇笑、傻笑、憨笑和假笑，笑着过完这一生，再于亲友的哭泣中离去。

笑就是这么好笑！

友情与爱情

大学一年级的时候，曾经有个女孩子对我不错，平常总来拜望我的母亲，并送些礼物给我。

“她送我礼物，我就得送她礼物，她来看我妈妈一次，我就当回拜一次。”我对母亲说。

“那要看你跟她之间是友情还是爱情了。”母亲回答，“如果只是普通朋友，这样做当然对。但是如果你发现她对你有了爱，而你对她并没什么感觉，就应该在不伤害对方的情况下，婉拒她的馈赠与邀约。而不能说，她来你一定要往。”母亲郑重地说：“爱情不是友情，你不要以为她来看你一次，你去回拜一遭，她送你一份礼，你立刻回赠一份回去，就是两相扯平，其实这只能使对方陷得更深。结果一个有情，一个无意，反而愈不平，也愈扯不清，到头来难免由爱生怨，由怨生恨了。”

每个人有许多友情可以付出与接受，却没有多少爱情能够产生，当你吝于付出自己的爱时，便不当接受别人珍贵的付出。

拼图

你一定玩过拼图吧？那是由许多奇形怪状的厚纸片组成的一整幅图，少则几十片，多则数百片，有时要花一年半载的时间，才能拼成。好的拼图，每一个小纸片的形状都不同，边缘弯弯曲曲，必须费很大的心思，才能加以组合；但是既拼成，只要牵动其中一片，整个拼图都会随之移动，因为小纸片们环环相扣，十分紧密。

情人的结合，就像拼图。有时两块纸片的边缘都是直的，很容易就能拼成；有时两块纸片的边缘都是七弯八拐，要费一番心血才能拼成。又有些拼图除了男女两块纸片，同时要包括许多亲属。

直边的纸片易拼，但是一拉就开；曲边的纸片难拼，但是既拼上，就十分紧密；由许多纸片构成的最难拼，往往因为拼的人功夫不够、耐性不足，而永远拼不成。

头脑的仓库

管理仓库是一门很大的学问。会管理的人，能把货物分门别类，依其重要性及取用的情况安排，而且随时注意通风及温湿度，以免货物霉烂，更不时将货物拿出来清理，使货物保持好品质。

不会管理的人，只知将货物往仓库里堆，却不懂得分类，导致用的时候找不到，或挡了以后进货的路。

人的头脑就像仓库，可以堆藏各种知识和记忆。会用脑的人，能把知识分门别类整理得有系统、有条理，分析得很清晰，而且懂得温故知新、不断充实，使观念永不落伍。

不会用脑的人，即使天生聪明也没用，因为他胡乱吸收，却不知整理，结果仿佛样样都通，却没一样专精。最糟的是，这些人虽然有很好的头脑，却因为涉猎太杂，造成干扰太多，影响以后的学习。

人人都有个宽大的仓库。小时候仓库很空，要堆什么都容易，所以记忆力特强，也容易被塑造。但是如果从小不注意“仓管”，未来就会碰到大麻烦。这时最好的方法，是把仓库中的货物来个大整理，将霉烂过时的东西抛弃，将有价值的重新分类。这样做，固然用掉不少时间，但唯有如此，才能真正拥有知识的宝库。

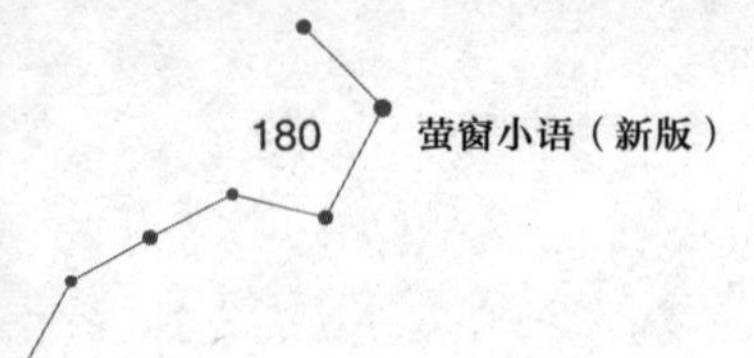

避雷针

你注意过避雷针吗?

那只是一根长长的针，安置在高耸的楼顶或塔尖，由于它会徐徐放电，所以能避免雷击的危险。

每个人都应当准备一支避雷针吗? 那可能只是一种嗜好或消遣，使你在怒气高涨时，能够得到平息。

运用小小的避雷针把危险的电缓缓放掉吧! 运用精神的寄托，把危险的愤懑慢慢化解吧!

而且你要记住: 愈是高的建筑，愈需要避雷针; 愈是成功的人，愈需要精神的寄托。

好奇心

有位朋友带着老母及幼子从台湾来美观光，我到旅馆拜望，特别带了一篮水果，其中有梨、橙子和无花果。

当我请他们吃水果时，老太太毫不考虑地拿了梨，说:“我挑梨，因为我吃过。”

小孩毫不考虑地拿了无花果:“我拿无花果，因为我没吃过。”

我的那位朋友则没有挑:“我等一下再拿，看看孩子的反应，如果他说无花果好吃，我就也拿个无花果;如果他说不好吃，我则把他剩下的一半吃掉。”

虽然这只是生活中的小事，却表现了多么深长的意味啊。老年人不再好奇，只求平稳与安全;小孩子一心好奇，不怕冒险;中年人则既好奇又稳健，也有担当。

形式与机能

建筑界有一句话:“形式跟随机能。”

意思是:设计一栋房子，外形固然要美，但更得配合内部的功能，否则就失去了建筑的目的。

我们做人，则当“形式跟随心性”。

意思是:外面表现的一切固然重要，但更当配合自己的心性，否则就失去了人生的意义。

砚与人

砚是文房四宝之一，其种类之多、制作之精，不在笔、墨、纸之下。

砚从材料分，有石砚、玉砚、瓦砚、铁砚和塑胶砚；从样式分，有方砚、长砚、圆砚、砚池、砚山及各种造型雕饰；因出产地的不同，有端砚、歙砚、洮石和螺溪砚等[①]；由色彩分，有绿的“蕉叶白”、蓝的“天青”、白的“冰片”和暗红的“紫云”[②]等。但是无论砚的种类有多少，最重要的是，好的砚必须做到“发墨而不损毫”。

能发墨的砚，磨不了许久，墨便能黑；不损毫的砚，能舔笔其上，而不伤毛。所以，光滑如玻璃的砚不能用，粗如砺石的砚也不可取，松如砖土的砚更不可试，必须做到温润均匀、软硬合度，如玉肌腻理、拊不留手，才是上品。

砚就像人，巧言令色、圆滑奸佞之辈，如同光亮的塑胶砚，虽然漂亮，却难得磨出好墨；刚愎固执、暴躁冲动的人，仿佛砺石砚，固然易磨，却质粗而伤笔；随风倾倒、一无气节的人，是砖土砚，就算发墨且不伤笔，却因为松软掉粉而弄脏了墨。唯有那不卑不亢、暧暧含光且坚贞不移的君子，能像温润发墨的端溪紫云，贮墨不干、经冬不冻、无雨而润，既是冰肌玉骨，又如暖日和风，令人爱不忍释。

---

① 端砚产于广东高要县之端溪，歙砚出于安徽婺源之歙溪，洮石产于甘肃之临洮，螺溪砚采自台湾的浊水溪。

② 见唐代李贺《石砚歌》：“端州石工巧如神，踏天磨刀割紫云。”

桃花源记

《桃花源记》真是中国文学史上不朽的作品。不但可以见到陶渊明新奇的构想、托喻的含义和精练的文句，更可以欣赏他对音响、视觉与空间的处理，譬如文中第二段：

“初极狭，才通人。复行数十步，豁然开朗。土地平旷，屋舍俨然，有良田美池桑竹之属。阡陌交通，鸡犬相闻。其中往来种作，男女衣着，悉如外人。黄发垂髫，并怡然自乐。见渔人，乃大惊，问所从来。具答之。”

在听觉上，他将“土地平旷、屋舍俨然，有良田美池桑竹之属”静态的描写放在前，而把“阡陌交通、鸡犬相闻”置于最后。

在视觉上，他将由远而近的观众，如电影镜头一般依序带到观众眼前——

土地平旷（大远景的第一印象。）

屋舍俨然（大远景，开始注意到屋舍。）

有良田、美池（大远景，但进一步观察了良田、美池。）

桑竹之属（远景，看得更细了。）

阡陌交通（远景，动态开始出现。）

鸡犬相闻（中远景，走得近些，并能听到鸡犬的叫声。）

其中往来种作，男女衣着，悉如外人（中景，所以能观察人们的衣着。）

黄发垂髫（近景，走得更近了，已能观察发式、年龄。）

并怡然自乐（近景，可以见到脸上的笑容。）

见渔人，乃大惊（近景，由于已走得很近，所以被桃花源中人发现。）

由以上的分析，可以知道，《桃花源记》虽然是虚构的故事，但陶潜在写作时，却考虑到了每个细微的部分，使意象明朗地呈现在读者面前，自然地被引入故事当中。

有人分析柳宗元的《江雪》，由“千山鸟飞绝，万径人踪灭”，到“孤舟蓑笠翁，独钓寒江雪”，为由远而近、由大而小；陶渊明的《桃花源记》与《江雪》相配，真可以说是诗文中对于视觉空间处理的两大不朽之作。

驾马车

驾马车的人都知道，如果他驾的是四骑并行的大车，一定要将年轻力壮的马放在中间，年纪较长的马安排在两侧。因为年轻的马，力量强、跑得快，却不够稳；遇有外来的刺激，常会惊跳嘶鸣。所以，最好安排那些经验老到的马在两侧，一方面阻隔外来的侵扰，另一方面不让年轻的马向左右奔窜。

聪明的领导人都知道，如果安排一组人去办事，一定要把年轻人与年长者安排得妥当。让年轻人以他们充沛的活力向前冲；让年长者以他们的深谋远虑来制约；使过刚的能较软化，过速的能较缓和，过激的能够平稳；使老一辈能靠年轻人的冲力，冲得快些；也使年轻人能因老一辈的督责，跑得更稳。

蜘蛛网

有些蜘蛛喜欢在树木间织网，但是风雨一来，网就会破损，而不得不重新织。有些蜘蛛喜欢在屋檐下张网，由于屋檐的遮蔽，除非有大的风暴，那网是不易损坏的。更有些蜘蛛爱在室内织网，它们选择人们不太注意的角落，织起小小的网，尽管外面风狂雨骤，总是无忧无虑。

在树木间织网的，常能抓到蜻蜓、蝉、金龟子等大的昆虫；在屋檐下织网的常能捕到飞蛾、苍蝇等中型的昆虫；在屋里织网的则只能碰上倒霉的蚊虫。

冒险犯难的人，虽然常会遭遇严重的挫折，但是总能有惊人的斩获；只求安逸的人，虽然过得平稳，但也难有大的创造。

假象

在国内常看到珠算对抗电子计算机的表演，结果多半是珠算获胜，导致观众留下了以为算盘远比计算机高明的错误印象。

其实只要我们细想，就会发现那并不是一项公平的竞赛——

首先，主办单位找的总是珠算的顶尖高手，对抗的却可能只是平凡的计算机操作人，在实力上已经不相当。其次，他们比赛的题目往往只是加减乘除，却不包含开根号等复杂的计算，可以说在竞赛内容上有偏差。最后，大家在以为算盘比计算机高明的同时，要知道学珠算由背公式到练习拨子，要很长时间的练习，计算机却人人都能很快操作。

由此可知，算盘虽然高明，毕竟比电子计算机差一截，更不用说与电脑相较了。在这个知识爆炸的时代，我们绝不能过于自大，那非但不能恢复民族自信，反而会让我们瞠乎其后。

小钱

纽约的“美国自然历史博物馆”，是世界上同类博物馆中的翘楚，但是收费奇低，观众可以任意捐献，就算只给一毛钱，也不嫌少。

“这么一点门票的收入，怎么够开销呢？”有一天，我问其中一位主管。

“我们根本不靠门票的收入，这只是做个样子。”

我有些诧异：“做个样子？那又何必呢？”

“如果我们完全不收费，必然会造成许多闲杂分子的拥入，因而破坏了整个博物馆的气氛，所以我们要求象征性的捐献，钱虽然不多，却表示了捐者对博物馆的尊重和诚意。”

在这世界上，我们所需要的常不是钱，而是那区区几块钱背后的一点诚意、一些温情和一片真心。

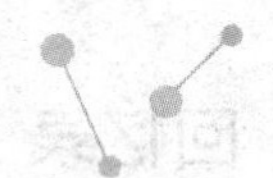

建桥拆桥

“没有农业社会繁荣造成的经济力量，就不可能顺利地走入工业社会；没有工商业的发展，则不可能建筑高速公路。但是建筑高速公路时，征购了农地，建成之后，又不准耕耘机在上面行走。”一位务农的朋友对我说，“这不是过河拆桥，太没道理了吗？”

“当我小时候，家附近有一座木桥，虽然建得不怎么样，却是交通的要道。有一天，听说在桥的那头决定建工厂，过不久，就看到许多卡车载来各种机器和建材。由于那些车子特别重，等工厂建好时，原有的木桥已经破损了；加上工厂的生意兴隆，进出货物甚多，两年后，那木桥已不堪负荷，终于由工厂出钱把原有的木桥拆除，改建一座钢筋水泥桥。”我说，“这不是过河拆桥，而是‘建桥拆桥’”。同样的道理，工商业繁荣也改善了农村的生活，以耕耘机取代耕牛，以化肥配合堆肥，加上杀虫剂品种改良、交通运输和通信的发达，都使原有的农业社会改头换面。所以这是建桥拆桥，与过河拆桥大不相同。

新的事物虽多半经由老的产生，但是老而不变的，后来却可能成为新事物发展的阻力，文化、经济、政治，都如此。

回忆录

人人都能回忆，所以人人都能写回忆录，甚至不识字或无力执笔的人，也能通过口授的方式，完成一本回忆录。

回忆录的种类很多，有些人的回忆录是通过以前的生活，抒发自己的感怀，所以看来像是一本论文集；有些人的回忆录，人、地、事、时、物记录得一点不差，却只记事而无感怀，看来只是流水账；有些人或因记忆不佳，或因意图宣传，虽称之为回忆录，内容却以杜撰虚构的为多，只能算是小说。

问题是，回忆录既为生活的回忆录，就不免涉及他人，如果内容失实，非但不能记录真正的自己，别人也难免受影响。所以，写回忆录非但要对自己负责，对亲友负责，甚至得对历史负责。写回忆录不但在写的时候要力求回忆得清楚、查证得翔实、记录得准确，甚至在极早之前，就应当写日记、留笔记，并收藏与自己相关的资料。

写回忆录不仅是晚年的事，也是早年的事；不但是自己的事，也是他人的事；不仅是悠悠的回忆，也是真真的记录。

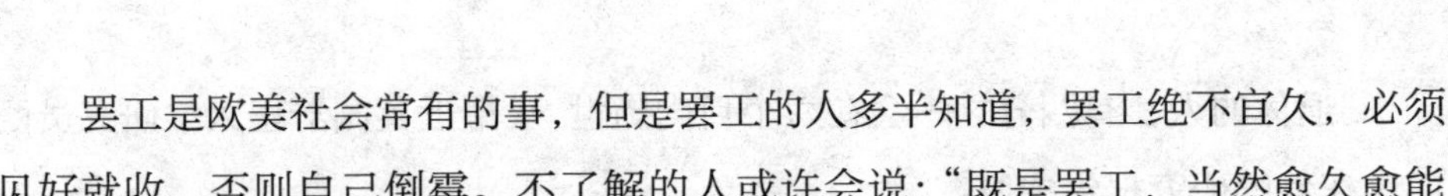

罢工

罢工是欧美社会常有的事，但是罢工的人多半知道，罢工绝不宜久，必须见好就收，否则自己倒霉。不了解的人或许会说："既是罢工，当然愈久愈能造成影响力，为什么不求坚持到底，反而要早早收场呢？"

举个真实的例子，大家就明白了——

某年纽约地铁工人大罢工，顿时造成极大的混乱。因为地铁不但四通八达，而且便宜、快捷，又不受路上交通拥挤的影响，所以纽约市民往往不自备汽车，出入全靠地铁。突然宣布罢工，自然造成数十万人交通的不便，上班、上课的迟到，公路由于汽车增多而拥挤，公共汽车不足以应付增加的乘客，连过河的渡船也不胜负荷，一时怨声四起。但是由于罢工人员的要求甚高，协议无法在短期内达成，使得罢工持续下来……

有趣的事情也就在这时发生了。渐渐地，人们开始适应这种没有地铁的生活，他们改为走路、跑步、骑脚踏车，甚至穿着轮鞋和利用滑板来增加速度；过去向来独自开车进城的人，则想办法载满朋友，以发挥经济效益。

"没有地铁，降低了地铁里的犯罪率，使人们充分享受了阳光和跑步锻炼身体的快乐，大家似乎愈来愈喜欢这种生活了。"记者报道。

不久之后，地铁工人的罢工草草结束，因为工会知道：愈拖愈讨不到好处。

今天不论谁从这个世界上消失，明天太阳还是会从东边出来。这个世界就是如此，多么大的变化，人们都能适应。自以为重要的人，必须知道这一点。

计划退休

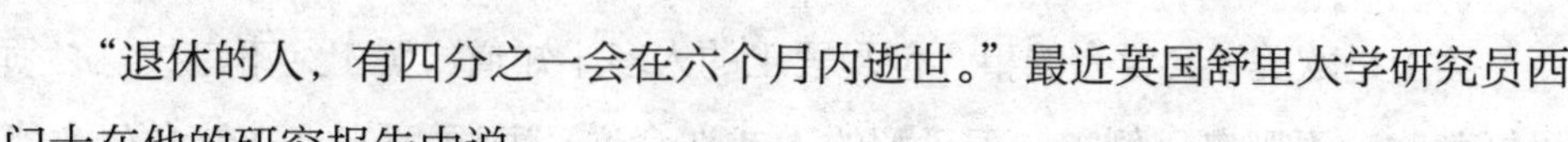

“退休的人，有四分之一会在六个月内逝世。”最近英国舒里大学研究员西门士在他的研究报告中说。

西门士认为，退休的人之所以早死，是因为苦闷和孤独替代了他们原有的进取心，使他们对疾病的抵抗力比以前大为减弱，或因为沮丧而导致自杀。

“在当今的社会，没有了工作，常就没有了社会地位和自尊心。加上失去原有的收入，又不知如何适应每天二十四小时的生活，自然会造成身心不平衡。”西门士说，“对于退休者的妻子，也有相当的困扰，因为过去她可以在白天自由支配时间，丈夫退休后，则整天在眼前打转，不断地相处，容易暴露缺点，并引起争执。”

为了使人们适应退休后的生活，英国的许多公司特别为即将退休的员工上课，教他们如何计划自己退休后的经济，并消磨时光。伦敦地区甚至成立了一个名叫“六十是成功之始”的职业介绍所，为退休者安排新工作。

虽然以上这些情况都发生在外国，却可以供我们参考，尤其是英国“退休前联会”的两句口号:“不要坐待退休，等人帮助。在五十岁，甚至四十岁，你就应该开始为退休之后作规划了。”

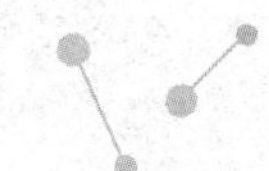

早春的花

“在北方早春最先绽放的是什么花？”

“是小小的番红花。”

“然后呢？”

“当然是风信子、郁金香和洋水仙了！”

“为什么这些花能不畏料峭的春寒，最先来到人间呢？”

“因为它们以经年的时间制造养分，储藏在地下的磷球，仿佛勤勉的储蓄者；而那些玫瑰、木槿则是一边吸收，一边生芽，如同赚几文花几文的人，两相比较，当然前者容易领先。”

三从

“许多中国的旧礼法对女人不公平！譬如‘三从’，在家从父，出嫁从夫，夫死从子，好像女人一辈子就得‘从’，男人却没有类似的约束。”一个女学生抱怨。

“你为什么不相对地想想呢？女人在家从父，作为一个父亲不是就得好好管教子女吗？女人出嫁从夫，作为一个丈夫，不是就得好好保护自己的妻子吗？女人夫死从子，一个男孩不是就得负起家庭的责任，孝养母亲吗？所以女人有三从，男子最少也相对地有三种责任，不能负这些责任的男人，根本没有资格把‘三从’挂在嘴上，去要求女子啊！”我说。

桥

在你一生当中，必定走过不少桥吧！它们有木架的、石造的、混凝土筑的，也有钢铁构成的，它们的功用都一样，使你踏着它，走到河的彼岸。它们都默默地卧在潺潺的流水之上。

有河的地方，就常有桥。当人们不耐于长久的舟楫，便架了木桥；当木桥朽坏时，便改为石桥；当石桥颓圮了，又筑混凝土桥；混凝土裂了，再改成铁桥；至于以后，又将有更新的结构。所以同样是一座桥，千百年前跟千百年后，几经更替，桥的样式与材料也将改变，唯一不变的是：“它是一座桥”，一座让我们走，连起两岸、缩短距离的桥。

人就是桥。从知识未开的远古，到科学昌明的现代；从短暂易朽的独木桥，到坚固耐久的铁桥；自贡献微薄的小民，到影响深远的哲人，我们都在扮演桥的角色。上一代的桥毁了，这一代的桥筑了；这一代的桥朽了，下一代的桥又跟上了。只要人存在一天，便不能没有桥，千年万载，人们就这样将历史文化的种子传递下去。

时代是洪流，我们就是架在其上的一座桥。我们走前人的桥到对岸，又筑起我们的桥给下一代通过。我们知道：不论木、石、混凝土、钢铁，还是更新的材料，没有永远不朽的桥。我们也知道：在这时代的洪流上，永远会有一座生命、历史、文化、艺术、心灵的桥。

裂帛

你听过撕裂绸缎的声音吗？据说夏桀宠爱的妹喜就特别爱听这种音响，那是一种极为爽利的声音，正如白居易在《琵琶行》中描述的“曲终收拨当心画，四弦一声如裂帛”，那快速而亮丽的感觉，确实能使人有一种紧张后获得放松的快感。

绸缎应该是纯蚕丝织成的，蚕丝那么柔韧，用剪刀尚且不易剪断，为什么却能以手很容易地撕开呢?

因为经常在绢上作画而需裁绢，使我终于找到答案——

撕绢之前，如果先将绢的边缘剪开一个小口，再顺着那裂口撕，轻轻一下就能扯裂几尺的绢。否则无论怎么用力，就算割破了手，也难得裂开。

我发现绢素被撕裂，不是因为织绢的丝不够强韧，而是由于本身的“经”丝割断了“纬”丝，或“纬”丝切断了“经”丝;强者克强者，再加上一点外力、剪开了裂口，多么紧密的绢，也禁不住轻轻的一扯啊!

许多国家与团体，就像那光灿而织工紧密的绸绢，由于其间的明争暗斗，只消敌人打开一个小小的缺口，略施一点力量，就突然破裂了。破得那么快!破在自己人的手里!

现代病

有一位小学老师对我说，某日她指着漆成绿色的黑板问学生：“这是什么颜色？”没想到学生竟异口同声地回答：“是黑色的！”她接连问了好几遍，学生都答“黑色”。最后她生气地指着黑板说：“这明明是绿色，你们为什么说是黑色的呢？”学生则理直气壮地讲：“因为它叫‘黑板’哪！”

我有一位朋友最近去某公司应征推销员，公司规定身高要在一百七十厘米以上，我这位朋友身高一百七十二厘米，应当是相当够标准的，未料面试时，却因身高不够而没通过，原因是体检单上将一百七十二误写为一百二十二。面试人员仰着头打量了他一下说：“对不起，你不够高，无法录用。”只相信数字、名词、表格、电脑，却不信任自己的眼睛，这大概是现代人的通病吧？

即兴货物

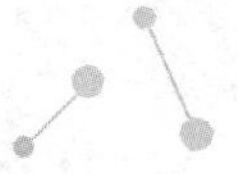

我有位朋友，大学毕业之后，没找到固定工作，居然在街上摆起地摊来了，而且收入相当不错。某日我问他：“你卖的都是些什么东西呀？”

“彩色海报、字纸篓、笔筒等，东西相当多，也经常在变，不过我把这些东西总称为‘即兴货物’。”

“即兴货物？”我不解地摇摇头。

“对！这种玩意儿只适于摆地摊，它的品质不必好，但样式要新，看来要花俏，价格要便宜。当你路过时看到，再问问价钱，就会有买的冲动。而且路边灯光不好、人群嘈杂，你一定不及细察，所以东西有毛病照样能卖。这种利用人爱新奇、贪便宜心态卖的东西，就叫‘即兴货物’。”

世界的中心

某日，一位德国朋友到我画室参观，当他看到我挂在墙上的世界地图时，大声叫起来:“天哪！我从来没有见过这样的世界地图，是不是画错了？”

我问他原因。

“我所见过的世界地图都是德国在中间，为什么你的地图却是中国在中间呢？”他回答。

“我们最好也找一张美国印的世界地图来看看。”我说着从书架上抽出一本美国出版的地图集。

“这就更奇怪了！为什么这张地图又是美国在中间呢？”他似乎不太相信自己的眼睛。

“虽然这世界上有一百多个国家，有的幅员狭小，有的广袤万里，有的遍地黄沙，有的一片沃壤，有的天寒地冻，有的四季如春，但是每个人都认为他自己的国家是世界的中心。”我说，“不过也确实如此，我们从自己的国家出发，绕世界一周之后，不是回到原来的地方吗？不论我们现在置身何处，总是来自祖国，我们的眼睛也总是以自己的国家为中心哪！”

巴黎时装

巴黎被公认为世界服装设计的中心，几乎每种新款式，都由巴黎最先推出，再风行世界。所以，有人开玩笑地说："巴黎时装界只要打个喷嚏，全球的女人就都会感冒。"

我曾经向一位巴黎的服装设计师分析我的看法，我说："巴黎因为上有北欧著名的皮毛生产国，下有南欧最佳的丝绸，向西撷取英美的新科技，向东又有欧陆广大的腹地，加上纬度适中、四季分明，自古又有'艺术之都'的美称，世界各地的名家群集于此，罗浮宫、凡尔赛宫更近在咫尺，集合了这许多条件，所以能成为世界时装设计的中心。"

"你忽略了一点。"时装设计师说，"巴黎也是世界各国服装的展示中心。由于大家都知道巴黎的时装讲究，所以各国的名媛、淑女到达巴黎之后，莫不穿着她们最满意和最有代表性的服装。巴黎的设计师每天看在眼里，自然能引发新构想，并融合各国服装的优点。所以，能随时广泛地比较、学习、观摩，也是巴黎时装设计能够精益求精的原因。"

城市乡村化

英国是城市乡村化最成功的国家，在城市里处处可以看到广大的公园，有着重重的密林、宽阔的草地和潺潺的流水，使人站在公园这一侧的街上，想不到公园的另一边也是车水马龙，而有面对郊野的感觉。

我在伦敦的时候，曾经问那里的朋友:“伦敦可以说是寸土寸金，为什么却保留这么多大得惊人的公园呢？”

“肺脏占人体很大的比例，可是我们不觉得它累赘；休闲的时间占一天的三分之一，可是我们不觉得它多余。”朋友笑笑，“同样的道理，公园是城市的肺，因为它可以供应新鲜的空气；公园也是城市的休闲，因为它可以分散噪声、减少紧张、消除疲劳。”

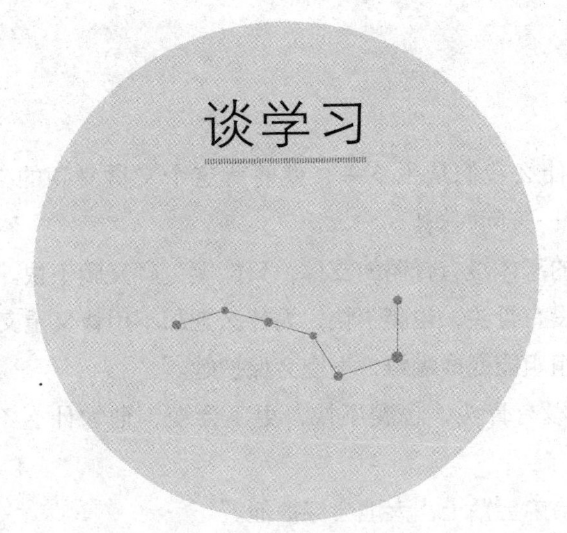

谈学习

生命就是一场追逐

我们靠自己

“妈妈！为什么我们从生下来，就要背这个又重又硬的壳呢？真是累死了！”小蜗牛有一天问妈妈。

“因为我们的身体没有骨骼的支撑，只能爬，爬又爬不快。”妈妈说。

“毛虫姐姐没有骨头，也爬不快，为什么她却不用背又重又硬的壳呢？”

“因为毛虫姐姐能变成蝴蝶，天空会保护她。”

“蚯蚓弟弟没有骨头，也爬不快，更不会变，他为什么不背又重又硬的壳呢？”

“因为蚯蚓弟弟会钻土，大地会保护他。”

小蜗牛哭了起来：“我们都好可怜，天空也不保护我们，大地也不保护我们。”

“所以我们有壳啊！”蜗牛妈妈拍拍小蜗牛，“我们不靠天，也不靠地，我们靠自己。”

学做一根葡萄藤

到一个酿酒的葡萄园参观。

“一九九四年的葡萄最好。”园主说，“因为那一年夏天干燥，生产的葡萄特别甜。”

“葡萄不怕干死吗？”我问。

“新藤怕，老藤不怕！因为老藤的根扎得深，能吸到泥土深处的水分。”园主说，“还有，经过好好修剪的藤不怕，放任它生长的怕。”

“为什么？”我不懂。

“因为叶子长得愈多，藤蔓攀得愈远，需要的水分愈多，所以天一干，就受不了了。”

葡萄要扎根深、常修剪，结的果子才甜美。

人也要扎根深、常修剪，做的学问才实在。

天赋的才能

才几个月大的婴儿，就已经会聆听音乐，哼出不成调的歌。

才学走路的幼儿，就已经会手舞足蹈，应着节拍起舞。

才知抓笔的孩子，就已经会涂涂抹抹，画些不成形的东西。

人似乎天生就是音乐家、舞蹈家和画家，但是，为什么他们成年之后，大部分都不再像儿时那么放情地歌舞和绘画了呢？

因为他们渐渐学会了害羞，怕自己没有嘹亮的歌喉、曼妙的身段和绘画的细胞。

因为他们愈来愈忙碌，忙得没有时间欣赏音乐，没有余情应节起舞，没有闲暇挥笔作画。

就这样年复一年，他们遗忘天赋的才能，也失去许多的快乐。

聪明的学生

有位外国朋友，应邀到台湾做一年的客座教授，在他期满返国之前，我问他对教中国学生的感想。

“好奇但不爱发问，怀疑但不爱辩论，勇于让座，而吝于让路，乐于说谢谢，而怯于说对不起，是中国学生的通病。”他简要地回答。

“那么贵国学生呢？”我问。

“正好相反。”

“为什么？”

“中国学生有问题往往拿去问同学，却不去问老师，因为他们怕自己的问题幼稚，惹得老师笑话；又怕问的东西简单，显得自己浅薄；还怕问得太多，让人觉得爱表现；更怕得罪了老师，倒霉的还是自己。”外国教授笑道。

教授接着道：“至于敝国学生，他们觉得交钱上课，就是为了买知识，不问白不问，不问是自己吃亏。老师讲的东西不对，更该公开讨论，如果老师辩不过学生，老师应该检讨。所以，某些学校有学生给老师评分的制度，老师必须不断充实，才能站得住脚。”

教授话锋一转：“谈到让座，我真是赞赏中国学生，即使在长途客车上，也可以看见学生们给老弱妇孺让座，敝国学生则很少这样做。可是说到让路，中国学生又比较差了，他们常抢在老人家前面走，进出门也很少为不认识的妇女和长辈开门，大概因为他们觉得这些小事情，没有必要讲究吧！至于中国学生怯于说对不起，则是因为没有养成习惯，他们脸皮薄，觉得说对不起是令人害羞的事，而且认为不是故意的错误，没有必要说抱歉。所以，在车上踩到人，只当不知道，也就过去了。相反，敝国社会根本把对不起当饭吃，说对不起成了一种反应，稍有错失，‘对不起’就会脱口而出，连咳嗽一声，都要来个对不起。”

“还是贵国学生好。”我说。

“不！应该说敝国学生比较聪明。”他笑道，“上课少发问，车上让座，这些对自己损失较大的，敝国学生不做。至于让路、开开门、说声抱歉，于自己没什么损失的，敝国学生则乐于为之。两相比较，当然敝国学生比较聪明。”

尽信师不如无师

古人说：“尽信书不如无书。”同样的道理，我们也可以讲：“尽信师不如无师。”

因为著书立论的人，在动笔之先总要经过缜密的思考，引用典故章节也常得查证无误，以免书成之后，错误被他人发现而贻笑大方。如此小心作的书，我们尚且不可尽信，何况多半只是口授的老师了。老师们在课堂上背诵的词句难免会有缺漏，一时兴起的论述，也难免不够缜密；即或自成一家之言，且持之有故、言之成理，由于时空的改变，新实验、新资料的出现，也难免动摇。

再进一步，“尽信书不如无书”，不仅是对那些读书人来说，也适用于作者本人。“尽信师不如无师”，不仅是对学生而言，而且适用于老师。因为一个总是坚持己见的人，不可能再有新的创意；一本总不增添新资料的书，难免过时。

唯有不断检讨自己作品的作者，才能写出以后更多的佳作；唯有不断反省的老师，才能使他的观念不落伍。

圣人无常师

在报纸上经常看到洋人来我国拜师学国画、国术和中文的消息，许多人因此说："你看！洋人又来拜师了，他们的艺术、体育和文学显然不如我们，我们又何必去留洋呢？"

这句话乍听是不错，而且颇能建立民族自信，问题是"民族自信"不是"民族自大"，我们为什么不说：

"洋人的艺术、体育、文学已经不错，尚且要来中国研究，我们当然也该去吸取洋人的长处。"

法国著名画家马蒂斯[①]撷取了东方绘画的平面观念，发展出他自己的风格；美国著名舞蹈家玛莎·葛兰姆采用东方舞蹈的一些"地板动作"，融入她自己的技巧。我有许多习书的外国学生，也都能将国画的方法用在西洋水彩当中。洋人固然向东方学习，但是并不囫囵吞枣，而能吸收、转化，变为他们自己创作的能源。反倒是我们许多文学艺术家，硬将西洋语法带入中文作品，或一味模仿西画，却不知西为中用、扬长补短，创造出有东方血肉的作品。

罗盘、火药、印刷术诚然是中国人发明的，问题是西洋人学去之后，而今登上了月球、发射了飞弹、印刷出足以乱真的复制品，我们能不惭愧吗？

---

① 马蒂斯（Henri Matisse， 1869—1954）法国人，初习法律，后转攻艺术，他的画色彩鲜明、线条大胆，对于色面的结构非常讲究，喜作平面的表现。他是野兽派的代表人物。

景泰蓝[①]是自土耳其传来中国的，但是经过中国人的研究、改进，并在明朝景泰年间大为发展，而今竟成为我国的国粹，又有几人知道它早期是由阿拉伯人输入中国的呢?

圣人无常师，孔子说“吾不如老农”“吾不如老圃”[②]。韩愈讲“闻道有先后，术业有专攻”[③]。我们更常讲“没有状元老师，有状元学生”。不论西学中，还是中学西，都不表示谁的文化高一层。一样东西不论是西洋产生还是中国发明，都不表示谁能永久掌握。今天我们虚心向别人学，明天别人可能就得来跟我们请教；今天我们抱残守缺、故步自封，明天就只好瞠乎其后。

家庭老师

我有两位外交界的朋友，几年前同时被派驻美国，虽然当时他们的英文程度差不多，但是现在其中一人却比另一位进步了许多。某日我到前者的家中做客，问他何以能在几年间有如此精进时，他神秘地笑着说:“因为我有位一周七天的家庭老师，要不要我请他出来给你介绍介绍? ”

说完他就把才上高中的儿子叫了出来。“这就是我的家庭老师，他在学

① 景泰蓝，镶珐琅于铜银等金属坯而制成的美术工艺品。创始于土耳其君士坦丁堡，元代由阿拉伯人输入中国。明朝景泰年间（1450—1456），此种工艺品在北京发展，因为常以蓝为底，于是被称为“景泰蓝”，又名“烧青”。

② 见《论语·子路》。樊迟请学稼。子曰：“吾不如老农。”请学为圃。曰：“吾不如老圃。”

③ 见韩愈《师说》。

校学的发音和文法都比我强，所以他只要听见我讲英语时的错误，就会纠正我。有时我遇到不懂的美国俚语和民俗典故，还可以拿去问他，久而久之，自然会有进步。至于另外那位同事，大概因为孩子不在身边，所以没有这种机会。”

孩子固然应向父母学习，父母何尝不能向孩子请教！

涂涂改改

有一个学生，在看了作家手稿展览之后问我：“有些人的手稿很少涂改，仿佛下笔万言、一挥而就；有的作家却东圈西画，似乎处处梗塞、文思不顺。前者的文章是否当然要比后者来得好？”

“涂改固然影响手稿的美观，但是真正要看的是定稿之后的成品。文章好，就算涂改千百次，也是应该。[①]古今中外许多伟大的作品，都是经过作者再三斟酌、推敲、修改之后才产生的。”我说，“米开朗琪罗画西斯汀教堂顶的壁画，曾经将许多已完成的地方涂去重画；歌德写《浮士德与魔鬼》，修修改改六十年才完成；连王羲之最著名的《兰亭集序》，也有七处涂改，可是它们却能成为绘画、文学和书法的不朽作品，何曾因为创作过程中的涂改和修正，而减损了价值呢？所以做任何事，只要发现错误，就当勇于改正。”

---

① 本文并非赞成把稿子涂改得乱七八糟，而是主张当我们发现错误时，宁可涂改修正，不可为了保持表面的美观，而将错误“马虎”放过。许多世界名文学家的手稿都是涂改满篇，但印刷发表后，读者只会赞叹作品的伟大，而不知原稿曾经再三更动。但是话说回来，我们投稿或在学校作文，因为稿子不经过印刷，而直接送到评阅者面前，如果涂改太多，则可能影响阅读的效果和成绩。

拓荒者

一个父亲带着孩子到荒野开垦，同一时间，也有不少淘金客到附近的山里寻矿。

孩子看见许多人都去淘金，自己的父亲却辛苦地种田，就问：“爸爸，我们会像那些挖到金矿的人一样有钱吗？”

父亲笑了笑，肯定地回答：“不会，但我们会比那些没挖到的人富有。”

平实的奋斗，虽不能如某些投机者获得暴利，却会远比投机失败的人来得富足。

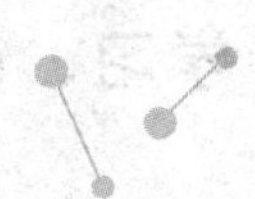

读书如交友

读书就像交朋友：有些书略略翻过即可，是点头之交；有些书必须精读细读，是知心至交；又有些书得再三玩味、十分迷醉，如情人爱侣。

总之，书不能由别人帮你读，朋友不能由旁人为你交，只有自己认识的朋友，一朝重逢，才能有许多惊喜，困境相遇，才能得许多助益。

学习与吸收

一位在台湾地区教英文的美国朋友对我说:“我觉得很奇怪，有些人花一个钟头上千元的代价，请我到他们家里教英文，但是他们只是听我讲，自己却不开口，也不背单词。他们似乎认为英文不用学习，只要找个洋人坐在旁边，‘吸收’就可以了，这实在不可能有大进步啊！”

“‘学习’跟‘吸收’不是一件事吗？”我问。

“固然不可分，但学习好比吃东西，吸收则是将食物转化为体能。不吃东西怎么会有力量？不学习又如何吸收？”

学习、审判、诊疗

我们日常所用的词汇，许多是由代表不同意思的字组成。譬如“学习”，“学”是研求，“习”是练习;“审判”，“审”是详视，“判”是判断;“诊疗”，“诊”是诊察，“疗”是治疗。这些词如果拆开来没有什么大不了的意义，合起来意义就相当深刻了。

唯有博学以广识，勤习以服膺，详察以知微，判断以明理，诊视以知病，治疗以改正，才能成功。

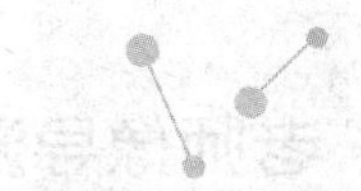

不谈天才

初习画的学生常爱问："老师！我没有天才，能不能学画？""老师！您看我有没有天才？"

我觉得"天才"这个词是最害人的了。因为成功者可以拿它来做招牌，说自己的成功是由于了不起的天才；失败者又能拿它做挡箭牌，把自己的失败归咎于没有天才。于是成功者就被神化了，仿佛他们出生时，已经带了"五色笔"，不必努力也能成功；失败者就以没有天才而自我妥协了，似乎自己什么地方都没错，错的是父母未能将自己生成一个天才。

其实天才是什么？"天才"只是一个虚幻的名词罢了！如果硬要为天才做个注解，我想那应该是"自行激发的能力、追求最高理想的欲望和锲而不舍的努力"。

最后，我希望大家少用"天才"这个词。

因为没有一位真天才，会说自己是"天才"；也没有一个总是把"天才"挂在嘴边的人，自己能够成为天才。

老师像导游

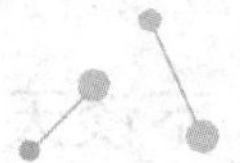

旅行团都有导游。导游是一项特别的工作，他们仿佛博古通今，对每个名胜古迹的历史都倒背如流，而且待人诚恳、言语幽默，使游客在他们带领之下，不但能饱览风景名胜，更能进一步了解那个国家的风土人情、史实典故。

我见过的导游，有相当杰出的，他能掌握在车上的时间，为游客介绍将前往的地方，使人们心里有个准备。到达目的地之后，他则指出旅游的重点，使大家能在预定的时间当中自由欣赏，而在游客有问题的时候，他又能跟在旁边随时解说。

但是我也碰到过一位最差的导游。他的口才及学问不是不好，但是该讲的时候不讲，不该说的时候却很啰唆。在车上，他一声不吭，到了名胜古迹之后，却把大家聚集在门口，像开演讲会似的大吹一番，等他说完，旅游的时间也只剩五分钟了，结果听是听了不少，真正旅游的却都是那些名胜古迹的大门。相反，如果想自己去玩，则听不到他所讲的，很多东西也不易了解。

从这些导游身上，我领悟了教学的道理——

导游引着旅客去风景名胜游览，教师何尝不是带着学生去知识的宝库参观？

导游要当说的时候说，当游的时候游；教师则应该当讲的时候讲，当让学生读的时候教学生自己阅读。他既要引起学生的动机、兴趣，指点学习的途径和方法，又要留些空间，让学生自己去品味，有问题时再给予指导，这样学生才能获得发掘知识的快乐，也才能养成独立思考的能力。

孔子读《易》，韦编三绝

一位老教授到学生家，发现书架上每本书都干净如新，就好奇地问学生："难道这些书你都没读过吗？为什么都这么新呢？"

学生回答："我看书时一定非常小心地翻，唯恐弄脏，即使有必要也尽量不在书上写字，因为这样的书，别人看起来比较新，也比较好看。"

老教授笑道："你没听过'孔子读《易》，韦编三绝'的故事吗？读书是为治学而非为藏书；买书是为给自己看，而非让别人欣赏。把书看破，却能装进脑海，远比把新书放在架子上有道理啊！"

是什么与为什么

我有一位朋友正在教小学，她说她班上有几个天才儿童，我就问："你认为天才儿童跟一般学生最大的差别在哪里？"

"很简单，普通学生通常都问'是什么'，聪明的学生则爱问'为什么'。"她说，"譬如教到'四季'，对于普通学生，你只要告诉他一年有春夏秋冬四季就成了，对于天才儿童却非把四季更替的道理讲出来不可。这是因为普通学生只要知道大概，天才学生却希望深入了解。"

没想到一字之差竟然有这许多不同。所以我们学习时，在"是什么"之后，总应该深一步想"为什么"。

学习的方法

有四个不同职业的人，包括画家、音乐家、语言学家和医生，在聊天时分别讲述自己的趣事——

“一般人的裤子，最容易破的应该是臀部，可是我因为经常在思考绘画用笔时以指甲划膝，所以总是膝盖先破，不知内情的人，还以为我在家常被太太罚跪呢！”画家说。

“你这还没什么关系，大不了人家以为你怕老婆。”音乐家笑道，“可是我就麻烦了，因为我经常一想到乐曲，就摇头晃脑、手舞足蹈，有时坐在桌前，更把桌边当作琴键，指东画西一番，结果许多人以为我是疯子而远远避开，真要命！”

“你们的情况都还好，毕竟不会真正影响到别人，可是我啊……”语言学家有点不太好意思地说，“当我初到国外学语言的时候，经常从商店的招牌上学单词，由于一边走路，一边抬头看招牌，不知有多少次撞到别人，碰到同性还好，有时撞到年轻的异性，面子实在挂不住。”

“我也有跟你颇为类似的情况。”这时医生发言了，“不过不是撞得不好意思，而是看得不好意思。因为我经常盯着人看，注意对方的骨骼，心里默背骨骼的名称；观察对方的肌肉，心里想着它们的功用。有时我在车上盯着同一个人看，一看就是半个钟头。某次有位小姐被我看火了，居然怒气冲冲地走到我的面前，对我吼：‘你看够了没有？’你们说尴尬不尴尬？”

以上虽然只是幽默的小故事，但由他们的对话，我们知道——任何地方、任何时间，都可以学习。

美好的学生时代

小学时，我总羡慕中学生，因为他们考坏了不会挨打，放学时，更不必排队出校门。

中学时，我又羡慕大学生，因为他们不必每天穿制服、背书包，成绩单发下来，更无须紧张兮兮地拿给家长签字。

可是到了大学，我又羡慕进入社会的人了，因为他们不必为期中考试、期末考试操心，更没有教授催他们交报告。

而今进入社会，我才发现真正快乐的还是学生，而学生时代最快乐的又是小学阶段。因为那时我背的书包虽然重，却没有生活上沉重的担子；我虽然得排队出校门，但在老师的保护下，过街却非常安全；我虽然常会挨骂，但也很容易就能知道自己的错误。

至于今天，我虽然已经是一个不再会挨打，反而能打自己孩子的父亲，虽然是一个不再有人逼着念书，甚至能写书给别人看的“作家”，我却觉得远不如学生时代好。

因为当我做错事而不自知的时候，很少有人会指责我；当我文章写坏了的时候，很少有人会当面批评我；当我应该多充实、多读书的时候，不再有人指定书目给我。离开了会鞭策我的老师，我必须自我鞭策、自我鼓舞；离开了会责备我的师长，我必须自我反省、自我警惕。而事业、名誉、生活、家庭，更变成比书包还重几十倍的担子，落在我的肩头。

所以我常对学生说：“不要羡慕我，我还在羡慕你们呢！快把握美好的学生时代，多吸收些知识，多聆听些教诲，多留下些美好的回忆吧！”

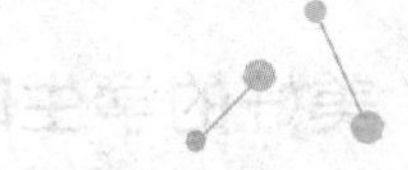

自己比自己

我们常说："人比人，气死人。"其实自己比自己，也是相当辛苦的。学生上次考九十分，这次就希望考一百分；运动员这次跑十秒，下次就希望跑九秒八；棋士今年拿到了"本因坊"，明年又想得"名人"。问题是：如果学生已经得到一百分，运动员已经达到人类体能的极限，棋士已经拥有最高的名衔，怎么办？

因为一百分上面还是一百分，九秒八下面还可能是九秒八，本因坊、名人之后还可能是本因坊与名人。那些站在顶峰的，没有另一个更高的山峰让他爬，他除了留在巅峰，便是下来。而且我们几乎可以肯定地说：他们必然要下来，因为长江后浪推前浪，没有人能永远年轻，没有人能永远占有最新的知识，更没有人能永远获胜。

所以人们说："名誉、成就都是包袱，使以后的路更难走。"

所以人们说："爬得高，摔得重。"

所以当年坂田荣男被林海峰击败时，评论家说："因为林海峰是一个没有负担的年轻棋士。"

所以当阿里被诺顿打败时，有人说："他太成功、太自大，以致失败。"

既然自己过去的建树会成为一个重担，自己比自己又是那么辛苦，我们是否就应该放弃进取了呢？

当然不！你看那四季的更替，尽管今年的春天已经美得不能再美，明年的春天依然会来到。你看那川原海岳，高峰终将化为坦原，沧海却能升为高山。

哪一样东西因为尽善而不再改变？哪一片土地又永远低平而不再拔起呢？

生命就是一场追逐，生命就是无止境的接力，尽管我们后一刻跑得不如前一刻快，我们还是得尽自己最大的能力跑完全程，并将接力棒交出去。

既然如此，我们就不必为怕后一刻的失去，而怯于此一刻的攫取了；我们就不当因为长久成功之后的失败，而黯然神伤了；我们就不必因为自己不再年轻，而感慨叹息了。因为我们毕竟年轻过、胜利过，我们毕竟曾经占有历史当中的那一刻啊！

积极地读书

某日我去拜访一位老教授，请教读书的方法。

“读书的方法很简单！”老教授说，“积极地读书，读积极的书；有系统地读书，读有系统的书。”

看我不太了解，他又说：“所谓积极地读书，是要有主动的读书态度，不能在别人逼的情况下才读书；而读积极的书，则是指书的内容，应该光明向上，而不能消极颓唐。至于最后两句话的意思，则是说你应当先拟定一个读书的计划，按部就班地来，书的内容更应当选择有系统、有组织的，才能收到最佳的读书效果。”

删在写之前

高中时，我曾经拿自己写的短篇小说，请一位名家指正。

“写的内容嫌复杂了一点。”作家看完说，“你应该在写之前，就决定哪些情节可以不写。”

“如果要删，总得在写完之后，怎么能在没写之前，就先去想不写的部分呢？”我不解地问。

“写作就好比烹饪，当你有了写作的素材，编织了故事的大纲，就仿佛从市场买回材料，并决定要做的菜肴。你说下一步应该怎么办呢？”

“开始烹调啊！”

“错了！如果你买了蔬菜，当然应该洗净、去皮、择净；如果你买了鱼，则要刮鳞和去除内脏；如果你买的是猪肉、牛肉，也有拔毛、剔骨、去油和切块、剁丁的工作。哪有不经处理和去芜存菁，就下锅烹调的呢？”作家说，“所以你有了写作的材料和构想之后，先要加以整理，并把不必要的枝节删除，然后才能动笔。烹调前下的功夫愈大、刀法愈好，做出的菜就愈细；写作前经营的时间愈多、删裁得愈精，作出的文章就愈有力量。”

人生的接力赛

有一个刚到美国念书不久的学生对我说:“我不想念书了，因为我觉得父母在国内好可怜，他们把我抚养大，却又让我出来留学，我应该回去陪在二老的身边才对。”

“你真孝顺！”我说，“当初是你自己执意要出国，还是父母也鼓励你留学呢？”

“他们鼓励我，而且供给我在美的一切费用。”

“那么你应该把书念完再回去。”我说。

“可是他们太孤单了啊！”

“当你参加接力赛跑，别人把接力棒交到你的手上时，你会认为那是他辛辛苦苦传下来的接力棒，而舍不得跑，还是应该努力向前冲？”我说，“人生像接力赛，就因为上一代总能无私地将接力棒交出去，且鼓励下一代向前冲，人类历史才能如此辉煌。孝顺先要‘顺’，顺遂父母的心愿、不违他们的理想，然后以这实现的理想去回报。如果你能在学成之后返国，不是既能报效国家，又能报答双亲吗？”

他听从了我的建议，并以一年半修到硕士学位返国。

图书室

我有一位在政界非常得意的朋友，以知人善任闻名。某日，我向他请教用人的方法。

“我的人事资料，一半在人事室，一半在图书馆。当我这个单位刚成立的时候，就决定设立图书馆，而为了配合同仁的需要，除了一些必要的字典、文库之外，我要求每位职员每年推荐五本他想读的书，由公家采购。也就从推荐的书单和借书的资料当中，我能对每个人有较深的认识。”他得意地说，“你想，如果一个职员虽然推荐了五本书，却从来不去借，反而专挑些电影画报看，他会是个诚信进取的人吗？相反，如果一个人不仅读完了自己推荐的书，还借出不少别人推荐的好书，你当然会对他刮目相看。

“从一个人看的书，就可以知道这个人。因为不是他喜欢的书，他不会去借；不是他感兴趣的东西，他不会去研究。如果你细细观察，可以从职员借书的类别和次数，分析出他的心理和工作的情况。譬如他同时借许多同性质的工具书，显示他正从事那方面的研究；又譬如一个向来都借学术性书籍的人，突然对小说画报感兴趣，也可能在生活和心理上有所改变。常常注意职员读书的情况，实在有助于长官对部属的了解。每当我发现某位职员借书习惯有了大改变，而找他们谈话，常能及时解决许多与他们本身或公事有关的问题。

“此外，从读书的性质和类别，也可以看出他们的特长而加以任用。譬如常借外文书的人，我试着提供给他有关外文的工作；常借文史书籍的人，我让他们拟写文稿；总借艺术图书的人，我则向他请教美术设计方面的问题。我发现这样做，要比全凭人事室资料准确得多，这也就是我用人的秘诀了。”

“真没想到一个图书室会有这么大的功用。”我感慨地说，“许多单位都有图书室，不论长官还是部属，都该好好利用啊！”

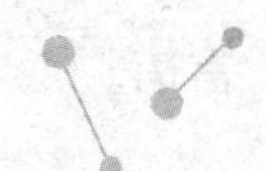

文章的马车

如果说文章像是一辆马车，那么，文字是车、内容是马，主题则是驾车的人。有马无车，不成为马车；有车没马，还是跑不动：马和车都有，却无人操纵，则必然不知方向。

有些文章堆砌了许多华丽的辞藻，却因为内容空泛，而不知所云，如同雕花绘彩的车，没有马拉。

很多人有满脑子的思想和灵感，却不能文，犹如没有车的马，根本无从表现。

还有一些作家，既具文采，又有才情，更富学养，却失之偏见，仿佛“驭者”有问题的马车，可能载着满车的人，误入歧途，甚至翻覆。

文章的马车，不能不小心驾驶，更不能不小心搭乘啊！

一封信

这是一位著名文学家写给他孩子的信，现在公开，让我们一起来咀嚼他的言语。

亲爱的孩子：

当我走时，留给你的，不是万贯的家财、广大的土地、豪华的房舍，而是满架的图书。在那些旧书中，你将可以发现我出汗的手渍、折角的痕迹、扉页的记载和文中的眉批。它们或许包括幼嫩与苍老几种字体，那代表我不同年龄的记载；它们的内容可能武断，那必是我年轻时的言语；它们的笔迹或许颤抖，那必是我病中卧在床上所书写。当然你也可能发现有我给你母亲的热情诗句，那必是我恋爱时，读不下书的杰作。

亲爱的孩子！我留给你这些书，并非要你叹服父亲读书之多，更非强迫你同意眉批中的看法，而是因为这些书反映了我的一生和治学的态度。

如果你怀念我，便摸摸它们吧！如果你钦佩我，便礼拜它们吧！如果你羡慕我，便阅读它们吧！如果你想超越我，就去买更多的书来看吧！

父字

不困而学

刚到美国的时候，一位朋友对我说:“你来的前两年，英文会进步特别快，之后就会慢下来。”当时我不以为然，认为他太武断了。但是而今已经旅美多年，确实感觉后来在英文方面的进步不如头两年。所以，当我又碰到那位朋友时，特别赞美了他几句，说他料事如神。

“这有什么好佩服的嘛！”他笑着说，“又不是你一个人如此，大家都一样！刚来的时候，英文捉襟见肘，时时都在接触新词语，刻刻都在吸收，不学根本没法过日子，当然进步快。但是两年之后，一般的会话都能应付了，别人讲话也差不多听得懂，看报纸广告、商品说明更不成问题，当然因为需求降低而自满，因为自满而松懈，也就难有大进步了。”

学习就是如此，困而学是最快的，不困而学是最难的。

自思自立

“自私自利”是不好的，但是“自思自立”“自力自司”，不但好，而且必要。

“自思”是自己思考，“自立”是自己独立;“自力”是自力更生，“自司”是自己管理。

不自思的人，凡事跟着别人想，必无法自立；不自立的人，总是靠他人，必无法自司；不自司的人，虽有才力，却常假手于人，称不上自力；不自力的人，虽能思考，却不力行，也是枉然。

所以自思、自立、自力、自司，缺一不可。

用他们的眼睛看

某日我到一所以美术教育闻名的小学参观，步入校舍，发现走廊和教室的墙上到处挂着世界名画还有学生的作品，但与一般学校不同的是，那些画都挂得非常低，有些居然低到我必须蹲下来看。

“为什么把画挂这么低呢？看起来不是太费力了吗？”我问校长。

没想到校长拉着一个小朋友的手，走到画前，然后转头对我说：“就我们来讲，是吃力了些，但对他们而言，却正好啊！你可曾想到，一般学校把画挂到适合成人欣赏的高度，对孩子来讲有多么辛苦；往往因为看不清楚，他们就不去欣赏，也更不会感兴趣了。画既然是给孩子看的，就应当以适合他们的高度为原则，也才能达到教育的目的。”

我们常以成人的眼光来看儿童的世界，硬逼着孩子接受我们的观念。叫他们读大人的书、背大人的演讲稿、酸着脖子看大人挂的画，殊不知这样做给儿童造成许多困扰，且收不到教育的效果。

储藏室

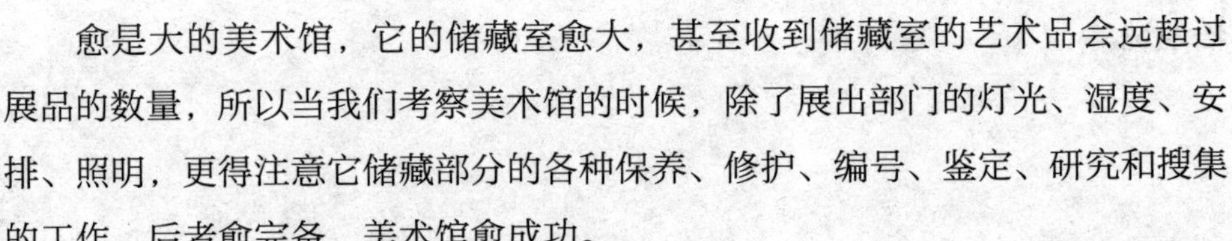

愈是大的美术馆，它的储藏室愈大，甚至收到储藏室的艺术品会远超过展品的数量，所以当我们考察美术馆的时候，除了展出部门的灯光、湿度、安排、照明，更得注意它储藏部分的各种保养、修护、编号、鉴定、研究和搜集的工作，后者愈完备，美术馆愈成功。

愈是学者，他储藏的学问愈多，甚至没发表的论文和正在酝酿的学说，会远超过平常讲述和已发表的作品，所以当我们审查一位学者的时候，不但要看他既出版的作品，也要探讨他未完成和正在研究的东西。一个毕生没出过半本书，而专志于研究的学者，虽然出师未捷身先死，但我们仍当给他很高的评价。

文化沙漠

有几个学生去拜访老教授，并提出了一个问题：“有人说台湾是文化的沙漠，您觉得呢？”

“你们知道那些阿拉伯国家吗？他们拥有的也只是一片沙漠，却能变得那么富裕，这是因为他们向地底探索，而下面蕴藏有丰富的石油。相反，如果他们只知慨叹眼前的贫瘠，而不去努力发掘，只好永远穷困下去了。”老教授郑重地说，“同样的道理，虽然我们可能站在文化沙漠上，但是只要向下追寻，便会发现古人留给我们丰富的遗产，而成为最富裕的文化艺术之邦。当然石油需要经过现代科学的提炼才能使用，前人的文化遗产也当由我们去整理才能发扬光大。”

“站在无尽的宝藏之上，却抱怨自己穷困，我们真是太笨了。”学生恍然大悟地说。

三过家门而不入

有位著名的女教育家对我说：“我只有一份力量，如果放在家庭，可以造就三个杰出的儿女；但是用在学生身上，却能教育千万英才。为了对国家社会有更大的贡献，我选择了后者，但是许多人不了解，认为我连一个母亲都做不好，凭什么去教育别人的儿女，实在我有自己的苦衷啊！”

大禹治水曾三过家门而不入，就家庭子女而言，他诚然不够亲近，但就天下民而言，他却是位救星。所以公私兼顾固然最好，但是对那些因为公务忙，而私人事务有所不逮、朋友小节有所不周的人，我们是应当谅解的。

思乡

一位去国多年的朋友回来，我问他在国外有什么收获。

“最大的收获，是我深切地体会了唐代诗人思乡的情怀。”他说，“身在异国，特别想家。傍晚，我会有‘日暮乡关何处是’①的慨叹。深夜，我会有‘万里归心对月明’②的感伤。朋友从国内来，我会问‘来日倚窗前，寒梅著花未’③。有人回国，我会‘马上相逢无纸笔，凭君传语报平安’④。遇到来自祖国却不相识的，我会讲‘同是长干人，自小不相识’⑤。听到中国歌曲，我便‘归思欲沾巾’，‘一夜征人尽望乡’⑥。过节，我是‘独在异乡为异客，每逢佳节倍思亲’⑦。逢年，更是‘乡心新岁切，天畔独潸然’⑧。而今‘近乡情怯’地返抵国门，许多晚辈已是‘儿童相见不相识，笑问客从何处来’⑨了。”

文艺植根于生活的土壤，许多作品在我们亲身经历之后，才能更深入地欣赏，也才能得到最大的感动。

---

① 见崔颢《黄鹤楼》。
② 见卢纶《晚次鄂州》。
③ 见王维《杂诗》。
④ 见岑参《逢入京使》。
⑤ 见崔颢《长干行》。
⑥ 见杜审言《和晋陵陆丞早春游望》及李益《夜上受降城闻笛》。
⑦ 见王维《九月九日忆山东兄弟》。
⑧ 见刘长卿《新年作》。
⑨ 见贺知章《回乡偶书》。

剪枝与摘心

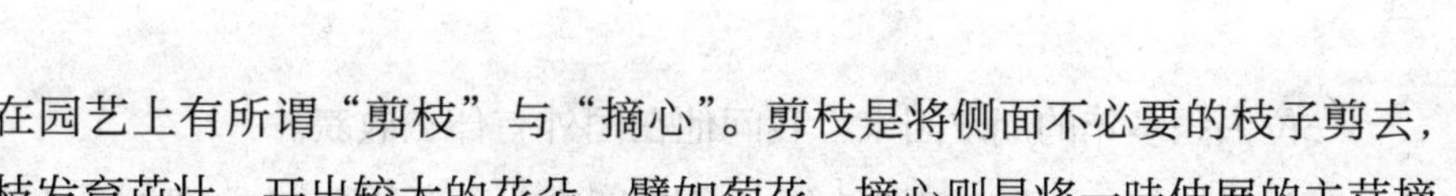

在园艺上有所谓“剪枝”与“摘心”。剪枝是将侧面不必要的枝子剪去，使主枝发育茁壮，开出较大的花朵，譬如菊花。摘心则是将一味伸展的主芽摘去，使侧面的枝芽发育，生出更多蓓蕾，譬如康乃馨。

我认为教育也有所谓剪枝与摘心——

对于那些心有旁骛的人，要剪枝，使他们能潜心专志、认定目标；对于那些冲动莽撞的人，要摘心，使他们能隐忍稳重，有更大的成就。

四德

古人说笔有“尖、齐、圆、健”四德。“尖”是笔锋要尖，“齐”是笔毛要齐，“圆”是笔腹饱满，“健”是笔力劲挺。尖而不齐表示笔锋贫乏，齐而不尖表示毛不完整，圆而不健表示品质不佳，健而不圆表示力量不均，所以必须四德俱备，才是好的毛笔。

我认为笔的四德也可以形容人——

尖是专精，齐是广识，圆是敦厚，健是风骨。专精而不广识，难有大的创造；博学而不专精，力量便难集中；敦厚而无风骨，则易颓；劲拔而不敦厚，便易折。必须四德俱备，才能成伟大的事业。

神马

阿拉伯国家除了石油之外，更以出产良马闻名，所以当我到阿拉伯旅行的时候，特别请求当地的朋友，带我去拜访一位著名的驯马师。

我们开车进入沙漠，找到驯马师，已经是傍晚了，驯马师正牵着马在欣赏落日。

“您在看落日余晖的美景吗？”我问。

“不！我们在看地平线。”驯马师回答，“日落的时候，地平线最清楚，它把太阳一寸寸切割下去。”

“马也会欣赏地平线吗？”

“当然！地平线是马的梦想，马的一生就在追逐地平线。”驯马师说。

“可是地平线永远也追不到啊！”我讲。

“马并不晓得自己追不到，所以它不停地追，追逐一生。”

“可是每一刻我们都站在别人眼里的地平线上啊！”我改口说。

“马也不知自己追到了，所以它还是不停地追，追逐一生。”

“这不是很矛盾吗？既然追不到，何必要追？既然已经追到了，何必还追？”我觉得有点好笑。

“你来这里做什么？”他没有答我的话，却反过来问我。

“我来旅行，我想看看这个广大的世界，创造一些更好的文学和艺术作品。”我说。

“这个世界，你一辈子能看得完吗？”

“看不完！”我说。

“那你为什么还要看？”

我没答话，他继续问:

“你大概是个艺术家，你有一点名气吗？”

“我是学艺术的，也被一些人知道。”我说。

“有人羡慕你的成就吗？”他追问。

“可能有！”

“那你为什么还想创造更好的作品，想看更多的地方，想学更多的东西？”

我无法回答。

“我告诉你吧！每一个人都会死，但是有几个人在他死的时候，认为一生该做的事都做了？该看的东西都看了？每一个人都有‘比上不足，比下有余’的地方，但是又有几个人，因为想到自己比下已有余，而放弃了更高的理想？就因为太阳每一刻都在地平线上滚动，所以这个世界才总有日落与日出；就因为我们总是不断追逐理想中的地平线，所以这个世界才能不断地进步！”驯马师顿了一下，“现在已经天黑了，你就住在这儿，明天再聊吧！”

早上起来，看见驯马师正指挥着一群马在绕圈子，其中有雄健的大马，也有很小的幼马。离这群马不远，驯马师的助手正一边呵斥着马跑，一边抓着马鞍做上下马背及左右跳跃的动作，看来活像马戏团的特技表演。

近中午，太阳烈得很，驯马师却和他的助手们驰马到沙漠深处。一片黄沙落定，已不见他们的踪影。

下午四点，地平线又卷起一片黄尘，且夹带着闪闪金光，当他们驰近时，才发现每人手上都拿着一把弯刀，仿佛出征归来的样子。

傍晚，驯马师又牵着马，遥望那弯弯的地平线。

对于这一日所见，我实在非常迷惑，此刻抓到机会，赶紧跑了过去。

“请问您是否能把这一天当中几种训练马的方法为我讲解一下？”我说，“您为什么叫那些马绕圈子呢？”

“因为我教那些小马跟在大马的后面，学习听口令及驯服。没有大马的带领，小马是很难教的。如果我是老师，大马就是家长，我在学校教导，父母在家中带领，任何一方都不能少。”驯马师说。

“您的助手又为什么要在马跑时拉着马鞍上下左右地纵跳呢？”

“这是教马学习平衡、维持稳定，不致因为骑士的倾斜摇摆而影响奔跑。”他回答。

“中午的时候，沙漠里热得让人受不了，您又为什么要率领马队出去？”我问，“你们是去打仗吗？我发现每个人都带了刀。”

“我们不是去打仗，而是去训练马。”驯马师说，“正因为天气热，所以我们要骑马出去，叫它们忍受饥渴，在一望无际、其热如焚的沙漠奔跑。这是一种历练，禁得起的才能成为千里马。至于弯刀，我们是舞给马看的，在下午四点日斜的时刻最能反射刀光，我们故意用刀光闪烁刺激马的眼睛，并相互击打，发出强烈的音响。经历这种场面，还能镇定冷静，毫不慌乱的，才能成为最好的战马。”

太阳落下地平线，我们和马匹都成为黑色的剪影，贴上深蓝的星空。远处有人燃起熊熊的营火，并传来晚祷的歌声，虔诚的伊斯兰教徒一齐跪在地上，向圣城麦加膜拜，感谢这美好的一天。整个沙漠在悠扬的歌声里，显得无比宁静而祥和。

走回营帐的途中，驯马师对我说：“虽是人们在晚祷，但对于马来讲，也是一种教育。马就像人一样啊！它们要好的老师、好的家教；它们要学习镇定、接受考验；它们要能出生入死而不胆怯，面对争战而不慌乱；不为强权所凌，不为美食所诱；它们更要有定心的功夫，在夜阑人静的时刻，将白日的争逐淡忘、荣辱看开，用感恩的心，洗去骄奢，以宁静的心，除去疲困。唯有这样，马才能成为神马，人才能成为伟人啊！”

一张卡片

母亲节前夕，我收到了一张小小的卡片，上面只印着简单的几行字：“母亲节就要到了，在你忙碌当中，请别忘记，向你伟大的母亲，致上最衷心的祝福与感谢。”读到这儿，我赶紧翻了一下案头的日历，才惊讶地发现，母亲节就在眼前了。

这张只以单色印刷，并不显眼的小卡片，意义是多么深长啊！它寄自南部一所教会学校，学生以他们的零花钱印制，并送给社会大众。他们把母亲节的消息告诉大家，把自己对母亲的爱传达给群众；他们提醒做子女的人，在这一年一度伟大的日子里，向母亲献上祝福与感谢。

我相信这张卡片所到之处，必有许许多多的子女，谢绝外面的约会，赶回家中；必有千万母亲含着愉快的泪水，品尝爱的佳酿。

打雷与检讨

我的邻居有个才五岁的孩子，非常怕打雷。所以每当打雷的时候，他的母亲就对他说：

“一定是你做错了什么事，才会打雷。快点检讨一下！想想自己犯了什么错。”

这时孩子总会很快地说出一堆错。

一个五岁的孩子都能认那么多错，如果我们成人碰到打雷，也都检讨一下，恐怕想到的缺点，将十倍、百倍于那个孩子吧！

戒瘾

我非常喜欢喝咖啡，每天连睡觉之前都得来一杯，才觉得这一天算是真正结束了。大概也正因为咖啡喝得太多，造成心跳过速，不得不去看医生。

“你咖啡喝太多了，心跳当然会快。”医生说，“从今天开始你要停止喝咖啡。”

我大吃一惊：“什么？你叫我不喝咖啡，你一定不知道喝咖啡有多大的乐趣。”

“我确实不知道。”医生笑着说，“我只知道不喝咖啡还能快乐，不用咖啡提神仍能精神抖擞，是多么好。那些令我们上瘾的东西，耽于其中固然是件乐事，但是能战胜它，不更值得高兴吗？”

风筝

在我家附近的广场上，每到天气晴朗的午后，总有许多孩子在那儿放风筝，五颜六色的纸鸢，衬着蔚蓝的天空，煞是美丽。而我发现，在那群孩子当中，又总有一位六十来岁的老先生，也兴致勃勃地长线放远鹞。有时孩子们的风筝坏了，他还带着各种材料，就地为孩子们修补。经过打听才知道，原来那些风筝都是他制作并赠送的，孩子们也就都管他叫“风筝爷爷”。

有一天我经过广场，看见老先生又在放风筝，就走过去问：“老先生，我经常看见您在这儿放风筝，更知道孩子们的纸鸢也都由您制作。请问您，为什么对风筝这么感兴趣？”

老先生回过头，和蔼可亲地对我说：“风筝也就像是孩子啊！那么天真、活泼而可爱！”

看我有些不懂的样子，他笑笑：“风筝自己是不会飞的，如果你不为它绑上一根线，而随便丢在空中，风再大也飞不起来。所以它就像孩子，要你牵着它，风不够的时候，更得拉着它跑，才能飞上天空。这不就好比我们管教子女，辛苦地培育下一代吗？”

“对！有时候我看见您为了使风筝升空，从广场的这头，一直跑到那头，真是够累的。”我说。

“可是放风筝，也有无比的快乐。当你看见它缓缓起飞，逐渐加速，一下子飞上青天，就如同见到孩子实现自己不能达到的理想。它飞上了遥不可及的天际，可是跟你又有一线相连，紧紧抓住手中的线，也就仿佛摸到了它。如果风筝有知，它一定知道，这根线不能断，失去了你，它必将坠毁。你也知道，要衡量它的高度，了解上面的风速，不能只为过瘾，意图炫耀，一个劲儿地让它往上飞。所以每当这风筝飞得小到只有一点的时候，我都会暗暗对它说：‘孩子，飞得高，固然过瘾，飞得高，固然有那么多人为我喝彩，但这也是我们最容易彼此失去的时刻，我不得不绞紧线团，把你往回收了。’”

说到这儿，老先生缓缓抬头，望着远处空中的风筝，无限感慨地说：“放风筝，使我想起自己在国外的孩子。我辛苦地培育他，送他出国留学，实现了我造就他的理想，但我也总在信中告诫他，不要飞得太快、跑得太远，异乡不像故乡，是会遭遇各种强风逆流的。我更告诉他：‘你就像是我放的风筝，我让你飞得比谁都高，也总要把你收回自己的身边。天空再美，风筝还是要回到主人的手中；国外再好，你也当回到祖国的怀抱。让我像修整风筝一般，缀补你受创的心灵吧！’”

教

中国的语言真是太高明了，举个最常见的例子：

“教”这个字，我们很少单独使用，总是把它与别的字结合，成为“管教”“教育”“教导”“教训”“教诲”。这是因为造词的人知道：单单“教”是不够的。对于没有组织、放肆散漫的学生，还需要管理、管束；对于幼稚、不成熟的学生，还需要辅育、化育；对于不知方向的学生，还得给予诱导、引导；对于犯错的学生，还当谆谆训诲。

只有“教”与管束、训诲、化育、诱导并进，才能收到最大的成效。

对国画的误解

国画虽然是我们的传统艺术，但是外人却有许多误解。譬如：

许多人说中国画是从来不画天空的。

但是晋顾恺之在他的《画云台山记》中说：凡是天空及水色，都用青色的颜料染。

五代的荆浩在《画说》里也讲："烘天青，泼地绿。"

许多人认为国画不讲光影。

但是顾恺之在《画云台山记》中说：山的正面受光，则背面有影子；下面是山涧，则涧中反映的景物都是倒反的。

明末画家龚贤也说：画中的石块，上面白，下面黑；白的是阳，黑的为阴；石面因为平所以白，又因为受日月照射所以白；石旁边多纹理或有小草和苔藓堆积，又因为不见日月而隐在暗处，所以黑。

许多人认为中国画不求写生。

但是唐朝戴嵩画牛能表现牛的野性和筋骨之妙，甚至在牛及牧童的眼睛中画出反映的景物，画牛在溪边饮水，更表现了水中的浮影。

韩干曾对唐玄宗上奏说："臣自有师，阶下内厩之马，皆臣师也。"

宋朝的范宽更卜居终南、太华，遍观奇山胜景，表示：与其向人学习，不如向大自然学习。

许多人认为国画不讲透视、不求比例。

但是唐代的王维早说："丈山尺树，寸马分人；远人无目，远树无枝……远山无石……远水无波……石看三面，路看两头……远山不得连近山……远水不得连近水。”

五代荆浩的《画说》也记载：人坐着时，头看来约占五分之一，站着约占七分之一。

宋代的李成画山上的亭馆楼塔，更有仰画飞檐见榱桷的说法。

由以上所述，可知：

中国绘画并非绝不画天空，只是后来简化，而大多留白。国画不是没有光影、比例和透视，只是不一定精确。国画更非不写生，只是许多人因为师古而泥古，或一心在形似之外求画，而忽略了写生。当然我们在引述古人的同时，也应当自我反省，以求这一代的国画，能有更大的突破。

砂纸

如果将“纸”比喻为“土地”，“沙”比喻为“人民”，“胶”就是“爱国心”。一群人民居住在一起，却不爱那个国家，犹如一盘散沙倒在纸上，纸稍震动，沙就掉了。但是如果在纸上先涂一层胶，再把沙铺上去，使沙跟纸粘牢，则变成一张有用的砂纸。

纸是何等脆弱的东西，它一撕就破。

沙是何等松散的东西，它一吹就去。

胶是何等平凡的东西，动植物中都可以提炼。

但是只要它们合在一起，就能成为足以磨铁锉钢的砂纸，如同一群爱家、爱国的人民，团结在一块土地上，不论那块地有多小，都能成为坚强而受举世尊重的国家。

谷子与白米

如果你要去救济饥饿的人，送白米的时候，请别忘了运谷子，因为白米只能解一时之饥，谷子却能成长远之计。

教育比处罚重要，和平比红十字重要，救助比同情重要，工作比金钱重要，正如谷子比米重要一般。

伊顿中学

伊顿中学是英国著名的学府，据说由于想进的人太多，许多年轻人才结婚，就开始为他们将来的子女申请入学。

虽然伊顿如此著名，可是当我到那里去访问时，却发现他们的教室桌椅非但不考究，反而都是千疮百孔的老古董。

“伊顿中学这么有钱，为什么桌椅设备不改善一下，使学生坐得舒服一点呢？”我问其中一位老师。

“因为桌椅太舒服，学习的效果就差了。”老师回答，“你想想，学生靠在柔软的沙发椅里与坐在冷硬的木板凳上，哪个比较容易打瞌睡？”

我点头，觉得是有几分道理。这位老师又继续说下去：“同样的道理，学生宿舍也不能太讲究，如果像是旅馆的豪华套房，附加电视、音响，必然会造成疏懒的毛病。据我多年教学的经验，宿舍愈差，学生愈爱上图书馆，功课也愈好，不就证明了一切吗？”老师笑笑，“生活的环境愈简单，学习的效果反而愈好。”

旧东西

收拾旧东西，虽然麻烦，但也能乐在其中。因为一方面眼看散乱的物品，样样分门别类地摆好，而腾出不少空间；另一方面会发现已经被遗忘，却很有意思的东西。许多昔日认为平凡的，而今已经成为稀有的。许多当年不能欣赏的艺术品，而今却对它十分感动。假如再翻到几件具有纪念性的东西，更令人如获至宝。

收拾旧东西，谁说不是一件有意思的事呢！

读以前看过的书，虽然可能浪费时间，但也能乐在其中。因为一方面可以将记忆中已经模糊散乱的知识，重新作个整理，使得思路清晰；另一方面又往往发现已经被忽略，却很有意思的学问。许多昔日认为平淡的言语，而今成了人生的智慧；假使再翻到两句当年苦思不得，又找不到出处的名句，更令人如获至宝。

读以前念过的书，是进入旧矿坑中再下一铲，很可能发现新的矿脉。

小圈子

一个词，你认识、记得，却不一定属于你，除非你在语言和作品中能活用它。

一个工具，你拥有而且会用，也不一定真属于你，除非你在碰到问题的时候，能立刻想起它，并拿出来使用。

许多人学了成千上万的词，却从来只用他惯常的那几百个词语；许多人天天上市场，看到各式各样的菜，却永远买那固定的几样；许多人认识非常多的朋友，但平常交往仅止于几个；许多人备有一大堆工具，但是碰到问题，却想不到可以用工具解决。

人就是这样，不是不知天地之大，但总爱把自己困在小小的圈子里。

知与识

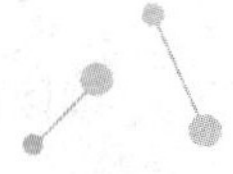

我们常用“知识”这个词，据一般字典的记载，知与识往往相通，但我认为:“知”不等于“识”。

“知”是知晓、了解;“识”是识见、认识。能知，未必能识；能识的，未必皆知。好比我们可以知道一个人的生平历史，但只是由文字中得来，对他本人未必认识；而我们认识的人，如果交往不深，则无法知道他真正的背景。此外，我们可以说“知难识易”，也可以讲“知易识难”。对于五谷杂粮，农夫都能认识，但是难得知道生长的道理和生态结构；对于基本的地形变化，高中生多半知道，但是见到真实的景观，难得有人识别。

由此可知，“知”偏重理论，“识”偏重实际；“知”偏重推论，“识”偏重观察。固然能知的人未必要识，能识的人也未必当知，但是只有知与识结合的时候，才能产生最大的效果，也才能引出更多的“新知识”。

指路与教学

当别人向我们问路时，我们多半先问他去什么地方，而后告诉他方向，并顺着当时所站的街道，予以指示。此外讲解时一定不能太快，因为对我们来说了如指掌的道路，对陌生人而言，却是一无所知的，所以除了转弯的地方和街名，还得告诉他特别的建筑或标记，使对方能认清楚。

教学就如同指路，先要了解学生的志趣，然后告诉他方向，同时依他当时学习的状况加以引导；引导时绝不能太快，除了要指示他学习的细节，并应标出重点，使他收到事半功倍的效果。

决定目的、认清方向、了解细节、标出重点，指路与教学，认路与学习，方法都是一样的。

移植与移民

植物的繁殖有播种、插枝、压条、接枝等方法。人类的移民也可以分为这几种。

有些人因为父母早期移民，自己根本生在“当地”，可谓土生土长，如同种子的萌发、茁长。

有些人适应力强，虽然成年之后移民异乡，但是很快就能适应，仿佛是“插枝”。

有些人谨慎从事，不敢骤然移民，先把妻小留在故乡，自己到异乡试探，一直等到有把握生根，才把家眷接去，可比作“压条”。

更有些人硬是移民异乡，但是始终不能适应环境；生活在当地的社会，却不属于当地，可以算是“接枝”。

当然还有些人仿佛不能适应土壤、气候的种子和枝条，怎么移植，都无法成长，只好在异乡的泥土里逐渐萎去。

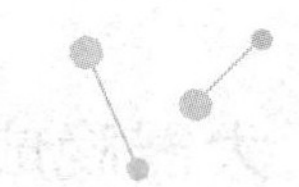

出书与讲课

有位老教授课教得非常好，却从来没有著作出版，某日我问他述而不作的原因。

“出书谈何容易，书一出版，就等于向整个学术界挑战，怎能不慎重？”老教授回答。

“向整个学术界挑战？您说得太严重了吧？”

“事实如此，你想想看，在堂上教课面对的只是十几个学生；出版之后，面对的却是千万读者。教课时有些小错误，因为一句带过，学生多半来不及细细推敲，就算有问题，也能在堂上讨论、解决，哪儿像出书之后，读者能抱着书反复研究；白纸印上了黑字，一点小毛病都逃不掉；而且逃得掉今人，也逃不了后人。你说书一出版，不就是向整个学术界挑战了吗？”

“在课堂讲错了，也得向学生更正啊！”我说。

“那是‘口头更正’！至于订正书上的错误，则等于‘登报道歉’。”老教授神秘地笑笑，“两者之间的差距可不小哟！”

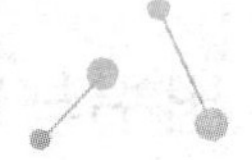

大器晚成

常听人说:“大器晚成。”这句话实在值得深思，举个很简单的例子:

甲乙二人同时自大学毕业，甲因为才能出众，甫离校门，就被某单位高薪网罗，多年后混到个小主管。

乙因为才能平平，毕业后，寻职屡屡碰壁，赋闲甚久，于是姑且出国留学; 困而学之，几年下来，居然获得了博士学位。回国之后，被前面所提的单位礼聘，反成了甲的上级。

照以上这个故事，乙确实是大器晚成，问题是: 晚成的一定是大器吗?

当然，由此我们也得到了一个教训: 早期的得意，常会阻碍我们未来的更高发展; 早期的失意，反倒可能强迫我们步上人生艰困的旅途，登上最高的山峰。

美国已故总统里根曾说:

“我当初做演员的时候，如果像现在一样受人欢迎，就不会出来竞选总统了。”

这应该是“大器晚成”又一个耐人寻味的例子。

训练演讲

学生时代有不少老师指导我演讲，其中对我影响最大的，要算是小学的裘老师了。

裘老师起初都在教室里指导，但是当我练习得差不多的时候，她则把我带进福利社表演。福利社里的嘈杂是可想而知的，吃东西、找钱、嬉笑、叫嚷和开汽水的声音，真是使我极不舒服，我曾多次向裘老师抗议，但是老师说：“只有在受环境干扰下，仍然能侃侃而谈的人，才能成为真正的演说家。”

果然在她的指导下，我连获了两届台北市演讲比赛冠军，并因她的影响，我在高中时得到全台湾第一名。

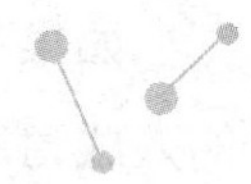

鉴与赏

逛博物馆的人，大约可以分为“鉴”与“赏”两种。

“鉴”的人，早具有很好的知识背景。他们进入美术馆仿佛到了实验室，对每件展品都要细细审视，连说明文字也一行不漏，甚至作下笔记、拍摄照片，以便日后研究。

“赏”的人，不一定对展品有深入了解。他们常存玩赏的想法，进入博物馆，只觉琳琅满目、美不胜收，千奇百怪、目不暇接，走马观花，倒也趣

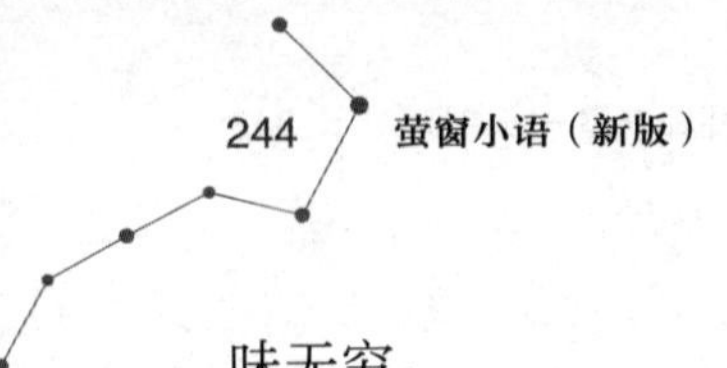

味无穷。

“鉴”与“赏”这两种人各有所得，也各有所乐。不过前者在鉴评之余，如果能作番纯美的欣赏，后者在赏玩之先，若能找些介绍博物馆的书看看，或观赏之后带回简介阅读，必定能有更丰富的收获。

摄影之道

如果你想拍一张好照片，必须先选择适当的底片。因为你不能用黑白的底片拍出彩色，也不能用已过时的底片摄出准确的色彩。其次，你要有好的相机，因为你不可能用一架镜头模糊、焦距不准、快门不对的相机，拍出清晰的画面。此外，你还得有好的技巧和构想，才能以最佳的角度取景、表达最深的情思。

如果你想造就一个人，必须先认清他的资质。因为你不能强迫五音不全的人成为声乐家，也不能教一个毫无逻辑细胞的人去写电脑程序。其次你要让他在适当的环境，使潜力得以发挥，才华得以表现。你更要给他好的导向和教育，使他站得直、行得正，对社会有最大的贡献。

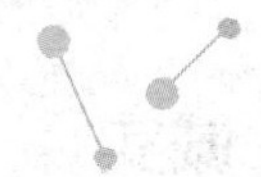

种树之道

如果你把一棵小树苗种斜了，只要歪得不太厉害，等它长大之后自然会直。但是如果你把一棵大树种歪了，却八成会永远歪下去。

人也一样，少年只要不是坏得过分，长大之后，多半会变好；但是如果成年之后再走上黑道，则必须具有极大的毅力，才能脱身。

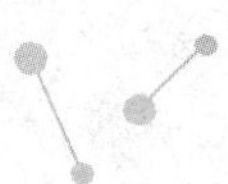

育与遇

有的人“怀才不遇”，有些人“怀才不育”，后者要比前者可惜得多。

“怀才不遇”的人，毕竟“才”已成“材”，就算不能“出而仕”，也能“退而述”。或著书立言，或作育英才，就算生时不遇，死后也可能被发现。

至于“怀才不育”的人，是有才分，却不能获得教育，如同一块蕴玉的石头没有被雕琢，含珠的蚌壳没能被发现，只好永远沉在沙石与海底。

教育的工作做得好，能减少“怀才不育”的人。

用人和考查的制度完善，则能减少“怀才不遇”者。

如果每个有才的人都能既获得“教育”，又得到“礼遇”，这世界必能变得更美好、更充实。

诚实

某日我访问一位美国著名的教育家，请教培育文学人才的第一要务。

“教他诚实。”他回答，“因为诚于中，形于外，心中没有挂碍、没有机巧，思路才能通畅，情感才能流露。”

“至于培养科学人才呢？”我又问。

“还是教他诚实。”他严肃地说，“因为诚实的观念和态度，是从事科学研究的首要条件。只有诚诚恳恳地做事，实实在在地研究，不自欺、不欺人，才能成为伟大的科学家。”

准与好

大一体育课的期终考试，我的棒球投球得到全班最高分，因为考试是以学生在一分钟之内，投入“好球带”的数目来计分，而我居然没有一个落空。

“你投得准，却投不好。”教授事后讲评。

“准当然就是好，否则你为什么给我最高分呢？”

“因为这是计分的方法，你既然投进得多，当然得最高分。”教授说，“可是你的球速慢，姿势也不正确，所以很难投出快速的变化球，真正参加比赛，一定容易被对方击中。”

“准”不见得好；分数高不见得实力强；用成绩评高下，不见得可靠。

残与障

在做记者时，我曾到一所伤残中心采访，当时院长对我说：“我希望您以后在写文章的时候，能呼吁社会大众，把‘残废’这个词改为‘残障’，因为‘残’只能造成‘障’，却不一定能使残者废，我们要鼓励残而不废，使他们能勇敢地面对人生，开创未来。”

二十年后，我又造访那伤残中心。院长早已换人，新院长说：“残只能成为行动的障碍，却不能残到人的心灵。我们‘人残心不残’，所以今天只有身心障碍，没有残障。”

回家的路上，我想：会不会因为医学进步，再过二十年，那身心障碍也不再成障碍，于是又有新的名称，成为“身心待治”了呢？

希望那天能早早到来。

营养知识药丸

“从此你可以不上菜场，不买碗碟，不设厨房，不再需要一日麻烦的三餐，因为只要你花两秒钟，服一颗本厂最新出品的浓缩营养丸，就可以整日不吃饭，而维持身体的健康。

“从此你也可以不去学校，不买练习本，不设书房，不再需要那些又厚又重的书，因为只要你花几秒钟，服一颗本厂最新出品的知识药丸，就可以立刻知道一本书的内容。”

公元二一○○年，某药厂刊登了巨幅国际广告，由于那两种药丸是革命性的产品，所以立刻轰动了全球。但是没想到第二天某人民团体也刊登了一则广告——

“请勿服营养药丸，因为它将使你失去咀嚼的趣味、品尝的享受和对色香味的欣赏，它将使你不知烹饪的艺术和进餐的优雅，更使你的牙齿软弱、肠胃退化。最重要的是，它将使你只是为了生存而生活，而非为生活去生活，虽能维持生命的存在，却失去了生活的趣味。

“也请不要服知识药丸，因为它将使你不再能享受书香，不再能沉浸典籍，它将使你不知一弹三叹的慷慨和低吟浅唱的趣味，它将使你不再有一卷在手的洒脱和坐拥书城的满足。最重要的是，它使你能够记忆，却懒于思考，只是知道一些事情，却没有自己的见解，因而失去学习的乐趣。”

第三天，药厂又刊登了一则广告——

“为了使大家能像过去一样快乐地生活、公平地竞争、努力地学习、独立地思考，本厂决定营养知识药丸只供科学及医疗之用，而不公开发售。”

雅贼

常听人用“雅贼”这个词，其实贼就是贼，做贼就犯法，又何雅之有呢？

或有人说：“雅贼”是因为他们专偷书画等文雅的物品，所以谓之“雅贼”。这话就更不合理了——文雅的东西，本来应当以无争的心情去欣赏，那些贼不能因为艺术陶冶而性灵高尚，是极不雅，应当称为“俗贼”，为何反倒叫“雅贼”呢？

所以“雅贼”这个词，若非贼给自己取来文过饰非的漂亮名字，就是被偷的人，聊以自慰或装傻的一种说法；也就因为这种极俗之贼，被冠以“雅”的美号，使得雅俗不分、善恶莫辨了。

于是到餐馆顺手偷刀叉成了“雅事”，住旅馆带走毛巾是为“纪念”，最后甚至有人把观光饭店几十斤重的铜烟灰缸抬走，也自炫为“雅韵”。于是当有人因为“文雅”偷走旅馆中的睡衣，而被送入警察局时，他才惊讶地发现，自己的“雅”，原来是“贼”，结果糊里糊涂地吃了官司，毁了名誉。

凡此种种，都是由于人们自己混淆自己，将俗作雅，或某些饭店旅馆把顺手牵羊之事看作当然，而早在账内添加必要费用，对所谓“雅贼”视若无睹所造成。

人们常爱做掩耳盗铃之举，社会也常纵容有所谓“小过”的人。要知道，这样久了之后，不但不可能培育出真正文雅的国民，反会造成是非莫辨，进而影响社会的安定。

所以，雅贼是贼，盗版是盗，不论他们偷的是画或盗版的是光碟，既然有盗贼的行为，就当严厉处分，甚至罪加一等。因为“凡贼”偷东西有时是为生活，“雅贼”偷书画常为个人喜好，这就好比不为使用，而残杀野生动物一样，是极卑劣的行为。

此外，一般偷盗者，只向少数人销赃，盗版者则公然将盗印物卖给千万人，使许多购买者成了收赃。像这些败坏社会风气的所谓“雅贼”“盗版者”，岂不该罪加一等吗?

雅贼是贼！先正名以端正社会风气，实在是刻不容缓的啊！

用钱的方法

美国虽然是世界上最富裕的国家，而且有许多福利制度，但是在他们的社会当中，仍然有一些非常贫穷的人。为了知道那些人始终无法改善生活的原因，最近一个民间机构特别作了广泛的访问调查，并在报告中举出三个案例：

第一个，有个女孩子经常失业，因为她早上不知道准时起床，总因为上班迟到过多而被开除，但是当别人劝她买一个闹钟时，她却表示：“政府给我的失业救济金已经不够用了，哪里还有闲钱买闹钟？”

第二个，有个老太婆，虽然政府每月给她足够吃饭的钱，她却经常挨饿，原因是她总买些昂贵的肉类和冰激凌，却不知道买面包、牛奶等基本食物，政府的补助当然不能维持她整月的开销。

第三个，有个中年男子，因为每月领的薪水多半花在修地板上，以致十分贫穷，穷得连火炉燃用的柴薪都买不起，所以天一冷他就拆地板当柴烧，拿了薪水之后再请人修地板。

调查报告最后的结论是：

那些虽经大力帮助仍然无法改善生活的人，常因为他们不知道如何有效地用钱。

说书

“说书”是我国起源很早，又影响深远的民俗艺术。它融合了中国语文的优美节奏和精彩故事，凭着说者的一张嘴，将听众带入他所塑造的情境中。即使一个极简单的情节，通过高明的说书家的演绎，也能显得变化多端，引人入胜。

据陈汝衡《说书小史》的记载，有一位说书家谈“武松打蒋门神”，单单武松脚踏着蒋门神，就讲了好几天，而武松还未下手打。至于说到《珍珠塔》当中的陈翠娥，以珍珠塔持赠方卿，单单上楼拿珍珠塔，走几步，退几步，想想停停，就能谈上三四天，而听众非但不觉得厌倦，反而精神焕发，兴味盎然，由此可知说书人对于书中人心理的描绘与听书者的心理掌握，有多么成功了。至于“心到、目到、口到、手到、足到”这五到，和“吼叫、爆头、鸡鸣、犬吠、牛喊、马嘶、状哭、状笑”这八技，更得样样精通。最妙的是据《扬州画舫录》记载，吴天绪说书，说到张翼德据水断桥，只摆一副张口怒目的样子，却不发出声音，而让观众自己去体会，所谓“声不出于吾口，而出于各人之心”，可说是达到了“以无声为有声”的最高境界。

“说书”在早期，只是口授心传，凭着杜撰想象和稗官野史的记载，但是许多故事经过长期改良，并注入新资料，再经文学家的记录，竟成为后代不朽的文学作品。我们可以说没有杂剧话本的《三国志平话》和《唐僧取经》，就没有后来罗贯中的《三国演义》和吴承恩的《西游记》。讲唱说书等民俗艺术，看来浅白，实则在我国文学史上占有极重要的一席之地。

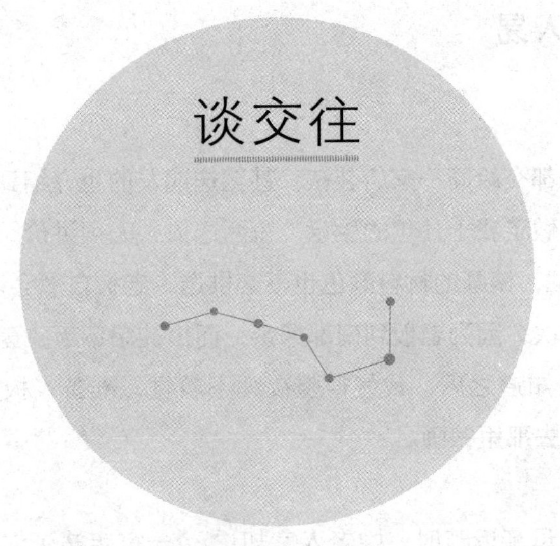

四海之内
皆兄弟

得人难，失人易

我的画向来都交给同一家店装裱，甚至送朋友的也介绍到那里去。就因为这家裱画店已经做了我十几年的生意，东西送去，无须讲价，到后来绝不会多算；有时我工作忙，裱画的材料颜色也不必挑选，老板自然会调配得令我满意。但是没想到有一次，因为老板到南部探亲，而由徒弟下手，竟然把我最喜欢的一幅画裱坏了。知道之后，我气得整夜睡不着觉，准备老板一回来就找他算账，以后再也不去那里裱画。

但是当我向母亲诉苦时，她老人家却说："一家店裱了你几百幅画才错一张，并不算多。你跟他交往这么久，如果只为了一次不如意就换地方，未免不近人情。而且你的好恶老板都已经了解，如果突然换一家，又能保险不出问题吗？"

听了母亲的话，我的火气很快就平息了，此后每当碰到朋友间有不愉快，我都会想到那天她老人家说的："得人难，失人易。"

人情味

我们常用“人情味”这三个字，却有许多时候把人情味的意义弄错了。

人情味不是争先恐后、你争我夺地挤上公共汽车，再拉拉扯扯地把座位让给自己的朋友。

人情味不是逢年过节时，装厚厚的红包、提满篮的水果送礼。

人情味不是在长长的队伍中，偷偷叫自己的亲友插入。

人情味不是在办公事的时候，卖一点私人关系。

然则，什么是真正的人情味呢？

人情味是在漆黑的巷弄里，点亮自己门前的小灯；在艳阳高照时，摆一个奉茶的壶。

人情味是当失败的运动员回国时，到机场迎接；在正得意的朋友耳边，讲忠告的话。

人情味是帮助残疾者行动，鼓励懦弱者站起；是把自己多余的给予那些缺少的人；是把自己的得意分给那些失意者。

最重要的——

人情味不是偏私，而是博爱；不是施舍，而是关怀；不是表面的礼貌，而是内心的尊重。

人情味是“人类”互助的一种表现，使你觉得作为一个“人”的可贵，并关爱每一个“人”。

人情味是“情”感的一种表现，使你觉得那不是表面的“情状”，而是深厚的“情怀”。

人情味更是一种说不出的滋“味”，使你觉得意“味”深长，耐人寻“味”。

生意不是一天的

我裱画的时候，经常一次就是十几张，虽然那不是小数目，但我从来不与裱画店老板讨价还价，因为老板曾对我说过：“生意不是一天的。”

我印书的时候，经常一次就是上万本，虽然那不便宜，但我从来不叫印刷厂先送估价单，因为我曾对老板说：“生意不是一天的！”

“生意不是一天的！”我非常相信这句话的效应，就因为这句话，裱画店从来不多要我的钱；也就因为以后还有更多的生意，印刷厂算我的价钱一向公道，因为他们明白——只要一次不实在，以后的生意就都没了。

生意不是只做一天的，朋友不是只交一次的；我们唯有建立自己的信誉，才能得到长久的生意，永远的朋友。

用不完的遗产

一九七六年春天，我因为应美国弗吉尼亚州理工大学的邀请，前往演讲，而暂住在中国教授蒋宁熙的家里。

蒋教授出身江苏泰县的望族，谈到家乡，总有说不完的故事，其中给我印象最深的是他讲的这么一段往事：

每年春天，到了阳光普照的日子，祖父都要晒书，有一次当我帮着到书库搬书的时候，发现三个大铁箱子，我问祖父："那里面装的是什么东西啊？"

"那是你曾高祖父传下来的，十辈子也用不完的金银财宝。"祖父说。

我一听说是如此贵重的东西，就急着要看，岂知当祖父打开那厚厚的铁箱时，呈现在眼前的，竟然是一些又黄又旧的文件。

"哪里有金银财宝啊？"我问。

"这不是吗？"祖父笑着说，"这些都是别人向我们借钱写下的字据，但你曾高祖父说全都不要了，因为别人借钱总是有苦处，如果他渡过难关，自然会来还，如果仍然困苦，我们又何必去追讨呢？"

"那还留着做什么？"我问。

"给你们用啊！"祖父说。

"既然已经不要了，又如何用呢？"

"给你和你的子孙们看，告诉他们钱是身外之物，如果自己有的是，就应当帮助那些需要的人，所以我说这是你十辈子也用不完的金银财宝。”祖父叮嘱我，“助人获得的快乐，才是世间最大的财富。”

同情与帮助

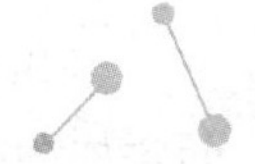

如果你分别向甲乙二人述说自己痛苦的遭遇，甲听了之后，带着怜悯的样子讲：

“我很同情你，可惜我没有办法帮助你。”

乙听了之后则毫无表情地说：

“我不同情你，但我愿意帮助你。”

对于他们的答话，你喜欢哪一个？

当然是乙，因为同情是无用的帮助，帮助却是积极的同情。

再举一个简单的例子：

当有人溺水的时候，站在岸上呼喊的人有多少？大声叹息的人有多少？为溺水者焦急的人有多少？但是对于溺水者来说有什么用处？十万句同情，百万行泪水，也抵不上默默无声地脱去外衣，泅水过去救人的一个人哪！

当你把同情挂在嘴边、写在脸上的时候，请先看看自己的手是否还背在身体后面。

公平的谈判

一

有一天，沙漠和海洋谈判。

“我太干，干得连一条小溪都没有，你却水太多，变成汪洋一片。”沙漠建议，“我们不如来个交换吧！”

“好啊！”海洋欣然同意，“我欢迎沙漠来填补海洋，但是我已经有沙滩了，所以只要土，不要沙。”

“我也欢迎海洋来滋润沙漠。”沙漠说，“可是盐太咸了，所以只要水，不要盐。”

二

有一天，黄狗和花猫举行谈判。

“土地属于我，屋顶属于你，我们划分界限，谁也不侵犯谁，好不好？”黄狗说。

“好极了！”花猫欣然同意。

“我从来没有上过屋顶，你却经常到地面来走动，这是过去的事，我姑且原谅你。”黄狗得意地说，“但是从今以后，我不上你的屋顶，你也不准到地面来，否则你就是违约，我就要对你不客气了。”

有的谈判，看来非常理想，却永远谈不成。

有的谈判，看来非常公平，却有人吃大亏。

翡翠白玉汤

为什么当我们看隧道另一头的风景时，总觉得特别美，似乎红得特别艳，绿得特别翠，什么东西都变得格外亮丽。

因为隧道里是黑暗的，而另一头是明亮的。

因为隧道另一头的风景，看去只有一小块，是毫无选择余地的。

因为隧道的这一头，我们才看过，而另一边还没见到。

据说有位皇帝在离京避难时，百姓曾献上一碗青菜豆腐汤，竟使皇帝在乱平返京之后念念不忘，认为那碗“翡翠白玉汤”是平生尝过最可口的东西。实在因为那碗青菜豆腐汤，是他在饥饿困顿时吃到的，是他在一无选择的情况下吃到的，又是他未曾吃过的。

在一个人最困难时帮助他，不必让他选择，不必让他了解，他却可能最满意，而且久久难忘。

卖画与送画

国画大师张大千有一天对我说：“卖的画固然要好，送人的画更要好。”

我问：“为什么呢？”

“买画的人只要有钱，你就可能将画卖给他，但是要画的人若跟你没有深厚的交情，你会送给他吗？”张大师说，“所以卖画换来的是钱，送画换得的是情，你说情感与金钱，哪一样珍贵呢？”

“当然是情感！”我回答。

“那就对了！”张大师说，“所以送的画要比卖的画更好。”

微笑先生

某日，我从新泽西坐巴士到纽约去，当车子驶近一处高速公路收费站的时候，发现有个青年在外面跑来跑去，忙着到每个正在缴费的车前，将手中的一块纸板展示给乘客看。当时我这辆车内的人都非常好奇，交头接耳地猜测，有人说募捐，有人猜示威，直到那人跑向我们车子，并举起手中的纸板，大家才一齐笑了起来，原来那纸板上只写了“微笑”（smile）一个词，并画了张微笑的脸。

之后的两个星期，我每次经过收费站，都看见那个人，虽然他忙得汗流浃背，但脸上总挂着微笑。他把纸板举在车窗前，仰着脸，露出洁白的牙齿。虽然一句话也没说，我却深深被他感动；尽管他那纸板上的文字简单，图画也不高明，但是全车的人都会很自然地露出微笑。

再往后的日子，虽然他已经不再出现，但是每当巴士驶近那个收费站时，车上的乘客总会向外张望，并说：“为什么没看到那位‘微笑先生’？”话才说完，大家就相视而笑了。

一块连把手都没有安装的纸板，一张连色彩都没有的图画和文字，只要加上一颗爱心，就能产生极大的效果。那位“微笑先生”使我了解：为这个社会做贡献的方法真是太多了，除了公众福利等有形的东西，我们还可以给予人们一些精神的鼓舞，使这个世界处处充满快乐，使每一个人时时自内心展露微笑。

松树的团结

有一天我到丹维尔美术馆馆长詹宁家做客，发现他院子里许多松树干上都绑着红色的绳子，我就好奇地问:“那些松树上为什么绑着红绳子啊？”

“因为它们就要被砍了，过两天砍树的人会来，我们不必再跟他讲，只要是绑红绳子的树，他们就会砍掉。”

我举头看看那些繁茂的松树，不解地问:“为什么要砍掉它们呢？那些树不是很高大吗？”

“不错，可是你要知道，它们虽然看来高大，但是根却不深，风大的时候很容易被吹倒，去年对面邻居的房子，就是被自己家的松树压坏的。”詹宁太太叹了口气，“为免遭到意外，我们不得不砍掉这些松树。”

“如果它们那么不稳，又怎能长到今天这么高大呢？”我还是不太了解。

“因为原本附近的松树很多，它们个别虽然不太稳，但是都聚在一块儿，强风来能共同抵挡、互相扶持。不过近几年加建了许多新房子，也砍掉不少松树，使它们无法再互相支撑，而逐一倾斜或倒下；愈是倒，人们愈害怕，也就愈要砍伐，所以只怕几年后，附近再也见不到这种高大的松树了。”

“我过去只晓得人需要互相扶持，现在才知道，原来植物也一样啊！”我感慨地说。

收剑难

我在“中视”公司当记者的时候，常到楼下的摄影棚看拍戏。

有一天，拍武侠戏。男主角的武艺高强，剑才出鞘，敌人已经纷纷倒下，于是潇洒地收剑入鞘。

“Cut！”突然听见导演喊停，说收剑的动作太快，要重拍。于是大伙各就各位，从头再来一遍。

“Cut！”导演又喊，“收剑又太慢，不够潇洒，重来！”

就这样一遍又一遍，短短一个镜头，居然拍了十几次才过关。

终于收工了，却见男主角还在那儿一次又一次地练习把宝剑插回剑鞘的动作，一边练一边叹气：

“拔剑容易，收剑难！”

他这句话一直记在我心里，每当我冲动的时候，都会想：“拔剑容易，收剑难。”

不仁与不义

老赵一向有心脏病，这天晚上太太带着两个孩子出去吃喜酒，老赵一个人看家，心脏病突然发作，顿时只觉得千斤压胸、眼前发黑，翻身栽倒，连抓电话求救的力气都没有。

老赵躺在地上喘着气，心想这下完了。眼看两腿要蹬，突然听到救护车响，模模糊糊中，只觉得有人把大门打开，然后冲进一群医护人员为他急救，并抬上车子，老赵心想：老天有眼，幸亏太太提早回家，准是喜酒不好吃。可是左看右看，太太居然不在车上，抬进病房老半天，才见太太带着孩子慌慌张张地跑来，而且进门劈头就问："你来住院，也不通知我一声，而且怎么连电视机也搬走了？"

老赵先是一怔，跟着扑哧一笑："我送人了！"

那个小偷能不乘人之危，趁着老赵倒地时偷了就走，而起恻隐之心，先为老赵找救护车，还打开大门，让救护人员进来，真可以说是"盗亦有道"。

一个人在"不义"的时候，还能够"知仁"，虽是个不义的"坏人"，却比那些落井下石、仁义尽失的"禽兽"好太多了。

摔电话

常听朋友们说:“我今天十分生气地摔了某人的电话。”

这时我会问:“你摔了谁的电话？”

“摔了某人的电话。”他们多半如此回答。

“你是摔了‘他’的电话吗？”我继续追问，并特别强调“他”这个字。

“我当然没有办法摔他的，我只是狠狠地、用力地挂上自己的电话。”

“如果你把电话摔坏了，是对方赔你钱吗？”我说。

“不！”

“这就是了！”我说，“当你对别人生气或要性格的时候，真正受伤的不是别人，而是你自己啊！”

退路

有一家人遭了小偷，为防止小偷再度破窗而入，屋主特别在楼下所有的窗子外面，加装一道铁栏。

但是接着他住的二楼又遭了小偷，并发现小偷是由一楼攀着窗上的铁栏进入二楼的。于是屋主又为二楼所有的窗户装了铁栏，心想：我把每个窗子都装上铁栏，小偷本事再大，也不可能进来了吧？

岂知才过不久，这家楼下突然失火，几个孩子和一个大人睡在二楼，因为铁栏的阻隔，无法逃出，竟攀在窗上，活活被烧死。

这个不幸的故事，给我们一个教训——

当我们自以为断绝敌人的机会时，可能正为他制造另一个机会；当我们把敌人所有的机会都阻绝的时候，也可能失去了自己的机会。

不管我们怎么对付敌人，总得为自己留个退路才行。

化敌为友

最成功的交友是化敌为友，最要命的树敌是化友为敌。

化敌为友不但交了新朋友，又少了旧敌人；化友为敌不但失了老朋友，且树了新敌手。

化敌为友的友，彼此心中都有一番亏欠，愈会珍惜这段晚来的友情；化友为敌的敌，必有长久的积怨，一朝反目，更是仇上加仇。

化敌为友的友，因为曾经长久对峙，所以愈能成诤友，见他人所不能见，言他人所不能言，且多一针见血。化友为敌之敌，因为曾经长期相处，所以愈能成死敌，攻外人所不知的弱点、抓外人所不知的习性，且招招都中要害。

所以，西洋有句谚语：“要打倒你的敌手吗？只需要娶他的下堂妻。要找出你最要命的仇家吗？那就是你昔日的枕边人。”

秘密

每个人都有好奇心，但对有些事可以好奇，有些事却不该好奇。对学术是知道的愈多愈好，对别人的秘密是晓得的愈少愈佳。对学问，应该用各种方法去假设、探讨、求证；对私事，不但不能去挖，甚至别人主动向你诉说时，也应该避免知道。

因为今天对方很可能一时冲动地希望你分享他的秘密，明天冷静下来，又后悔告诉你。今天他能够信任你，明天会不会怀疑你呢？

于是你知道了一分秘密，也就负了一分保密的责任；他告诉你一分秘密，也就对你多了一分顾虑。一旦秘密走漏，你总脱不了泄密之嫌；如果那秘密涉及违法的事，你更变成知情不报。从任何角度看，知道别人的秘密都没好处。

从前有个人半夜醒来，正听见隔壁人商量造反的事，这人赶紧倒头打鼾、流涎满面，装成熟睡的样子，才算免掉被灭口的杀身之祸。

又据《史记》记载，燕太子丹找田光先生谈图谋秦国的事，田光告辞时，太子丹送到门口，并叮嘱他说："我们所谈的事，请千万别讲出去。"田光回去之后居然自刎而死，以免除太子丹的疑虑。

由这两件事，更可知心藏秘密，足以招致杀身之祸。所以，聪明人不把自己的秘密说给别人听，也不听他人的秘密，更不传布秘密、探寻秘密。而秘密的另外一个意思，是"避觅"——避免去寻觅。

真滋味与真朋友

白天看，并不特殊的断桥败柳、破屋残花，斜阳晚照中，却可能颇有几分苍凉高古的调子；烈日下，并不稀奇的竹篱茅舍、乡野小径，晨光熹微中，却可能颇有几分清凉幽远的趣味。

富贵时，难以入口的粗茶淡饭、竹笋菜根，穷困时，却可能嚼出真滋味；得意时，不屑一顾的贩夫走卒、仆从杂役，蹇厄时，却可能变成真朋友。

旁观者清

当我们往墙上挂画时，多半要找个人站在旁边，告诉我们挂得正不正、直不直；如果没人帮忙，自己则要不断地退后观察，以修正差误；有时得来回调整许多次，才能把画平稳地挂上。

画抓在我们手里，钉子由我们钉，我们离画又最近，反倒不如别人看得准。由此可知——

抓在手里的事，不见得最有把握；放在眼前的东西，不一定看得清楚。能找朋友随时纠正固然最好，否则，自己也该常常站在客观的角度，检讨一下。

画乃吾自画

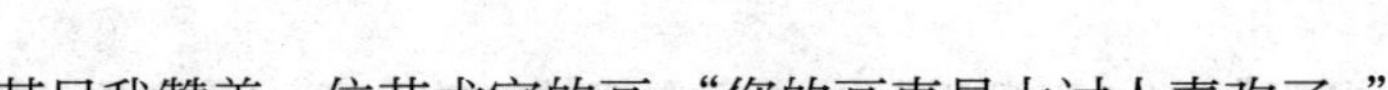

某日我赞美一位艺术家的画:“您的画真是太讨人喜欢了。”

没想到，他立刻板起面孔:“我的画为什么要‘讨’人喜欢呢? 我作画从来不想‘讨’别人的喜欢，也不‘求’任何人买，我的画是画给自己的，我想怎么画，就怎么画。所以，你只能说我的画‘令’别人欣赏，却不能讲它‘讨’人喜欢。”

这使我想起《庄子·田子方》中说过的一个故事: 某日，宋元君召画家画图，画师都到了，受命揖拜，很有礼貌地站着舔笔调墨，争着上前表现。但是有位后到的画师，不但慢吞吞地来，行礼之后居然也不站着等候，而径自到别的地方去了。宋元君觉得奇怪，派人去看他，发现他居然解开衣服，袒胸露背地箕踞而坐。宋元君听了说:“对! 这才是真正的画家啊! ”

不阿世媚俗、攀附权贵，写自家面目，开自家胸次的，才能成为真画家。古今中外，大多常如此。但是当我们欣赏那位潇洒的画家时，更得佩服宋元君这位礼贤下士的伯乐。

不顺眼

人们常用“顺眼”和“不顺眼”来表示自己的喜欢与否。我觉得“顺眼”这个词用得真是太恰当了，因为我们不欣赏一个人或一样东西，常不是因为他们本身不好，而是由于不顺我们自己的眼。问题是人的眼光常会改变，所以顺眼与否，也就没有一定的标准。今天看着顺眼，明天未必看着顺眼；昨天不顺眼的东西，今天则可能完全相反；可能任何东西看习惯了，也就能变得顺眼。

所以，宽领带刚上市的时候，有人觉得活像系条餐巾，很不顺眼，但是看久了，倒觉得挺大方。相反，习惯宽领带之后，突然见到窄领带，又觉得像是绑条睡裤的腰带，而变得不顺眼了。

看人也一样，许多我们看来极不配的夫妇，当事人却觉得是天作之合。许多外人看来极丑恶的面貌，他们的亲属却觉得非常不错。这大概就是“情人眼里出西施”和“儿不嫌母丑”的道理吧！

由此可知，我们看不顺眼的东西，未必就坏，看不顺眼的人，也未必就丑，绝不能以自己一时的好恶下断言。一个人物的美丑与善恶，也不可能让我们一眼窥透。

不顺眼的东西，多看几眼，不顺眼的人，多处些时，说不定意外的美好就会出现了！

芳兰当户

据《蜀志》上记载，有一天刘备要杀张裕，诸葛亮前去劝阻，刘备不答应，而以“芳兰当户，不得不锄”来解释杀张裕的原因。意思是说张裕虽然很有贤才，但是仿佛芬芳的兰花，正好长在门口，因为影响人进出，所以不得不除去。

“芳兰当户，不得不锄”，这句话乍听似乎有理，但是深一层想：如果改为“芳兰当户，不得不移”岂不更好？兰花挡了门，何必那么冲动地挥锄砍去呢？如果耐心地把它连根挖起，移植到窗下，岂非不仅保存了珍贵的兰花，更能享受那王者之香吗？

所以，当领导者，遇见虽具才能，却对自己办事有阻碍的人时，不宜冲动地将对方斥退，而该冷静地为对方另作安排，说不定到头来，受益的还是自己。

讲话的技巧

“我昨天打破了父亲一只非常心爱的茶壶。”一个学生对我说。

“令尊一定发了很大的火吧？”

“没有！”学生居然回答。

“为什么？”我好奇地问。

“因为我知道怎么讲话。”学生说，“我打破茶壶之后，跑去对父亲说：‘我为您泡了十几年的茶，今天不小心打破了一只茶壶。’”

“真是会讲话，令尊怎么回答呢？”

“我父亲也很幽默。他笑着说：‘你打破了我的壶，得再泡十几年的茶。’”

“幽默真好！把残破变为完美，把可惜变为疼惜。”我说。

得意事

得意事，最不堪谈论。

得意时，勿谈得意事，以免给人骄傲的感觉。

失意时，勿谈从前的得意事，以免落人讪笑。

得意人前勿谈得意事，免得毫无反应。

失意人前勿谈得意事，免得予人伤害。

得意事，仿佛一瓶好酒，不宜拿出来给不嗜酒的人喝，因为他不懂得欣赏；也不宜给醉了的人喝，因为他已不能欣赏；更别给酒鬼喝，因为他会一饮而尽；尤其不要给病人喝，以免病况加重；只适合找个安静的地方，一人独酌，陶陶然乐在其中，醉了也不怕失态。

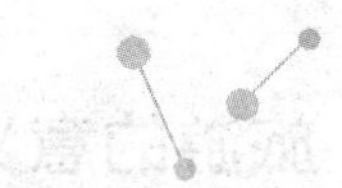

谐音

中国人非常讲究“谐音”，单单从画上就可以看得出来。譬如画三只羊，题“三阳开泰”;画四只羊，题“四季吉祥”(四只吉羊);画七只羊，题“吉祥”(七羊)。

又譬如画荔枝，题名“大利”;画九条鱼，题名“九如”;画蝙蝠，题为“大福”;送苹果，道声“平安”;送枣子、花生、桂圆、莲子，更表示祝福“早生贵子”。由于谐音的联想，使我们的语言变得更为生动，也制造不少生活的情趣。

但是话说回来，谐音的讲究也为人们造成了一些困扰，尽管同音异义，人们在使用时，还是极力避免意义不佳的谐音字出现。譬如贺人乔迁之喜，我们可以送灯，祝对方一步“登”天、愈“登”愈高;却绝不能送钟，因为送“钟”容易令人想到送“终”。此外人们也不太爱用“四”，迷信重的人，连买房子都不买四楼，因为“四”与“死”的音很接近。

至于最糟糕的，大概要算是送书了，书明明是最有意义的礼物，但在许多情况下，却不能送，以免令受礼的人想到“输”。

记得我在过年期间曾经送一位长辈几本书，不巧那位长辈正在打麻将，同桌的人看到我送书去，都开玩笑地对那位长辈说:“你今天非输不可了！”

我当时差点儿下不了台，幸亏灵机一动，指着书名说:“我送的不是输，而是‘赢’，您看！这不是‘萤’窗小语吗？”

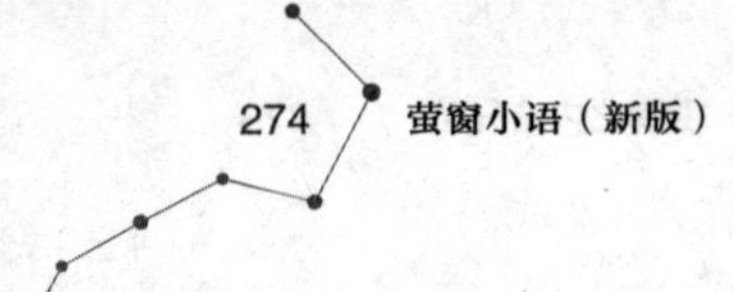

旅游的意义

有位美国朋友到我的画室参观，我特别为他冲了杯咖啡，并为自己沏了壶茶，但是端出来的时候，他却选择了茶。

“我想你当然是喝咖啡的，所以没问你，就为你冲了咖啡。”我说，“据我所知，美国人很少喝绿茶。”

“我在美国确实喝咖啡，不过而今是在中国，当然就要喝茶了。”美国朋友端起茶，呷了一口，点头赞美说，“在中国喝的茶，确实不同。我有些朋友到中国来仍旧要喝咖啡、吃西餐，实在是失去了享受的大好机会。”

可不是吗？一个人在各处旅行，就是为了寻找新的经验、体会新的生活、接触新的环境，所以除了观赏当地的风光，更应该试着去品尝各地的名产，甚至加入当地人民的活动，感受不同的民俗气氛。可是有些人，虽然到各国旅游，却巴不得连枕头、厨子都带着，非本国口味的餐馆不进，不是自己熟悉的食物不尝，真是失去了旅游的意义。

伟大的胶条

“我们公司制造的胶条种类真是太多了。”一位在胶条工厂做事的朋友对我炫耀。

“布的胶条可以包扎伤口，宽的胶条可以封闭纸箱，透明的胶条能够粘贴文件，双面的胶条适于黏合物品……”

“在这许多胶条中，你们公司最得意的是哪几种？”

“当然是不反光和不黏伤的胶条了。前者不像一般玻璃透明胶条反光，所以粘贴在文件上不太看得出来，同时因为不是十分光滑，而能在上面书写。后者虽然可以粘贴，揭下来时，却不会伤害物品，所以能用来固定纸张，甚至在油漆窗子时，贴在玻璃上作为防止污染之用。”

“这有什么稀奇呢？”我说。

“当然稀奇！而且可以说是伟大极了！”他理直气壮地说，“你想想，如果一个人帮助你，却从不表现他自己，使你保持自尊；而且在帮助你之后，便悄悄地隐退，一点都不要你报答，一丝痕迹都不留下，他不是太伟大了吗？不反光和不黏伤的胶条正是这样啊！”

“你不但介绍了胶条，更给我上了很有价值的一课。”我说。

无违与无劳

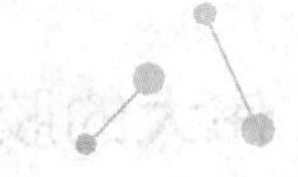

某日我到朋友家做客，主人夫妇和他们七十多岁的母亲，一块儿陪我聊天。谈话不久，我这位朋友突然起身到老夫人面前，低声问："娘！您是不是能为我们煮壶咖啡？"老夫人毫不犹豫地点点头，就转身进去了。

这时我觉得很不安地说："劳伯母为我们煮咖啡，这怎么好意思呢？还是不要了吧！"

"我想你嘴上不讲，心里一定觉得奇怪。"朋友看着我，"你八成责怪我放太太在旁边，为什么反而劳驾年老的母亲，对不对？"

我点点头。

"我这样做，在外人看是不够孝顺，岂知这正是我尽孝的一种方法。"他笑道，"古人讲孝，要无违、无劳。这当然对，但是而今却有许多人把无违和无劳的意义弄错了。譬如'无违'，是顺从的意思，不违背父母之命，有人固然在家里能做到'父母说什么，是什么；要什么，有什么'；晨昏定省、甘旨无缺。但是在外面却不行正道，与人争凶斗狠、花天酒地、贪污渎职。一旦出事，不但自己倒霉，还殃及子女，祸延父母，这怎能称得上'无违'呢？

"再说'无劳'，有些子女，双亲年岁虽不大，就派专人伺候，使父母出门必有车，下车必有扶，落座必有茶，伸手必有烟，可以说真正做到了无劳。但是他们是否想到，不使父母有丝毫劳动，反而使老人家的筋骨软弱，抵抗力更差了呢？

"相反，有些夫妇二人都在外工作，又雇不起人，而将家庭和幼子交给父母照顾，使得老人家忙里忙外，非但谈不上'无劳'，反而是'有劳'了。但是父母因为家庭和乐，既见子女在外面事业顺利，又见孙子女在自己手中成长；既不因年老而自觉无用，反因充满盼望而益发硬朗，这结果岂不更好吗？

“所以，‘无违’不单在消极方面，要不违背父母的意思，在积极方面，更当做令父母高兴的事。‘无劳’不单要避免父母做太重的工作，更当使他们不劳心、不劳神，乃至不觉其劳、自信能劳。

“既然如此，‘无违’就成了‘如愿’，使父母事事合意，且对子孙的未来充满希望。‘无劳’则成了‘无老’，使父母毫无年老无用之感，而能长寿不老。这岂不就是孝的最高目的吗？”

“你的这番话，真是太有道理了。”我说，“可是，这与你请伯母煮咖啡有什么关系，大嫂现在没事，你何不劳驾大嫂呢？”

我这位老友神秘地笑了笑，低声道：“你应该问我为什么不爱喝太太煮的咖啡，而只欣赏母亲的手艺！她老人家把我从小带大，在她心中，我永远是个孩子，就算而今成家立业，还是离不开她。但我外面的事业，她老人家帮不上忙，所幸我还有两件事情，谁也无能为力，非求她老人家不可，这正是她高兴和得意的地方啊！所以就算我太太会钉扣子，我还是请母亲缝，并说她老人家缝得结实；就算我妻子会煮咖啡，我还是要请母亲出马，并表示只爱喝她老人家做的……”

这时，老太太在媳妇的协助下，已经端着咖啡出来。我这位朋友赶紧趋前接过，并赞叹地说：“娘煮的咖啡，不必尝，只要闻一下就知道不同，真是太香了！”

“我这个宝贝儿子，讨了媳妇，还非得喝老娘煮的咖啡，真是从小惯坏了啊！”老太太对我笑着说，笑出满脸的皱纹和深深的母爱。

锐利

你用非常锋利的刀片裁过纸吗？如果你这样做过，或许会发现新刀反不如老一点的刀子方便，因为前者的刀口过于锐利，刀锋稍稍偏斜，就会裁歪，反不如旧刀带一点“拉”的力量，裁得直。

你自认年轻、聪明、词锋锐利、反应灵敏、冲劲过人吗？如果是，你一定要检讨自己是否曾经在志得意满时做得过火，在高谈阔论间伤及他人，在万丈豪情中失之马虎。你也应该常常向老一辈学习呀！

问路

在世界各地旅行，从“问路”这件事，往往就可以知道那个国家的人情味和民族性。

当我在德国的法兰克福向一位老先生问路时，他立刻从口袋里掏出纸笔，画了一张地图，然后指着地图告诉我方向。

当我在法国巴黎以英语向一位绅士问凯旋门在什么地方的时候，他以节奏美妙的“法语”，如数家珍地“告诉”我该怎么走。

当我在英国伦敦向一位老先生问路时，他以雨伞指着方向，并告诉我在哪个巷口转弯。而当我找到那个巷子时，回头看，发现那位老先生仍站在原处，正对我频频点头呢！

当我在日本东京误入国铁车站，向一个中年人问“地下铁”的站名时，那位不会讲英语的中年人，居然把我带出“国铁”，找到“地下铁”，且买票随我步下月台，走入最前面的车厢，请车长提醒我下车，然后鞠八十度的躬离去。虽然我对日本人原有些成见，但这位中年日本人的情意，怎不令我感动？

由于自己旅行问路的经历，每当我看到国外的观光客，都盼望他能向我问路，我多么希望亲切地帮助一位异乡人，更多么希望在那短短的交谈和引路时，留给国际友人一个美好的“中国人”的印象。

尼亚加拉瀑布

当我游完尼亚加拉瀑布返回纽约的时候，我的美国学生问我：“教授，你有没有去加拿大那边？”

“没有！”我回答。

“那真是太可惜了，美国这边不漂亮，加拿大那头才美呢！”

“你这句话讲错了。”我纠正他，“你应该说由加拿大看比较漂亮，因为美国和加拿大在那里有一河之隔，虽然真正拥有瀑布的是美国，可是由于站在美国的土地上，只能看瀑布的侧面，反不如对岸的加拿大，能够见到瀑布的全貌。这就好比一个人面孔长得美，自己只能在镜子里看到，反而别人能够欣赏。所以，美的东西，不一定要占有；从另一个角度看别人的美，可能更有味道。”

尾牙

“尾牙”是我国古老的习俗之一。在腊月十六，雇主照例要宴请伙计，一方面对整年的辛劳表示谢意，另一方面借机辞退不中意或不再需要的人。这辞退的方法十分特殊，全以鸡头端上桌时所朝的方向来决定：鸡头朝老板，表示大家都要留任；朝向伙计，则正对的人将被辞退。这样做，看来很含蓄，所以被许多人赞扬，只是大家好像忽略了其中不合情理的地方。

一、吃尾牙既然有年终犒赏之意，理当宾主尽欢，轻轻松松、高高兴兴地聚会，何必在这一天辞退人，让大家在心理上有压迫感呢？

二、当鸡端上桌，没被鸡头对着的人固然庆幸，那被辞退的人，却多么下不了台。有道是“失意人前勿谈得意事”，何必在欢乐的众人面前，制造那最失意且尴尬的场面？

三、尾牙已近春节，临过年突然被解雇，住在东家的，得卷铺盖走路；成了家的人，则在迎春纳福的时刻，带回失业的坏消息，使全家在春节前夕，蒙上一层阴影，是多么可怜。

什么时候不好辞退人？要辞退人何必在尾牙表示？

老板早一点私下告诉不打算续用的人，使他能及早准备，并找个台阶，说是另有打算，自己请辞，不是彼此面子都好看吗？

等过了新年再辞退伙计，使他能过个快乐年，再于天气暖和、万物萌发时，生气勃勃地寻求新工作，不是更合理吗？

让大家好好享用尾牙，感激老板一年的照顾，谢谢伙计终岁的辛劳，宾主尽欢，不是更合情吗？

尾牙辞退人，真是既不合理，又不尽情，且伤人自尊的做法啊！

借

在我们日常生活当中，经常用到“借”这个字。借的意思是“暂取于人”，由于它不像买卖行为必须银货两讫，而是建筑在彼此的信任上，所以更具有一分情意。

借与送不一样，借是暂时的取用，而非永久的占有。因此，借的另外一个意思，是需要还的，所谓“有借有还，再借不难”。

但是在中国社会，借常被用得非常抽象，譬如“借路”“借光”“借问”“借个火”。虽然都是借，却不必像“借钱”“借书”一样地原物奉还，而属于情感的沟通。予者有情，借者领情，就在这“借”“予”之间，增进了彼此的情意。

当然也有一些非常糟糕的借，不但在借之前未征求物主的同意，而且在借之后，还有害于人，譬如“借刀杀人”“借尸还魂”。

至于最伟大的借，则不但借出了东西，而且借出了情义，譬如战国时孟尝君的舍人魏子和冯谖，受命为孟尝君收租税，竟将收到的钱转借给贤者，甚至烧掉了借据。也正因此，当孟尝君被诬告的时候，才有人以身为盟，为他向齐王辩白，而自刭于宫门之前。

所以，同样是借，却大有轻重之别，小的只需报以一笑，说声谢谢，大的则唯有结草衔环[①]才能还报。

凋与萎

有些花是凋而不萎，有些花是萎而不凋。凋而不萎的，譬如樱花、桃花，花瓣还晶莹鲜丽，就落英缤纷。萎而不凋的，譬如绣球、雏菊，花瓣已经干枯朽烂，仍赖在枝头，不愿凋落。

凋而不萎的花，欣欣地来，明丽地去，或是点整枝的火焰，或是落满地的花雨，不论花开还是花落，都美得艳、艳得凄。

萎而不凋的花，欣欣地来，却不爽朗地去，来时固然明艳照人，去时却引人怨叹；只见颜色渐退，芳姿渐损，残破凄凉。

人也如此，有人凋而不萎，有人萎而不凋；有人退而不休，有人休而不退。各有各的人生观，各有各的处世论。

---

① 结草的意思是死后报恩。据《左传》记载，魏颗打败秦国的军队，并因为秦国的大将杜回在作战时摔倒，而抓到他。

早年魏武子有个没生孩子的妾。武子生病时，对他的儿子魏颗说“我死了，让她改嫁”。等到武子病重时，又改口说“一定要把她拿来殉葬”。魏武子死后，魏颗说：“重病糊涂说的话不算数。”于是把那妾嫁了。

魏颗抓到杜回的夜里，梦见一个老人，对魏颗说：“我是那妾的父亲，谢谢你没要我女儿殉葬，所以在你打仗时用草绳把杜回绊倒。”

宋朝范晔《后汉书·杨震传》李贤注引《续齐谐记》载：东汉人杨宝九岁时曾救过一只受伤的黄雀。某夜杨宝梦见身穿黄衣的仙童口衔四枚白玉环送他，仙童说：“我是受你救助的黄雀，特来报答救命之恩。”

后人将“结草”和“衔环”合为一则成语，表示感恩报德，至死不忘。

白发

如果一个中年人，头上不见半根白发，我不敢确定他的头发有没有染过。但是如果他的发间有一两根银丝，我反而能够确认他的头发是天生的颜色。

人难免有些疵点，不遮掩小毛病的人，更能显得真。相反，那些被宣传得尽善尽美，仿佛绝不犯错、毫不自私的人，倒有些不真实了。

食人虎

在印度，被老虎咬死的人，平均一年达四十人以上。为此，许多印度当地和外国的学者成立专案组进行调查，结果发现真正的“食人虎”只占老虎总数的百分之三，而且多半是生病、受伤或牙齿断裂的老弱残虎。它们没有能力去猎取野生动物，只好溜进村落，攻击跑得慢而且抵抗力差的人类，可惜村民总以为吃人的老虎是特别强壮残暴的，这造成许多从不出森林，也从不攻击人的老虎无辜地遭到杀戮。

残害善良、欺凌弱小的人，多半色厉内荏、外强中干、识量短浅，一般人却以为他们是惹不得的强权，不也是同样的道理吗？

让一步路

二十多年前，日本货给美国工业极大的打击，不仅汽车，连钢琴、手表和照相机都大量倾销，使美国业者的利润大减。

于是有些保护主义者提出限制日货进口，以促进本国业者复苏的建议。

当我念研究生时，也有学生提出同样的想法。

“对于一个普通的国家，是可以这么做，但是就美国这样一个超级大国而言，却不能如此。”教日本经济的教授回答，“日本粮食产量不足，工业原料缺乏，能有今天的经济繁荣，主要依赖工业输出赚取外汇，而美国则是他们的主要市场，如果我们突然不准日货进口，不仅日本工业会受严重的打击，随之而来的则是经济、民生等种种问题。保护自己当然不错，但是绝人之路却不聪明，尤其在这个世局动荡，必须依赖权力均衡以保持安定的情况下，我们更要作通盘的考虑。”

水不平，则生波澜；人不平，则生变乱；国不平，则生战争。使自己过得好，也让邻人吃得饱，自己才能享有长久的丰足。让一步路给别人走，“人际”与“国际”都是如此。

大不义

据说某年在某地，有个妇人不小心掉到河里，两岸民众哗然围观，但是喊叫的人多，却没一个人去救，终于有位过路的军人，脱了军装跳下水去，把妇人救上岸；岂料回头却发现脱下的衣帽和鞋子都不见了，转身看那被救的妇人也已经离开，使得这个军人回到营中，花了一大番唇舌向长官解释失去军装的经过。

最近在纽约，也发生类似的案子——

有一个小偷，偷了鞋店的两双鞋，但是立刻被老板发现，小偷拔腿就跑，并把偷到的鞋子扔在路上，不过老板毫不放松地继续追下去，终于把小偷捕获。但是当警察赶来，回头却找不到那两双丢在路上的鞋子，也就因为没有了鞋子的物证，而不得不将小偷释放。

有人买药救命，有人造假药；有善士募款助人，有恶徒偷募来的钱；有人赈济穷苦，有人囤积居奇。在别人行义的时候，却对义人行不义之事的人，真是太多了。

婚姻与金属

如果将婚姻比喻为金属，我的第一选择当然是“金”，因为它光灿而含蓄，沉重而坚实，在高压下，它能延展；在高温下，它不易屈服；在腐蚀下，它不易溶解。

假如求金而不可得，则我愿选择铜，因为它虽然容易生锈，但是只要我勤于擦拭，就能常保光洁。

又假如求铜也不可得，我则要选择不锈钢，虽然它的光泽冷硬，但是永不生锈，无须照顾。

至于那镀金的东西，我是不欣赏的，因为虽然它表面华丽，仿佛真金，但是既无金延展耐热的特性，也无金的重量；一朝镀金剥落，更变得斑驳可憎，无法掩饰。

第一等的结合，是深沉而不炽烈，是真实而不矫情，是时时刻刻地关切，虽威武而不能屈，富贵而不能淫。

第二等的结合，虽炽烈，但不造作，虽有时冲突，但随即平复，仿佛植物，只要时时浇灌施肥，总能长得不错。

第三等的结合，是生硬的，爱得虽不深，倒也能相安无事、白头偕老。

最糟糕的结合，是虚伪的，表面亲热而内心冷淡，矫饰造作而缺乏诚意，一朝拆穿，便再也无法掩藏。

人情

愈近商港，人情味愈薄，因为人们今天到，明天走，商店就算卖得便宜，不见得明天你还会来，路上他向你问声好，不见得明天还能与你相遇，所以人们最好是两不相欠，各司其职。

愈是山村，人情味愈浓，因为大家世代生于斯、长于斯，彼此了解得清楚，日常总是相遇，加上地处偏远，碰到特殊情况，更得守望相助，自然情感来得深。

可惜愈到现代，愈难找到山村的精神。因为交通发达，人们经常迁移；社会救济制度健全，人们不必依靠亲友；通信系统发达，遇事不必求助邻居，自然人情变得淡薄。

现代人仿佛水上的浮萍，看似相聚，却相离；看似繁华，却孤寂；看似无忧无虑，却又空空虚虚。

同心与同步

有一种游戏，是两个人并排站，再把相邻的两只脚绑起来行走。这种情况就算二人配合得极默契，也不可能跑得很快；至于三四人用同样的方法绑着走，就更不用说了，恐怕走不了几步，就会有人摔倒。

远的距离，让几个人接力跑，总比一个人省力。

重的东西，由几个人抬，总比一个人轻松。

但是为什么几个人并步跑，反而比一个人慢呢？如果大家跑得一样快，抬腿一样高，落足一般重，最少也应该跟独自跑没有差异才对呀！

由此可知，同事不难，同步难；混合不难，化合难。

只重衣冠不重人

一个国家的人民如果能做到不以衣冠取人，表示这个国家一定就业机会均等、贫富悬殊不大，而且国民所得都在相当的水准以上。

因为只有在人们认识到职业无尊卑贵贱之分，不论一个人做多么普通的工作，他的薪水都不至于差到哪里去，每个人都对自己的工作有自信和自尊时，才不会以自己穿着破旧为耻，也不致以他人衣着随意为讥。

“只重衣冠不重人”，不但反映了人们的道德和经济状况欠佳，也反映出这个国家推行民主均富的成果不好。

缘、情、义

人与人总脱不开“缘”“情”“义”三个字。因为芸芸众生、茫茫人海中，二人能够相遇，是“缘”。投“缘”既久，自然产生“情”，情感日深也就相互有了“义”。

由此可知，情必因缘而生，义又总由情而起。问题是当有一天，两人的“缘”“情”有了变化，怎么办？

譬如一对男女，由相遇、相爱而结合。但是相爱容易，相处难，婚后发现两人在习惯、性情各方面有许多不协调的地方，虽然想尽办法弥补、配合，却始终不对劲，最后终于协议分开。这两个人不是情感有了变化，只是属于相聚与默契的那点“缘分”不足，可以说是“缘尽情未了”。

又譬如这二人分开之后，各自再找到伴侣，把彼此原有的那点情分也淡去了，但是当有一天对方遭遇困难，彼此还是倾力相助，这则是所谓“情断义未绝”。

由以上的例子可以知道，没有“缘”固然难生“情”，没有“情”也无由生“义”，但是缘、情、义既然已经产生，即使一朝前面的“缘”或“情”有了变化，后面的情义还是存在的。

反过来看，大部分昆虫，只有相遇的缘而没有相爱的情；大部分禽鸟虽有相爱的情，却无坚守的义；即便是高等动物，一朝情断，也跟着义绝。岂像我们人类，即使今夕萍水相逢，明朝海角天涯，依然能留下一份意味深长的“情”；即使劳燕分飞、破镜难圆，仍然有一份无可反顾的“义”。

求大同

人是一种天生就喜欢拉关系的动物。

小孩子看戏，常先问谁是好人，然后在心中帮着好人打坏人；成人看球赛，往往先决定自己要站在哪一方，如果与两队都没关系，也要设法选一队去“偏心”，才觉得有意思。陌生人见面，扯亲戚、攀同乡、拉关系，管他是“八竿子打不着”的远亲、“锅铲相闻，不相往来”的近邻、前后相差三四十年的校友，还是同种香烟的嗜好者，只要碰对了机会，就能拉上关系。而这“拉上关系”四个字的另一个意思，则是推开那些没有关系的人——

“他是东村的人，跟咱们不喝一口井的水，所以长相不善。”

“他是住在河下游的人，专喝咱们的洗脚水。”

连同村的两口井，同邻的一条河，都要分得厉害，何况隔几重山、几重水了。

什么是拉关系？拉关系只是求同，但是同中有异、异中也有同，所以这“同”永远不能同到底。由同一国人，拉到同一省人，拉到同一乡人、同一村人，就算是同一家人，各人还是各人，究竟无法完全相同，反而在这一心求同的过程中失去了大同。

求大同，是往大的地方求同。譬如“四海之内皆兄弟也”，这“四海之内”就是大同；“生于今世，便是缘”，这“生于今世”就是大同。想想这宇宙有多么大，古往今来有多么久，偏偏我们能同生于今世，生在这同一个星球，不是缘、不是同吗？为这一份“同”而珍重、互爱，就会趋于大同世界了！

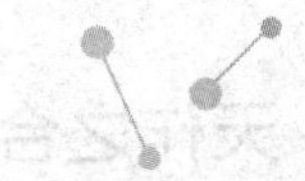

温柔与体贴

我们常用“温柔体贴”这个词。乍看，温柔与体贴似乎不可分，事实却有很大的差距。

温柔是温和、柔顺，在感觉上属于被动。一个曲意承欢、言语委婉、对长辈或丈夫言听计从的女子，我们可以称之为“温柔”。

体贴是体谅、贴切，在感觉上属于主动。思维细密、礼貌周到、能处处为别人着想，可以称为“体贴”。

温柔的人未必体贴，因为他主要是被动地顺从，而非主动地体贴；他多半能听话做事，却缺乏独立行动的冲力，自然比较不会体贴。

相反，体贴的人未必温柔，因为体贴的人能独立思考、主动办事，把大大小小的事办得停停当当、妥妥帖帖，固然无须对方劳心，但也常大权在握，难以表现温柔。

由此可知，温柔与体贴是两回事，既然难要求一个人既体贴又温柔，最好做先生的能体贴，做妻子的能温柔；一个主动地周到，一个被动地柔顺，家庭自然容易和谐。

天作之合

常听人说:“夫妻要愈像愈好。”我却不以为然。

我觉得夫妻能长得像，固然不错，但是脾气、喜好不见得要完全一样，甚至有相当大的差异，反而更佳。

譬如先生的脾气暴，假使妻子的性情也躁，自然容易吵架，远不如一个人刚烈，一个人柔顺来得好。

譬如丈夫爱吃香菇，妻子也有此好，结果端上一盘香菇炒笋片，就算两个人相让，也难免清了香菇，剩了竹笋；远不如先生嗜菇，而妻子嗜笋，各取所好、各得其乐来得妙。

譬如做父亲的管教子女严厉，如果母亲也凶，子女必定不好受，远不如严父慈母，或慈父严母来得谐调。

譬如丈夫喜欢莳花弄草，妻子如果也好园艺，结果两人大部分闲暇都耗在院子里，远不如一人在外面理庭院，一人在室内布陈设来得相得益彰。

夫妻之间相像，不如相配；若能彼此撷长补短，更能成“天作之合”。

双重机会

学生时代，有一次我从研究所选完课出来，正巧遇到同系的学长，便向他谈起我刚选的几门课。

“天哪！你怎么能选那个教授的课呢？他实在是太差了！”学长似乎觉得此事很严重，“我看你还是趁早把它退了，否则一定后悔莫及。”

看他唯恐我一失足成千古恨的样子，我赶紧跑回系办公室，申请退课。

“你为什么要退这门课呢？”指导教授问。

“因为听说教授不怎么样。”

“请你给教授一个机会吧！让他告诉你，他到底够不够水准。”

没想到指导教授居然以这种请求的姿态对我说，使我一时不知怎么作答，我只好打消原意，匆匆退出来，很不情愿地保留了那门课。

两个月后，在路上遇见指导教授。

“怎么样？你对那门课还满意吗？”他居然没忘记我要求退课的事。

“太满意了！他讲的内容或许有些曲高和寡，但细细听实在很有深度，我正想谢谢您呢！”我感激地说，“要不是您劝我给教授一个机会，我真是错过自己宝贵的机会了。”

当我们给别人一个机会，常常也就给了自己一个机会。

人人会盖

“盖”这个字的流行，不知起于何地，出于何口，但是既然风行起来，“乱盖”“盖仙”就一下子满天飞，年轻人几乎人人会用“盖”，也人人会“盖”。

细究起来，“盖”这个字的来头可大了，在古文里，它可以做没啥意思的发语词，如“盖闻王者，莫高于周文”。又可以当动词，做“遮覆”解，如“欲盖弥彰”。更可以做传疑词，当“大概”来讲，如“盖天下万物之萌生，靡不有死”、“盖然论”等等。总之，“盖”这个字，就有不太肯定、几分遮掩的意味，所以现今年轻人把它当“吹牛”来用，确实再恰当不过了。

在古文当中，用“盖”的地方真不知道有多少，即使是可以肯定的事，也要写“盖”，似乎一用带有疑问性的“盖”，就算说错了也可以不必负责；这种不求精确、马马虎虎的毛病，实在害了中国人。

所以为了科学化、现代化，为了正心诚意、光明坦荡，为了求实际、讲精确，我们必须少用“盖”字，真正做到“少盖”！

佳肴

鱼翅、海参都是珍品，但是一定要用高汤煨，才能成为佳肴。因为前者有质无味，后者有味无质，有质无味的要吸收高汤的味，才能成其鲜美，有味乏质的要集中在恰当的质中，才能充分表现。可惜当我们吃这几道菜时，多半只注意到鱼翅和海参，却忽略了供给滋味的高汤。

在这世界上，有些人代表前者，有些人扮演后者；前者显得尊贵，后者表现得平凡，但是只有在平凡人的拥护与衬托之下，才能显出尊贵者的尊荣。所以，当我们赞美鱼翅的时候，别忘了煨出美味的高汤；当我们自以为得意的时候，别忘了围在自己身边的平凡人。

我就是我

我有位朋友，天生一副沙哑的嗓子。某日我们一块儿看电视，正巧主持人的声音非常甜美，听到他频频赞叹，我就转过头问：“你是不是想，如果能换成他的嗓子该多好？”

没想到，他的脸一正：“不！我虽然赞赏，却并不羡慕。因为我就是我，沙哑的嗓子是我天生的，虽然它不够悦耳，代表的却是我，而非别人。我又为什么要抛弃本来的自己，去换一个不属于自己的东西呢？”

上帝赐予我们的一切，就世俗的观点，虽然有美丑之分，但就我们自己来说，无论好坏，那都是我们所独具的啊！

笑话

某处举行吹牛比赛，规定非常特殊：

第一条，愈短愈好，最好短得只有一句。

第二条，虽说吹牛，却不准真吹牛，必须是可能真正发生的事。

经过激烈的角逐，得奖的作品果然都只有一句：

第一名——

“有个游泳健将比赛前剃光了体毛。”

第二名——

“有个胖女人在称体重前摘下了戒指。”

第三名——

“有个吹长笛的人拔掉了她的大门牙。”

第四名——

“有个钢琴家把手上的虎口切开以求多弹一个音。”

这些笑话除了有意思之外，也告诉我们一件事：

人们追求完美，即使为那看来微不足道的差异，也可能付出极特殊的代价。

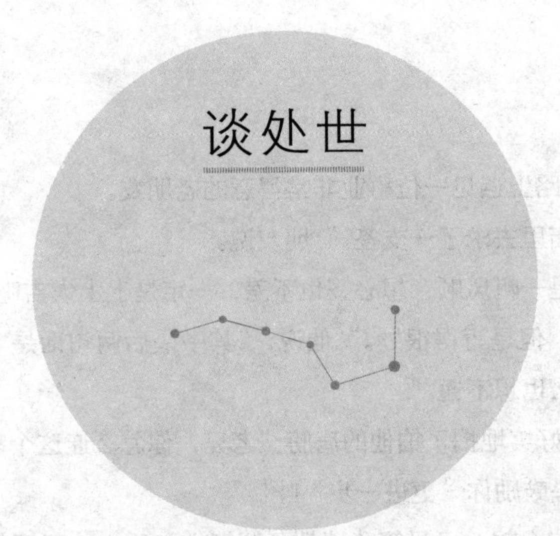

百尺竿头

不可不慎

百尺竿头

某日，我在路上遇见一位事业非常得意的老朋友。

“我最近到庙里去求了一支签。”朋友说。

“你现在正是一帆风顺，想必签也不差，一定是上上大吉吧？”我问。

“差是不差，但是写得很妙。”他说，“其中最后两句话是‘百尺竿头，不可不慎’，我怎么也想不通。”

我觉得有点好笑地拍了拍他的肩膀:“老兄，你怎么连这个都不懂呢？‘百尺竿头’，当然是鼓励你‘更进一步’哇！”

“当时我也这么想，可是等我请教了解签人之后，才了解其中的道理，并不是‘更进一步’。”

“他怎么讲呢？”

“他说百尺竿头原是劝学佛的人，功行将修到顶峰时，当更进一步，才能有成。但是这其中又有更深一层的意思。你想想，自己已经站在百尺竿头，还能不小心吗？所以这更进一步的意思，不是抓取有形的功利，而是劝人谦虚、行善、收敛气焰、充实学养，把握已获得的一切，慎重地涵养光大。所以我抽到的那签上说‘百尺竿头，不可不慎’！”

愈描愈黑

当一个国家的商店里都挂着“不二价”的牌子时，极可能表示他们照价买卖的情况不佳。

当一个国家的商店里都挂着“童叟无欺”的牌子时，极可能表示他们的商店会看人叫价。

当一个人总说自己很快乐时，他心里极可能并不快乐。

因为：

本来就该不二价，本来就当童叟无欺；心里很快乐的人，更不会总是想自己快乐不快乐。

我常爱说这个很通俗的故事给学生听——

有两个和尚一起过河，看见一位年轻的女子欲渡不能。其中一个和尚便将女子抱过了河。

上岸之后，另一个和尚责怪地说：“你忘记出家人不能近女色吗？”

听者未答话。

行了十里路，那和尚又问同样的问题。

抱女子过河的和尚说：“我根本不记得自己曾抱一个女子过河，只知道是帮助了一个人。我早把这事抛诸脑后，为什么走了十里路，你还念念不忘那女子呢？”

如果没的描，自然不必描，也就不会愈描愈黑了。

读书与择友

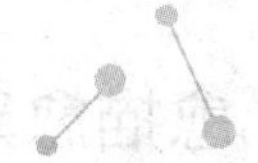

一位出版商对我说：“所谓的畅销书，大约可以分为‘风头型’和‘稳重型’两种。前者内容不必好，但封面华丽、印刷精美、纸张讲究、言辞激烈，因为抢眼，所以常被书店放在柜台上，很容易就能吸引读者的注意，而畅销一时。但这种书初看十分精彩，愈读愈觉乏味，所以只能销售一阵，风头过去就很难卖了。至于后者则封面简单、排版平实、纸张普通、言辞含蓄，因为貌不惊人，常被书店置于书架，必须细细寻找才能发现。这种书初看可能平淡，但是愈读愈觉充实，而且意味无穷、耐人玩味，所以出版十年八年之后，依然有广大的读者，销量反比前者来得多。”

人不也是如此吗？有些人衣饰华丽、言辞夸大、哗众取宠，常被捧为明星，虽然看似博学，但是交往一阵，却可能发现他是金玉其外，败絮其中。又有些人，平日衣着朴素、举止儒雅、言语含蓄、貌不惊人，常被群众忽略。虽然看似平凡，但是深入交往之后，却可能发觉仰之弥高、钻之弥坚。

读书、择友都不能只看表面哪！

忍

每次遇到聪明的学生找我学画，我都向他们强调一个“忍”字。劝他们忍自己的才气，不要好高骛远，更不要让聪明过分表露在画面上。

聪明的学生常急于创作，而忽视技巧的训练，造成眼高手低，心有余而力不足。

聪明的学生常表现得乖巧，作品看来漂亮，却流于华丽，看来潇洒，却带有造作。

所以我又对聪明的学生说：“你们要学元代的赵孟頫：有唐人之致，去其纤；有北宋人之雄，去其犷。要学唐代的皎然，意趣高远，才华内敛。取境之时，至难至险；成篇之后，有似等闲。”

知福与知祸

“惜福”先要“知福”，“知福”先要“知祸”。人不知祸的滋味，如何识得福的相貌？人在福中而不自知，如何知道惜福？

为善不求福报，福报自来；

读书不为功名，功名自至。

大雨与小雨

某日我坐计程车去办事，一路上看到三起车祸，当时外面正下着霏霏小雨，我就自言自语地说：“下这样小的雨，还要出事，如果大雨滂沱还了得吗？”

没想到司机回头一笑：

“就因为是下小雨，才容易出事啊！”

“难道大雨反倒好些吗？”

“当然，因为下小雨时，街上的人都冒着雨乱冲，加上路面的尘土跟雨水混在一块儿，变得特别滑而不易刹车，所以容易出事。至于下大雨，行人多半躲在屋檐下，即使在街上走也一定撑伞，不可能顶着一张报纸乱跑，路上的尘土又被大雨冲得干干净净，路面与轮胎的摩擦力加强，心理的警觉性更因为大雨而提高，自然不易出车祸。”

“对极了！”我服气地说，“就身体而言，秋天比冬天容易受寒；就世局而言，风雨飘摇，可能比波涛汹涌还来得危险。大概都是相同的道理吧！”

含不尽之意，见于言外

我教国画的时候常对学生说:“梅圣俞评诗要‘状难写之景如在目前，含不尽之意见于言外’，绘画也是如此。就前者而言，需要在写形方面多下功夫，加强素描的训练，才能使画出来的东西比例正确，色彩恰当；就后者而言，则要多读书，多旅行，以增广见闻，充实心灵，开拓境界，使画中有诗，意境高远。”

学生问:“老师，若不得已而去其一呢？”

“去前者。因为前者是技巧，后者是境界，前者是物形，后者是生命。技巧差而意境远，还能超以象外，得其环中；意境差而技巧熟，则只是浮面的描写、匠气的表现。没有生命的东西，外形再美，也是死的；有生命的物体，表面虽丑，却是活的。两者权衡，当然选择有生命、有灵性、有意境的后者。”

扣子

某日在街上遇到一位朋友，闲话时，无意间发现他有一个衣扣摇摇欲坠。我就提醒他:“你的衣扣有可能会掉，回去得钉一钉了。”没想到他一把就抓下了那个扣子，并放入衣袋。

“缺个扣子，不是很难看吗？其实它还可以维持一段时间，你何不回去再拿呢？”我问。

“如果在外面掉了怎么办？与其暂时好看而将来后悔莫及，不如暂时没有。”

穿衣服如此，为人处世不也这样吗？为了赶时间、充场面，而冒险公布不成熟的计划、未尽善的作品，倒不如暂时搁置，深思熟虑，细细研究之后再推出。

九弯十八拐

有一天我经过北宜公路，看见许多车子沿路撒冥纸，路边的纸钱更是堆积盈寸，就好奇地问司机：“他们为什么一路丢冥纸呀？这边又没有坟墓。”

司机笑笑：“因为北宜公路环山而筑，有‘九弯十八拐’，经常发生车祸，许多人认为是冤魂野鬼作祟，经过这儿一定要撒纸钱祭鬼，以求平安。”

这时车子正经过一处长达几百米的平直道路，我却发现路边堆积的纸钱特别厚，甚至还插着成把的香，又好奇地问：“为什么这一段平直的路旁，反倒撒了几倍于前面险处的纸钱呢？”

司机一边小心地驾驶，一边回答说：“因为这儿出的车祸特别多。”

“这里又平又直，为什么反而容易出车祸呢？”

“就因为它又平又直，许多驾驶人经过前面几十公里的险路，到这儿心情太轻松，反而容易疏忽。更有许多人在前面险路不敢开快车，到这儿就猛踩油门，或者趁机超车，结果坠落山下。”

身经百战的勇士，常死于飞来的流弹；攀登绝壁的壮者，常伤于路边的沟渠。这一时的疏忽，是多么“要命”啊！

算命与赌博

算命与赌博的心理很相似——

赌博的人只要赌一次就想赌第二次，赌赢了想要再赢，赌输了又图翻本，结果只有愈陷愈深。

去算命的人也是如此，只要算一次就想算第二次。第一次如果算得吉利，就想找另一个人也算得吉利一点，以求确定。第一次如果算出是凶，更得找别家算，非至有人说他是吉，否定以前所算的凶，才能心安。如此吉吉凶凶算下去，真是没完没了。

所以赌博与算命最好少碰。要致富，自己去赚；要好命，自己去创。

魔术

大概许多人都喜欢看魔术吧？看那魔术师以奇妙的魔术棒轻轻一点，就变出成笼的白鸽，遁走整打的酒瓶；看那魔术师将袍子一撑，就送上整桌的菜肴，端出满缸的美酒；至于大锯活人、乱剑穿身、箱内隐形、袋中脱困，就更是奇妙了。

魔术是一种魔法吗？人人都知道不是，因为魔术不是无中生有，而是一种巧妙的手法；所有的东西都没有幻化，迷惑的只是人们的眼睛。所以魔术不是

“魔”，而是“术”，只因为我们无法窥透，所以称之为“魔术”。

会变魔术的人真是太多了，他们不一定是魔术师，变的也不一定是娱乐观众的戏法，而是使用各种权术、诈术来惑乱人们的眼睛与心灵。当我们看不透他的术法时，会觉得他魔力无边，而心生畏惧。但是如果能静静观察，则会发现一切怪异的现象不过是巧妙的技术，即使医学和宗教的奇迹，也会有合于科学的道理。

两个球

有个年轻人新进一家公司，老板只交给他一项简单的工作，他觉得不足以表现自己的才能，于是前去要求多给他一点事做。

老板说：“我打个比方，如果我丢给你一个球，你很容易就能接到。而当你把那球拿稳之后，再抛给你第二个，必定也能抓住。但是如果当初我同时丢给你两个球，你不但不能保险全部接到，恐怕连一个都抓不住了。同样是希望手里有两个球，何必非要一块儿接呢？所以当你做事时，两件事可以同时去做，但千万不要想同时取得、同时开始，必须把其中一项稳住之后，再接另一件，免得手忙脚乱，一样也做不好。”

珍禽

有个朋友家里养了一只鸟，由于工作忙碌，对那只鸟疏于照顾，经常忘记添食加水，又总是把鸟笼挂在阳台上，任凭风吹雨打。

有一天，他发现鸟的身上长了许多怪异的羽毛，唯恐是什么传染病，于是提到鸟店请老板诊断。

老板细细检查一番，突然惊讶地对他说："恭喜您！先生！您的鸟发生变异，一下子身价百倍，成为稀世的珍禽了。"

我这位朋友真是高兴极了，立刻就买了最好的小米、菜籽和贝壳粉等饲料，将鸟捧回家，在客厅里高高地供上。除了每日晨昏亲自照顾，更叮嘱家中老小，随时注意鸟的起居饮食，定时带到室外享受日光浴。

未料，隔不多久，这宝贝鸟身上珍贵的怪毛居然消失了。不论主人如何伺候，都无法保住，终于又恢复了本来平凡的样子。

主人非常伤心地跑到鸟店，向老板诉说这件不幸的事。

岂知老板听了之后，竟然一笑："这种情况，我早就料到了，老实说，那鸟的羽毛变色，并非真的成了异种，而是因为疏于照顾所生的病态，再不好好照顾就会死掉。我是不忍见它死，也不忍见你害死一只可爱的小鸟，所以骗你说它成了珍禽。你回去之后，果然对它万般体贴，治好了它的病。我希望你现在好好反省一下，今后对它多尽点心。你要珍爱的是生命，不是价值；对待它，要以爱，不能以贪婪。否则，你就不配养小动物了。"

老辣

有个学生对我说："每当我买回新的毛笔，都要把尖细的笔锋剪掉，因为这样画起来比较老辣。"

我听了之后问："是不是你的功力也已经很老辣了呢？如果你不老辣，只是笔老辣，画出来的东西，就能真老辣吗？笔就像是你的朋友：当你年轻的时候，它正幼嫩；当你纤巧的时候，它正尖细；当你雄壮时，它正劲挺；当你拙朴时，它正苍老。它随着你变化，跟你配合得恰到好处，这样的朋友哪里去找？你又为什么要去伤害它呢？"

小节

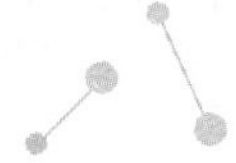

"我只要观察一个兵入营日和退伍日的两件小事，就能知道他的性格，并预测他未来的发展。"一位老连长对我说，"入营那天，我注意他扫地的动作，如果他对每一个隐蔽、不为人注意的角落都不放松，必是一个谨慎、细心、有耐性、肯负责的人。相反，如果他遇到沟，就将灰土往沟里扫，遇到不显眼的地方就马虎了事，必定会投机取巧，不能脚踏实地。至于退伍那天，我则观察他叠的棉被。如果他因为即将离营，而随便叠两下，必是一个苟且、无恒、没有责任感的人。相反，如果他仍能一如往日，小心地将棉被叠成豆腐块的样子，则显示他对任何事都能锲而不舍、坚持到底，未来也多半会有成就。”

发现一个人的惰性不难，只要注意几件小事，便能晓得。

除去一个人的惰性最难，必须改正每一细节，才能成功。

众力所成

有一位朋友在看我画画的时候说：“我最喜欢看人作画了，刚才还毛笔是毛笔，白纸是白纸，颜料是颜料，但经过你们艺术家的手，不要几个钟头，就变成一幅幅优美的画，这是多么伟大啊！”

我说：“照你这样讲，世界上伟大的人真是太多了。你看！我所用的毛笔，原来只是山间黄鼠狼的毛和水边丛生的修竹；我所用的纸，原来只是野地里的草及森林中的树；我所用的颜料，原来只是地下的土石和藤黄、蓝草这些植物。它们都是经过人们辛苦的采集、制作，才能成为今天的样子；没有他们，我根本无法画。所以这张画是大家分工合作的产物，每个人的工作都是神圣的。”

“现在我才知道，在这个世界当中，我也是那么重要的一分子啊！”朋友高兴地说。

看画与看人

当我们观察一个人的时候，远看注意姿态是否婀娜，举止是否从容，近看又注意衣着是否恰当，相貌是否端正，相对面谈，则注意言辞是否高雅，才学是否充实。

当我们看一幅画的时候，远看只问构图是否严谨，气势是否浑厚，近看又问设色是否典雅，用笔是否苍劲，细细欣赏，则问意味是否深长，境界是否高远。

看画如看人，谁说不是呢?

是非恩怨

常听人抱怨："社会上是非恩怨太多。"我觉得这并没什么错，因为既然有事，自然有是与非，既然有人，自然有恩与怨。但重要的是我们要只问是非，不计恩怨。对于是非要分得清楚，是就是，非就非，是就做，非就拒绝。对于恩怨要能放弃，做到不徇私情、不念旧恶、大公无私。

打拳与绘画

有一天，因为起得特别早，沐着晨光到附近公园散步，这时看见一位老先生正舒展筋骨准备打拳练功。我就问："打拳除了健身，还有什么乐趣？"

老先生答："我认识你，你不是学艺术的吗？打拳也一样：仿佛精雕，要羚羊挂角，不落痕迹；好比构图，要有主有宾，聚散合宜；又若运笔，当缓急变化，能发能收；更同境界，当敦厚含蓄，蕴藉深沉。"

我听了有些不解地摇摇头。老先生也不在意，便开始打拳了。

只见他拿桩站定，沉肩垂肘，含胸拔背，面容看似无所用心，却神气清朗，虚领顶颈。继而徐徐抬手，缓缓出足，看似无所用力，却行云流水，柔而不弱。突然速度转疾，啄、揲、擒、拿、点、划、摔、勾，看似前无所对，面空而打，却虎虎生风，刚而不烈，虚实相济，千变万化。再而拳势转缓，出手如青蛇吐芯，扬臂若白鹤展翅，收足如雁落寒潭，出踵若古树盘根，圆融而不见扞格之折转，舒展而留有待发之余劲，渐徐渐收，归于凝止。

老先生面不红、气不喘地走过来。我长长一拜道：

"晚生懵懂无知，今受教诲，胜读十年书、作十年画。万变的道理不过是个'零'字，大动的终结不过是个'静'字，最广的境界不过是个'心'字。晚生有幸，总算参悟了！"

买椟还珠

我在纽约有一位极善于经营房地产的朋友，不过几年间，靠着转手买卖和出租，就赚入了百万美元。

某日我跟他去看房子，两栋都在高级地区，格局也不错，但是先看的一栋，有着满园的玫瑰、厚厚的地毯、深垂的锦帷和华丽的壁纸，后一栋则庭院荒疏、窗帘老旧，多半的房间都是地板，墙壁也不过粉刷而已。

看完之后，朋友问我觉得哪一栋好。

“当然是前一栋！”

“你错了！”他笑笑，“前一栋虽然漂亮，但是天花板有裂纹，可以猜想墙壁上可能也有，才会造成错动，只是由于壁纸盖着，见不到；此外那地毯虽厚，但走上去有些声响，如果拆开地毯看，不是地板有木条弯曲的现象，就是下面的主架有问题；再来，那地下室的墙脚都略略现出水印，可见下大雨时，可能会由地下渗水，所以绝不能买。倒是后面那栋虽然装潢不够讲究，材料却都实在，只要花点钱为它打扮打扮，就跟新的一样。”

他拍拍我的肩膀：

“不要被眼前的华丽所迷惑，买房子，要抬头看，看那单调的天花板，更要低头看，看那毫无意思的墙脚。因为你买的是‘房子’，不是‘装潢’，你要的是‘久安’，不是‘暂时’。这就好比你买画，不会因为那画虽好而未裱，便不买，更不会因为裱装好，虽然画不怎么样，也把它买下来。不可‘舍本逐末’，买画、买房的道理都一样啊！”

随时修正

讲究的裁缝，虽然量身时已经细细记录尺寸，但总要先做出个大概的样子，请顾客去试装，觉得处处合身之后才敢定样。

气象局在每周初，都会预报整个礼拜的天气，但是在这一周当中的每一天，还要再报告对次日的预测。这是因为每周的预测是针对整个时段变化与当时天气情况所作的推想，而此后的每一天因为临时状况的改变，往往要修正前时所报，并作更精确的判断。

同样的道理，我们做一件事情之前固然要拟订通盘的计划，但是在事务进行之中，由于主观及客观情势的改变，也当对原计划不适宜处加以修正，并作更细节的讨论。如果只知死守当初的构想，是固执不通，难免因不合时宜而失败了。

借钱

某日我到一位教授家拜访，正碰上他的一位朋友去还钱。那人走了之后，教授感叹地说:“失而复得的钱！失而复得的朋友！”

“失而复得的朋友？”我不懂。

教授笑笑:“我把钱借给朋友，从来不指望他们还。因为我心想，如果他没钱而不能还，一定不好意思再来，那么我吃亏也只是一次；如果他有钱而想赖账，一定不敢再来，那么我等于花点钱，认清一个人。谈到朋友借钱，只要数目不大，我总会答应，因为这是通财之义；至于借出之后，我从不催讨，因为催讨难免伤了和气。也因此，每当我把钱借出去，总有既借出了钱，又借出了朋友的感觉。而每当不待我开口，他们就如约将钱还来，我则有失而复得了钱，且失而复得了朋友的快乐。”

偏方

当你生病的时候，会有许多人介绍偏方吗？那么我也送你一道方——“最好不要吃偏方”。因为你很可能因为无效的偏方而耽误了有效的治疗。

当你准备考试的时候，会有许多人向你推销“一周必胜”“联考半月通”或“考前猜题”一类的书吗？那么我也指给你一条金榜题名的途径——“先别读那些投机的书”。因为你很可能因此耽误读课本的时间。参考书就像维生素丸，没有不吃正餐，只靠药丸就能健康长寿的。

投机获胜、守株待兔的人固然有，但那毕竟少之又少啊！

感人以情，服人以理

著名的女作家谢冰莹对我说，有一次她在图书馆阅读，书中内容勾起她对孩子的思念，于是提起笔写下来。而且愈写愈难压抑思子的情怀，竟然泪如泉涌，就这样一字一泪将作品完成，然后随手装入信封寄给报馆。但是回到家她又后悔了，想自己那么冲动之下的作品，一定十分肉麻，会引人笑话。未料作品发表之后，竟然收到许多读者来信，表示深受感动。

写文章的人都有经验，当情感洋溢的时候，常下笔万言不能自已。但是心情冷静之后，再看写好的作品，又觉得当时太冲动。至于情感奔放时如果压住不写，等到后来再提笔，则可能已经失去了感觉。

如何把握情感，适时而发，适时而写，实在是件难事。我认为写抒情文时，必须将感情充分发挥；作论说文，则当加以收束。因为情感奔放时，能使我们将心中的一切，毫无阻碍地倾吐出来，文辞不见得华美，文法也不一定周到，却能获得最诚挚感人的作品。

至于写论说文，如果一时冲动，只求畅快地发挥而忽略了细细的推敲，又容易失之偏颇。必须冷静思考之后，才能写出最佳的作品。

发乎至诚的作品真挚，强说愁的作品造作；客观的论理常公正，主观的论理常独断。属于至情的文章可以立即发表，关乎论理的文章，则应该再三省思之后才出手。

真假难分

某日我去选购皮鞋，发现看来摩登的，很便宜；仿佛塑胶皮的，却极贵。我就问老板：“为什么真皮的便宜，假皮的反倒贵呢？”

老板把那两双鞋拿到我面前说：“您弄错了！便宜的这双是假皮，贵的这双才是真皮。只因为假皮做得太好，所以看来像真的；真皮又因材料太细，所以仿佛是假的。”

“为什么会有这种滑稽事呢？”我有点不相信地说。

“因为假皮是模仿真皮做的，连皮上的纹路、毛孔都压出来，所以能够乱真。而这双真皮皮鞋的材料是最好的小牛皮，柔软细腻而光滑，所以看来倒像是塑胶制的了。”老板回答。

“照这样说，真皮和假皮还有什么分别？假皮足可取代真皮了。”我讲。

老板立刻叫了起来：

“哪里！差得可远了，真皮透气，假皮不透气，真皮吸汗，假皮不吸汗，一穿就知道了。”

当我提着那双真皮皮鞋走出店门的时候，老板又笑嘻嘻地走过来，似乎叮嘱地对我说：

“选皮鞋就像选朋友，尽管看来真假难分，甚至假得乱真，真的似假，但是只要一交往就知道了。”

小丑

马戏团几乎都少不了小丑，他们穿着蓬松的布袋装，画着红白的面孔，戴着尖长的帽子，专做些滑稽动作，逗满场的观众大笑。

我曾访问一个马戏班的小丑，请他谈谈自己的感想。

没想到他叹口气：

“小丑只是我的工作，我并不是小丑，但是人们似乎觉得我天生就是一个又傻又呆，只会虐待自己的小丑。其实啊，我倒觉得他们傻，因为他们的笑似乎就控制在我手里，我的一举手、一投足，都能叫他们大笑不止。

“但是人们非但不觉得自己傻，反而看不起我，他们在场子里笑我，在场子外也指着我笑，使我的孩子都不敢跟他的同学讲爸爸是个小丑。其实人们何尝不好笑呢？他们种田，弄得满手是泥；他们做工，累得浑身大汗；他们上班，忙得焦头烂额。我不去笑他们，他们为什么来笑我呢？要知道：不论工、农、商、兵或小丑，都是工作，也没有贵贱之分。军人保卫我、农人给我吃的、工人制造东西给我用、公务员为我办理许多事务，我则以小丑的娱乐回报，我们都在对社会贡献一份力量啊！

“如果人们真要笑，就去笑那些不以小丑为工作，却做出小丑样子的家伙吧！那些人不知踏实地工作、正直地做人，却专循小径、拉关系。他们把原本长长的脸挤成圆圆的笑，去谄媚权贵；又把原本圆圆的脸拉得长长的，摆给可怜的人看；小丑不是他们的工作，他们却宁愿当小丑，且不承认自己是小丑，才真令人觉得可笑啊！”

说完，小丑笑了，而且笑不可禁，笑弯了腰。

吃角子老虎

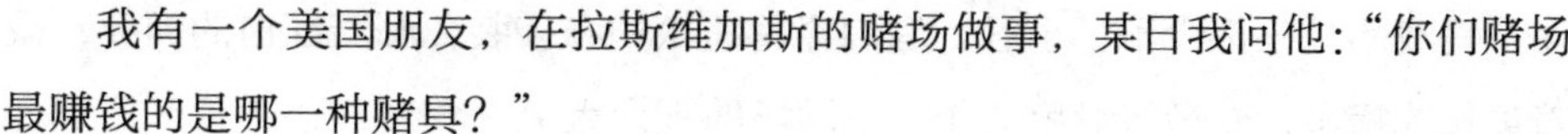

我有一个美国朋友，在拉斯维加斯的赌场做事，某日我问他：“你们赌场最赚钱的是哪一种赌具？”

“吃角子老虎！”他毫不考虑地回答。

“你是说那种有个长长的扳手，吵得令人头痛，玩得令人腰酸、手臂疼的机器吗？”我奇怪地问，“那种东西一次顶多吃六个硬币，怎么可能最赚钱呢？”

“因为吃角子老虎不必人看管，省了不少工钱，而且它赢的‘或然率’远比玩的人高，不像二十一点那些，不但要人理牌、发牌、监督，而且赌场赢的比例并不太大。”

“吃角子老虎赢的或然率会高吗？”我说，“我曾经看过一些人玩这种东西，稀里哗啦，机器一吐就是几百个硬币，好像玩家赢的比例并不小，而且一次就能赢很多，我还真有点羡慕呢！”

“算了吧！这就是大家上当的原因。”那朋友得意地说，“吃角子老虎总是默默地吃，喧哗地吐，使得大家只听到成功者的欢呼与赢得硬币的声音，却听不到同时间更多钱正被吞吃的音响。于是旁观者就会跃跃欲试，正在玩的人就愈陷愈深了，到最后多半被那‘独臂强盗’抢得两手空空地离去。”

“投机成功的人，常爱大声地叫喊；投机失败的人，多半默默地退去，使得人们总是瞪大眼睛，看到那少数的侥幸成功者，以为成功得来容易，而竟相投机，终致失败。”我说，“谢谢你的指点，以后再看到玩吃角子老虎赢钱的人，我将不再羡慕。”

工作的权利

某日，我在街头看见一位女工，正费力地拿着铁锹挖路，但是旁边有好几个男工却坐着聊天。我就打抱不平地对男工说：“你们为什么不去帮帮她呢？”

未料没等他们答话，那位女工却发言了：“是我不要他们帮忙，因为这是分给我的工作，虽然我做得慢，但我还是要靠自己的力量完成它，这是我的工作，也是我的权利！”

不久之后，我到英国拜访侨领陈尧圣先生，当我看见陈夫人要为我倒茶的时候，赶紧过去帮忙。未料陈先生说：“请不要去帮忙，因为那是她的权利！”

以上两件事，使我了解——工作也常是权利。而当我们把工作看成权利时，便会更尊重自己的工作，且获得更大的快乐。

用人与训练人

某电视公司招考记者，报考的人相当多，但是后来竟一个也没录取，公司的理由是——大家在“新闻播报”一项的表现都不好。

消息传出，有几位参加考试的人联名向电视公司请愿：

“由于我们从来没有播电视新闻的经验，新闻稿又是记者们手写的，字体龙飞凤舞，各不相同，加上场内的水银灯亮得令人眼花，摄像机上的红灯闪得令人心乱，使我们完全无法适应，更不能发挥。是不是能让我们受一阵训练再参加考试？我们一定会有较佳的表现。”

未料电视公司的答复是：“敝公司是用人的地方，不是训练人的地方，如果要训练，那是参加考试者自己以及学校的事，等到投入考场才训练，恐怕已经太晚了！”

由以上这件事，我们知道——

学校的责任，除了传授知识，使学生了解之外，更当训练学生，使他们能够应用。

社会是学校的“延伸”，学校是社会的“先修”。

画中的哲理

一九七八年夏天，邵幼轩女士和我，同应美国圣若望大学的邀请举行国画联展。那次展览，给我印象最深刻的并非上千贵宾的光临，而是在预展酒会中，圣若望大学副校长薛光前博士对观众说的一段话。

薛博士首先指着邵幼轩女士的一幅竹子说：

“中国人的绘画表现了中华民族的精神和人生观。当他们画竹的时候，不仅描绘竹的形象，更表现了竹的节操。他们把竹子比喻为君子，将竹的精神带入自己的生活。

“你们看那虚心劲节的竹，它虽无艳丽的外貌，却有挺拔的风骨。它们不畏打击，在狂风骤雨中依然挺立，在严霜厉雪后依然青翠。它们愈挫愈坚，也愈站得稳、立得直。

“你们再想想竹的用途，它的芽可以吃，它的干可以做家具建材，它的枝可以为帚，它的叶可以包粽子、做斗笠，它的每一寸都能供我们使用，它奉献全部的生命造福世界，这也是中国人的精神。”

接着薛博士又指着我的一幅山水说：

“中国的山水画，不仅描绘秀丽的山川，更表现艺术家幽远的情怀与人生观。所谓‘外师造化，中得心源’，你必须对大自然有深刻的领悟与浓厚的情感之后，才能描绘出动人的画面。

“今天由于科学的发达，工业的成长，人们总想控制自然、改变自然，结果反而污染了环境，毒害了生物，打破了自然界的均衡与协调，给人类带来更大的困扰。至于中国的哲学，则是回归自然，与万化融合，同臻于至善至美的境地。”

最后，薛博士又走近我的画，指着画中的人物，语重心长地讲：“各位请看！这画上的人，他危坐山头，与群峰比起来是何等渺小。当我们看到这幅画的时候，便知道谦虚、感恩、满足，更获得宁静与祥和。如果人人都能以山灵水韵来陶冶自己，这世界上就不会再有仇恨、侵略与战争了！”

祸不单行

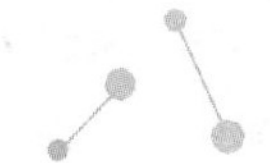

我们经常可以看见两班以上的火车，在很短的时间内，分别驶过平交道，它们相隔可能只有一分钟或几十秒。但据统计，很多车祸就发生在这短短的时间当中，因为人们常以为只有一班火车通过，所以在第一列火车刚走之后，不等栅栏升起（乡下许多地方甚至还无栅栏），就急着通过，结果正碰上另一班疾驶而来的列车。

又据统计，有许多在地震中丧生的人，不是死于第一次发生的强震，而是死于大地震之后的余震。因为强震过后，许多石块、屋梁仍危悬在高处，此时再有地震，人们想只是余震，不会太大，岂知原来摇摇欲坠的东西，恰巧在这时落下……

战争之后很可能有许多废弹、地雷未被清除。
洪水之后很可能有许多疾病会开始蔓延。
台风之后很可能跟来暴雨。
地震之后很可能引来海啸。
愈是灾难之后，我们愈得小心，愈不能放松自己的戒备。

过街

据统计，行人被车撞到，经常发生在两种情况下——

一为两人牵手过街，行到路当中，突然看见车来了，一人要向前跑，一人急着往后退，结果拉扯之下，谁也没跑掉。疾驶而至的车子，又不知向左或向右闪避，最后终于撞上。

另一种情况是行人突然冲到街上，或原来慢步过街，中途猛然加快，或原本跑步过街，半路骤然停止。这些突然的变化，都使司机无法立即反应，而造成意外。

不但过街是如此，做任何事不都一样吗？众人意见相左、突然改变步骤和仓促行事，都是最危险的。

防火

人人都怕火灾，但有多少人懂得防火呢？

住高楼的人，往往把通向防火梯的铁门打开，以为这样空气比较流通，失火时便于逃生。岂知整栋大楼的防火梯，很可能就因为一扇门没关，而失去救生的效用。发生火警时，烈焰和浓烟由那扇门冲出，可以将梯上的人活活熏死。

发现屋里失火，许多人更急着开窗放出浓烟，岂知原本因氧气不足而无法燃烧的气体，就因为氧气的流入而爆炸，结果原本不大的火势，在瞬间蔓延得无法收拾。

最可恨的，是许多建筑工人先在天花板上装防火警铃，再为天花板喷刷“装饰壁材”，结果壁材渗入或掩盖了防火警铃，使高价装置的警铃系统失效。

以上三者，都不是有心危害大众，而是由于无知。无知常是灾害的起点。

有感于此，我们怎能不加强防火教育？

气球炸弹

第二次世界大战期间，日本曾在太平洋上空放出一批携有炸弹的气球，希望它们飘到美国的本土落下，可以造成伤害。当时确实有一些民众被炸伤亡，但是美国政府并未对外发表这个消息，后来也就没继续发生气球炸弹的事件。

大战结束，日本军事专家听说这个消息，感慨地表示：“我们当年以为气球炸弹根本没用，所以只放一次，就不再制造了。如果当时知道美国确实有人被炸伤，我们一定会继续大量生产的。”

由这件事可以知道：

当敌人算计我们的时候，如果我们受害而不声张，敌人常会以为没有效果，而放弃进一步的行动。这就好比别人对我们恶作剧，我们愈急愈气，他愈可能继续闹下去。相反，如果我们只当没事，对方发现毫无反应，失去了趣味，也就会停止了。

用白难

我在教画的时候经常强调：

“在色纸上用白色难，在白纸上画白色更难。”因为在色纸上画白，笔笔看得真切；在白纸上用白颜料，则往往看不清楚。在色纸上画白，处处都会小心，唯恐一笔有误，伤了大局；在白纸上画白，则容易马虎，因为即使用笔错乱，别人也看不出。问题是：白色的纸和绢，经历长久的时间之后，会变黄变褐，而那时白色的颜料依旧纯白，自然愈来愈清楚，过去的马虎和毛病，也就一一显现了。

由此可知，绘画不仅要考虑当时的效果，也得想想未来的变化。许多马虎和苟且，即使当时没人发现，以后也是藏不住的。

专家的失误

五代的名画家黄筌，被后世称为勾勒花鸟画之祖。据美术史记载，黄筌的花鸟，集各家之长，能“穷形极态、栩栩如生”。有一次蜀主命令黄筌在大殿的四壁画花竹兔雉鸟雀，完成之后，正好有人呈献白色的老鹰给蜀主，白鹰以为壁上所画的雉雀是活的，竟然好几次振翅欲扑，可知黄筌写生功力之高了。

但是据苏轼的《东坡题跋》记载，黄筌有一张画中的飞鸟，颈和足都伸展着，某人看了说：“飞鸟缩颈则展足，缩足则展颈，没有足颈同时展的。”听到的人起初都不信，认为黄筌是一代宗师，不可能有错。但是经过细细观察，果如那人所说，是黄筌画得有问题。

由此可知，一个人治学不论多么专门，都可能有失误的时候。相反，一般人若能缜密地观察，也可能有超越专家的见解。

认清敌人

“如果你被蛇咬了，第一件要做的是什么事？”

“当然是检查伤口，防止毒液的扩散。”

“错了！你应该看清楚咬你的是什么蛇，如果无法将它一举击毙，就得记住那蛇的特征，这是当你被蛇‘咬到的瞬间’就应当注意的。”

“为什么？既然已经被咬了，还管它是什么蛇。”

“如果它不是毒蛇，你却当毒蛇来急救，不是多此一举吗？假使它真是毒蛇，你更得知道是哪一种，才能对症治疗，找到适当的血清啊！”

所以，如果遇上强盗，自知无力抵抗，就应当暗暗记下对方的面貌，以便事后指认；在战斗中遇到强劲的敌手，则当记下对方的特性，以便日后研究。

战胜敌人的第一步，是认清敌人。即使在被伤害的时刻，也当看个清楚。

等待机会

某星期五早上，我在校园里抓到两只蝴蝶，当我带回办公室，放在玻璃盒子里，打算写生时，由于它们不断振动翅膀，使我无法看清，而不得不把其中一只抓出来，并用镇纸将它的两翅压住。写生完毕，正巧有朋友找我出去，就把这事忘了，直到星期一上班的途中，才突然想起来，推开门，那在玻璃盒子里的，早已遍体鳞伤地死了，但是回头检视压在案上的那只，竟奇迹般地仍然活着。

我兴奋地把一息尚存的蝴蝶拿到办公室外的台阶上，打算为它拍几张照片，未料那三天三夜不吃不喝不动的蝴蝶，突然振翅飞走了。

遇到无法抵抗的情况，静静等待机会，要比横冲直撞浪费体力有用得多啊！

游洋水

学游泳，最难的是换气，许多人游了一辈子，始终无法浮出水面呼吸，只好闷着头游，怎么也游不远。

出国留洋，就像是游泳，游并不难，而是出头难，许多人游了几十年，连喘口气的能力都没有。

问题是：

不会换气的人，总还知道在没气的时候，游回岸边透口气；却有许多游洋水的人，即使出不了头，也舍不得回到岸上来。

画马

小时候我很喜欢画马，某日完成了一张描绘猎人骑马登山的画面，正得意，母亲过来对我说："马背上的人坐得太挺了，你要知道，当骑马上坡的时候，身子要向前倾，否则人跟马都容易翻倒。"

过不久，我又画了一张骑马下山的画面，母亲看了还是不满意地说：

"这次你画中的人物又画得太前倾了，骑马下坡时，马固然往山下走，人却要坐得挺，如果也跟着马向前倾，就容易滑下去。"

两次得意之作，都遭到批评，我有些懊恼地说："为什么有这么多规矩呢？反正人骑马，爱怎么骑就怎么骑！"

"你讲得不错，但是要想骑得平稳快速，不颠簸，不倾倒，不被摔下马背，不致滚落山崖，就一定要讲究方法。"母亲说，"这就好比处世，当马向高处爬时，仿佛是你得意的时刻，愈得意愈要谦恭，所以人要向前倾；至于下山，则仿佛失意时，固然是往下坡溜，你反而要坐得挺、撑得直。"

直到今天，不论画马抑或处世，得意与失意，母亲的这两句话总是我的指引。

面对问题

当美国三里岛的核能发电厂出现故障并危及民众时，美国各地都掀起反核电厂的示威；而当记者访问示威群众时，大部分人的回答是“我家附近不要核电厂”以及“核电厂滚开”。另有些人的回答则是“反对设立核能发电厂”。只有少数人会说：“我们要节约用电并找寻新能源，以取代核能发电。”

自私的人多，解决问题的人少；口惠的人多，实在的人少，许多问题就因此而永远难以解决。

评画与评人

鉴评画作，签名非常重要。一幅极佳的作品，若没有画家的签名，即使断定为名人手迹，价值还是会受影响。相反，作品虽不甚佳，如果签名盖章不假，仍然极具收藏价值，甚至比前者还来得珍贵。

问题是，一幅画最能表现作者精神的是画面，不是签名。若是真画，即使没签字，从笔墨构图，仍然能见出作者，何必非靠签名呢？何况许多玩世不恭的画家，常在学生的作品上题自己的名，图章更可以流传后代，只要拿到，人人可盖。为什么大家不就画论画，无识其大体，反逐其末端呢？

同样的情况，我们看一个人，常只就学历、地位来评断，岂知学历可能混到，地位可能攀到，为什么我们不观察他的言行和工作表现，反集中注意力在文凭和授命状呢？

从大处着眼，根本处观察，评画与评人都是一样的啊！

为政与办杂志

"'为政'就如同'办杂志'。"一位杂志主编对我说。

"你不是开玩笑吧？"我不敢苟同，"为政是多大的事，怎能以办杂志比呢？"

"当然类似。"主编十分自信地讲，"你想想，一篇文章从完成到付梓，要经过哪几个过程？它们的功能是什么？"

"经过编辑、录排和校对。编辑的工作是决定风格、路线、征稿和审核；录排是照着稿子排版打样；校对则是参照原稿，改正排字的错误。"我说。

"这不就对了吗？"主编拍拍我的肩，"政府里决定施政方针的领导者如主编；贡献意见的专家如作家；审核的单位是校对；施行的机构如打字员。"主编滔滔不绝地说，"好的作者拿第一等的文章投稿，如同专家向政府提出最好的建议；好的编辑公开征稿，并大公无私地淘汰有疵缺的作品，或退还作者改写，如同政府公平地求才任事、决定政策方针，并与专家交换意见；好的校对，逐字细细审查，以找出错误，如同监察单位的督责；好的打字员以最快的速度将稿子打妥，呈现在观众面前，如同下层机关以最高的效率推行政令、完成指标。"

"为政就像办杂志，是办一本传之久远的刊物。"我不得不服气地说。

衡情度势

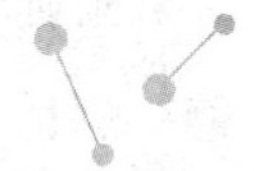

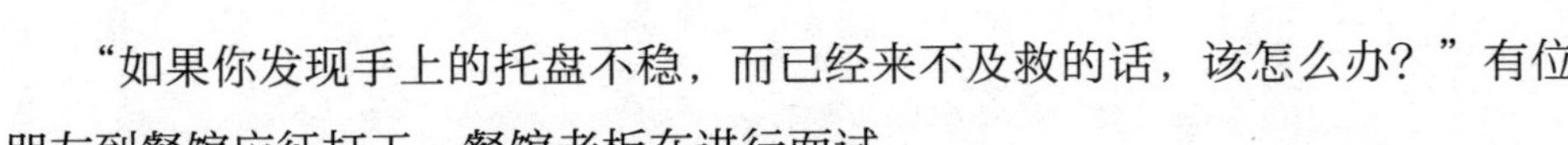

“如果你发现手上的托盘不稳，而已经来不及救的话，该怎么办？”有位朋友到餐馆应征打工，餐馆老板在进行面试。

所有应征的人都答不出。

“这还不简单吗？”老板说，“运用剩余的一点力量，使托盘倒向走道或没有客人的地方，而不要倒向客人。”

“如果四周都是客人，怎么办呢？”我的朋友问。

“倒向大人而不要倒向小孩，倒向男人而不要倒向女人，倒向客人的身体，而不要打到他们的头。”老板说，“即使面临无可避免的失败，也要选择较佳的方式。”

五福临门

我们常说“五福临门”，但是知道“五福”为哪五种福的人却少之又少。

据《书经》记载：“五福，一曰寿，二曰富，三曰康宁，四曰攸好德，五曰考终命。”翻译成白话就是要长寿、富贵、健康平安、好德，并得善终。其中四种“福”都与命运有关，唯独“攸好德”属于个人的修养，也就从这一项，可以看出中国人对于德的重视。一个不能“攸好德”的人，就算富贵荣华、长命百岁、寿终正寝而且死后哀荣，仍称不上“五福”，只有加上他本人的一善一德，才能完备。

当别人祝我们“五福临门”的时候，我们最要自省的就是有没有“攸好德”啊！

败部冠军

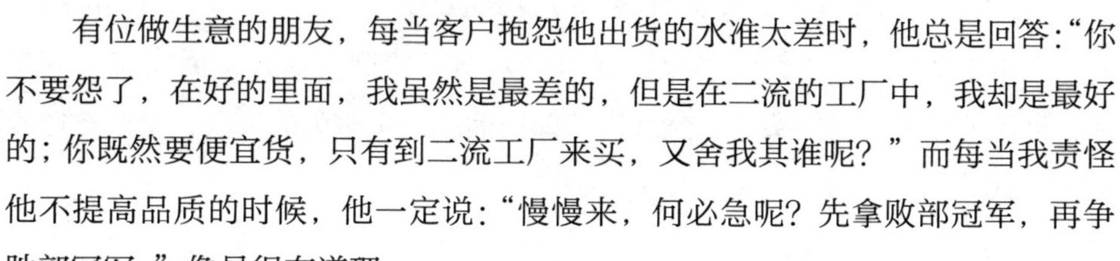

有位做生意的朋友，每当客户抱怨他出货的水准太差时，他总是回答:“你不要怨了，在好的里面，我虽然是最差的，但是在二流的工厂中，我却是最好的；你既然要便宜货，只有到二流工厂来买，又舍我其谁呢？”而每当我责怪他不提高品质的时候，他一定说:“慢慢来，何必急呢？先拿败部冠军，再争胜部冠军。”像是很有道理。

问题是好几年过去了，许多二流工厂都成为一流，只有他仍然停在原来的水准。

对同一种表现，有些人会认为“不够好”，有些人会说“不算差”。前者总是不满足，所以自我鞭策，进步快；后者总是自我妥协，因为一开始就不求胜，即使拿到了败部冠军，只怕跟胜部一交手，还是要败下阵来。

似是而非

美国福特汽车的老板亨利・福特，为了鼓励人们尽量开车，少跑步，曾经说：

“运动是没有用的。如果你身体健康，就不需要运动；如果你生病，更不能运动。”

有一位名鉴评家，经常在伪作上盖鉴定章（表示那是真迹），而且自有一番解说：

“如果行家看到，一定会谅解我，知道我是碍于人情，不得不盖章；如果是外行人，反正分不出真伪，所以盖不盖都无伤大雅。”

似是而非的道理，比“无理”更害人。

敦煌真品

“中国历代的名画那么多，而且那么精美，我们何必去研究敦煌的东西呢？它们大多斑驳、残破，而且出自画工，根本无法跟历代大师的作品相比。”在中国美术史的课上，有学生问。

“我们常见的历代名家巨迹，你能保证都是真的吗？因为那些大师有名，历代造假的人真是太多了，以我们有限的知识，很难作百分之百的判断。固然它们都是‘珍’品，但并非都是‘真’品，而用伪作来从事历史研究工作，常会造成偏差。”教授回答，“敦煌的东西不见得都好，但是没有伪作，它们代表那个时代，反映当时的社会，不事雕琢、不见虚伪，对研究历史的人当然有很大的参考价值。”他强调，“我们研究历史的材料，首要的条件就是‘真’。”

点燃快乐的炉火

彩色的心情

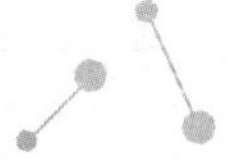

同样的照相机，装上黑白的底片，拍出黑白的照片；装上彩色的底片，拍出彩色的照片。

同样的眼睛，装上黑白的心情，看到黑白的世界；装上彩色的心情，看到彩色的世界。

每天早上起床之前，先想想——

你今天要为眼睛装上“黑白”还是“彩色”的底片？

美就是爱

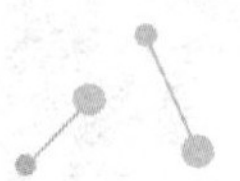

有个朋友娶了位年轻貌美的女明星，大家正羡慕呢，他们却闪电离婚了。

过不久，那朋友再婚，娶个相貌非常平凡的女子，两个人却相爱得要死。

“你不觉得上一个太太漂亮得多吗？”有好事的人问那朋友。

“不觉得啊！我只知道她发起脾气、瞪起眼睛的时候好可怕。”朋友说，“还是现在的太太好，漂亮、优雅又贤惠。”

问话的人笑道：

“我懂了！怪不得有句俗话说——女人不是因为美丽而可爱，是因为可爱而美丽。”

儿不嫌母丑，狗不嫌家贫；因纽特人不嫌阿拉斯加天寒地冻。

只要你爱那个人，爱那块土地，你就觉得他美。

美就是爱！

才七十岁

当我刚到丹维尔博物馆教课的时候，一位老先生打量着我说：“你看起来相当年轻，不过二十五岁吧！”

“不！我已经二十九岁，是快三十岁的人了！”我回答。

“哦！已经二十九岁……”老先生沉吟了一下说，“我才七十岁，比你还年轻呢！”

我怔了一下问：“为什么七十岁反比二十九岁年轻呢？”

“你没听我说吗？我讲‘才七十岁’，”老先生一笑，“可是你却说‘已经二十九岁’，虽然实际年龄我比你大得多，但在讲那句话的心情上，我却比你年轻啊！”

点燃快乐的炉火

小时候，我经常帮母亲生火，为免黑烟弥漫整个房间，每次我都先把小火炉端到院子的一角。然后找些旧报纸放在炉子的最下面，再摆进一些小木柴，最后加上大块的煤炭。

点火必须由最易燃的旧报纸开始，由于炉子下方的通气口很小，我总先搓一个小纸条，将它点燃之后，再探入炉中。

旧报纸很快就会被引燃，并冒出浓浓的黑烟及熊熊的火苗，虽然那烟非常呛人，我却必须把握时间，以不疾不徐的速度往炉中扇风，使报纸的火焰能引燃木柴，并延烧到煤炭。

真正生火的功夫，也就在这儿了——我必须配合炉火的变化扇风，看到火力不够时要用力大些，发现火苗不稳又得用力小些。那时尽管黑烟熏得我直掉眼泪，炉火烤得我两颊通红，也得耐心地做好扇风的工作。渐渐地煤炭开始发红，黑烟慢慢减少，我也就可以高高兴兴地将炉子端入厨房了。

虽然现在由于科学进步，再也不必费力地去生火，但我仍然点燃另一种炉火——

每次我有新计划的时候，总是躲在一边细细思考，并制订办事的程序，然后到各处奔走，使计划能够实现。

从童年生火的经验我知道——起初看来熊熊的火焰，并不表示成功；我更知道——愈在黑烟弥漫的时刻，愈不能逃避，愈得坚持到底。

人生就像点一炉火，枯枝是易燃的少年，树干是耐燃的中年，焦炭是温厚的晚年。火大时关上炉门以收敛烈焰吧！火小时开门鼓风以激发潜能吧！火残时留个火种好传给明天吧！

小帆船

我是一艘快乐的小帆船，可是我并不爱听“一帆风顺”或“一路顺风”这些祝福的话，因为我知道世界上有顺风便有逆风，有顺境便有逆境。我也从来不畏惧逆风，因为我知道如何张我的帆、掌我的舵，使我在逆风中仍能向前移动。

当然我还知道：帆愈大，愈能乘风；风愈大，愈能吹帆。但我更了解：小小的船不能用太大的帆，过大的风则会倾翻我的船。

就因为我懂得收束自己的欲望，并掌握四周的环境，就因为我知道在逆境中创造顺境，所以我能成为一艘快乐的小帆船。

穿袜子

当我儿子四五岁的时候，总爱反着穿袜子，有时为他把袜子好好地穿上，还要自己脱下来，再翻个面穿上去。有一次我生气地问：“你为什么总要反着穿呢？线头露在外面，多难看！”

没想到他竟理直气壮地说：“袜子是我在穿，不是穿给别人看的，线头在里面，会使我的脚不舒服，我当然要把袜子翻过来！”

这虽是童言，但也有些真义，古人说：“人实役物，非物役人。”“画为娱己，不为娱人。”“画乃吾自画，书乃吾自书”不是同样的道理吗？

相信明天会更好

“让我们等待一个美好的明天吧！”

每当我听到这句话，就会想：明天真的那么美好吗？我只知道，不论今天多么令人留恋，明天总会毫不犹豫地将今天推走；我也知道，不论抗议或沉默，生存或死亡，明天总是不停地来到。

明天是无情的，它很快地变为今天，化做昨天，成为往日。

明天是未知的，像一连串的问号，用它弯弯的钩子，钩着我们又向前跨进一日，又长大三百六十五分之一岁，又不知不觉地增添了些、减少了些。

明天是辛苦的，要上学、要考试、要工作、要竞争、要战斗，只要有一件事没办好，明天就翻脸不认人。

明天是脆弱的，如同人生的幸福一般。可能有病痛、有战争、有亲人永远离我们而去，即使是一片瓦默默地滑落，也可能夺走我们的生命。

但是，我们不能因此就说明天不再美好，只能说明天太纯了，如同一张白纸，雪白得令人发慌。我们可以将它接过来，再随手递出去，成为一张零分的白卷；也可以在上面乱涂几笔，成为糟糕的作品；但更可以赋予它优美的色彩、巧妙的情思，成为不朽的杰作。

所以明天又是操之在握的，是等待我们去开创、去塑造的。对于那些恋人，明天可能是他们的佳期；对于那些辛苦耕耘的人，明天可能是收获的日子；对于那些勇士，明天或许面临战斗，却可能得来胜利；对于那些反抗暴政的人，明天或许最艰苦，却可能重获自由。即使有一位伟人不幸在明天逝去，也绝不是明天战胜了他，而是他伟大了明天，使明天成为一个被人们永远纪念的日子。

不要等明天向我们走来，让我们走向明天吧！只有当我们将“等待美好明天”的“等待”改为“开创”时，才能拥有一个真正属于自己的、美好的明天。

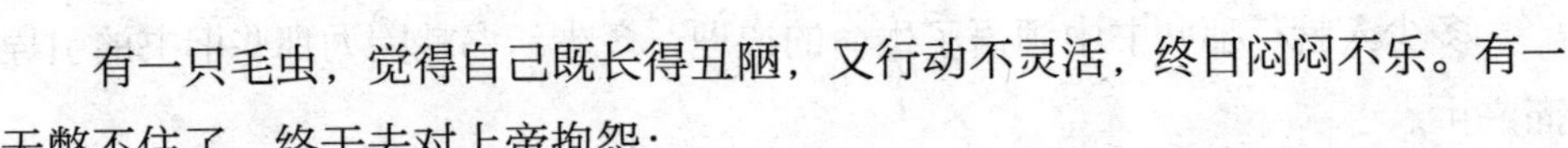

毛虫的愿望

有一只毛虫，觉得自己既长得丑陋，又行动不灵活，终日闷闷不乐。有一天憋不住了，终于去对上帝抱怨：

“上帝呀！您创造万物固然非常神妙，但是我觉得您安排我的一生，却不高明。您把我的一生分成两个阶段，不是既丑陋又迟笨，就是既美丽又轻盈，使我在前一个阶段受尽人们的辱骂，后一个阶段又获得诗人的歌颂。坏就坏到家，好又好得过火，这未免太不合理了。您何不平均一下，让我现在虽然丑一点，却能行动得轻巧一些；以后当蝴蝶时，外貌长得漂亮，但行动迟缓一点。这样我做毛虫和蝴蝶的两个阶段，不就都能过得很愉快了吗？”

“你大概以为自己的构想不错。”上帝说，“但是你有没有想到，如果那样做，你根本活不了多久。”

“为什么呢？”毛虫摇着大脑袋问。

“因为如果你有蝴蝶的美貌，却只有毛虫的速度，一下子就会被捉走了。”上帝说，“你要知道，正因为你的行动迟缓，我才赐给你丑陋的外貌，使大家都不敢碰你；他们的不理不睬，对你只有好处没有坏处啊。现在你还希望我采纳你的构想吗？”

“不！不！不！请维持您原来的安排吧！”毛虫慌张地说，“现在我才知道，不论美丽与丑陋、轻盈与迟缓，只要由您创造，一定都是完美的！”

旧书摊

你逛过旧书摊吗？那真是个有意思的地方——

在那些破旧的书里，你可以找到已经绝版的好书、价值连城的碑帖；你也可能发现历久弥新的学问、著名学者的眉批。那是古老记忆的收藏所，收藏了许多学子的时间；那是珍贵知识的提供所，提供许多不朽的资料。

多少人就从那些书中领悟了生命的道理，多少新书就因为那些旧书的引导而产生。

所以，尽管那些书已不再具有鲜丽的外貌，仍然有着不容忽视的魅力。

如果我是一本旧书，除非我能经常被主人或他的亲友从书架上取下阅读，否则我宁愿被卖到旧书摊上，让我对那些怀旧的顾客述说古老的回忆；让我对“崭新人类”展示一些过去的光华；让我以虽然沙哑却依然苍劲的声音，继续发表我的演说；让贫穷的人从我身上找到无价的学问；让卑微的学子从我这儿找到理想与抱负。

把自己最后一分力量完完全全地奉献出去，哪怕破得体无完肤，总比被束之高阁，安安稳稳地做一本“古董书”有价值得多啊！

神奇的裙子与发夹

我在学生时代曾经读过两则小故事，留下非常深刻的印象——

一

有位老师送了一件小花裙给她的学生，学生的母亲看到女儿拿回来一件漂亮而干净的小花裙时，立刻觉得孩子也该拥有一件漂亮的上装，于是从箱底翻出一件自己年轻时的衣服，并为孩子修改裁剪。而当孩子梳洗穿扮起来之后，家长简直不敢相信，原来自己的女儿这么美丽。

接着孩子的父母觉得家里实在太脏乱，不能配合那么美丽纯洁的爱女，于是全家大扫除，甚至清扫巷弄。由此影响了邻居，使整个原本脏乱的社区都为之改观。

二

有一位总觉得自己不讨男孩子喜欢，而有点自卑的女孩子，偶然在商店里看到一支漂亮的发夹。当她戴起来的时候，店里好几个顾客都说漂亮，于是她非常兴奋地买下那支发夹，并戴着去学校。

接着奇妙的事就发生了，许多平日不太跟她打招呼的同学，纷纷来跟她接近，男孩子们也来约她出去玩，更有不少人表示，原本死板的她似乎一下子变得活泼开朗了。

这个女孩心想："都是因为我戴了神妙的发夹。"接着她想到店里还有许多其他样式的发夹，应当也都买来试试，于是放学之后跑回那个商店。

岂知她才进店门，老板就笑嘻嘻地说："我就知道你会回来拿你遗失的发夹。"

这时她才发现自己的头发上根本没有发夹。

裙子与发夹虽然只是不值钱的小东西，但是在上面两则故事中，却产生极大的影响，因为它帮助人们找回失去的自信与自尊。自信与自尊常不靠有形的东西支撑，而是建筑在自己的心上。

生活享受与享受生活

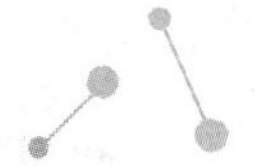

我有位从商的朋友，一年到头总是忙得团团转，钱虽然赚得不少，却累得满脸焦黄、浑身是病。

某日我问他：

“你如此忙碌，到底是为什么呢？”

“为了追求生活的享受，为了改善生活。”他说。

“你达到目的了吗？”

“我不知道！”

“你当然不知道！”我说，“因为你只知道追求生活的享受，却不知道享受生活；你只想改善生活，却不去体味生活。如此，你怎能得到生活上的享受，又怎能知道自己的生活已经改善了呢？这就好比爬山，如果你从来不驻足欣赏山下的美景，怎能获得登山的情趣，又如何知道自己登上了高山呢？所以与其盲目地追求生活的享受，不如细细体味一下眼前的生活。”

青春泉

你听过青春泉的神话吗？你希望得到令人青春永驻的泉水吗？听完以下这个故事，你就会知道如何获得了！

有人在墨西哥山上，发现一个生活贫穷却人人长寿的村庄，经调查，那里居民的食物并不特殊，也不很丰富，唯一与其他地方不同的是，他们都饮用山谷里的一种泉水，想必那就是所谓的青春泉了。

青春泉的消息经报纸刊载之后，许多人都在假日前往，甚至有些富豪人家派专人汲取，然后成桶地运回城市饮用，但是经过许多年，大家发现青春泉对外地人并没有用处，再经科学分析，水质也与一般溪水并无差异。

但是为什么长寿村的人依然长寿呢？

最后，终于有了答案：

因为那里的人每天都要到深谷里挑水、洗衣或洗澡，就在那来回的路途上，他们获得了适度的运动，加上山中空气清新、风景宜人、与世无争，自然就容易长寿了。

以痛止痛

每个人都有痛的经验，有一下子就过去的小痛，也有许久不消的大痛。有些痛来自表皮的擦伤，虽然一时非常疼痛，但不久就会消失；有些痛由于筋骨的挫折，虽然影响行动，但经过一段时间，也会痊愈；有些痛因为内部组织的疾病，常需医师细细地诊疗，自己静静地休养，才能恢复健康。但更有一种痛苦，既非来自擦撞挫折，也非源于疾病感染，而是由于我们自身的愧疚、别人的误会、亲朋的离散或种种错失所造成的心灵创痛，除非愧疚获得弥补、误会得以消除、亲朋能够重聚、错失得以挽回，否则将终生无法痊愈。

克服痛苦，往往需要经过另一段痛苦，当表皮擦伤而上碘酒时，当筋骨挫折而矫正打石膏时，当内脏重病而动手术时，我们都得忍受一次可能比原来更为强烈的疼痛才能痊愈。

同样的道理，如果我们心灵的创痛是由于自身错误造成的愧疚，就当勇于认错，虽然那或许会令我们一时难堪，甚至受到法律的制裁，却能因此解除终生的痛苦。

心生暗鬼

说三则有关算命的故事给你听:

一

有个卡车司机的太太看相，算命先生见面就说:“不出三天，你就得做寡妇！”

这太太立刻把丈夫叫回家:“这三天之内，你留在家里，不要出去开车，如果你觉得寂寞，我可以找人来陪你聊天、打牌。总之，三天之内，你不准出门。”

眼看三天就要过去了，卡车司机的太太十分高兴，傍晚特别跑出去买些酒菜，准备庆祝一番。

未料才出门，她丈夫就接到公司的电话，表示有一批短程的货急着送，非请他帮忙不可。卡车司机心想没多远，于是一口答应下来，谁知开车出去不久，就出了车祸，丧了性命。

出车祸的原因，是他连打两夜的麻将，以致精神恍惚，撞上迎面而来的货车。

二

有一位名教授去看相，算命先生叹着气说:“亏你这么有学问，到头来却会因为患精神病而死得很不光彩。”

教授听了之后，心头立刻罩上一层阴影，他想: 这位相士是非常著名的“铁口”，如果真如他所说，我会因患精神病而死，岂不把我一世英名都糟蹋了吗? 心里愈想愈不对，结果睡不好、吃不下，渐渐倒还真有些精神恍惚。朋友们的关心问候，更增加这位教授的不安，最后他想: 与其患精神病死得不明不白，倒不如自己了结。

于是某晚他服了过量的安眠药，而一睡不醒。第三天报上登出他的新闻——

某教授自杀，原因无法查出，但据他的亲友表示，最近教授的情绪一直不稳，故推测可能系因精神失常而服毒自尽。

三

某商人去看相，算命先生说："你绝对活不过今年年底！"

商人听说之后，心想反正已经没有多少日子能活，不如好好享受一番，于是买卖不做了，并大量挥霍，乱开支票，到处借贷，结果到了年关，人人上门讨债，商人没病死，却被债主逼得上吊了。

以上三个人的命运，可以说都被相士言中了，但是如果他们不去算命，恐怕也不至于有这样的遭遇吧！

胜利在眼前

不要怕土地坚硬，只要你有手，土地就是软的。

不要怕路途遥远，只要你有腿，路途就是近的。

不要怕高山耸峙，只要你有毅力，峰顶就在眼前。

不要怕长夜漫漫，只要你能忍耐，光明就将出现。

想想：

哪块坚硬的土地，不在农人的手下献上粮食？

哪条遥远的道路，不在我们的脚下逐渐缩短？

哪座巍峨的高山，不在登山家的足下臣服？

哪个黑暗的长夜，不在我们的忍耐中变成光明？

伸出你的双手，跨出你的脚步，坚毅、忍耐、奋进，胜利就在眼前。

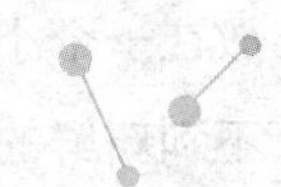

心墙

小时候，我家四周是一片空旷的田野，我常站在田埂上对别的小朋友说：“田间的那栋房子就是我家，这块田则是我家的院子，你们随时都可以到我家来玩。”

七岁的时候，我搬进城市，院子变小了，四周种了些七里香当作围墙，我常跟邻居的孩子在树墙间穿梭，我说：“我家的这道墙，处处都有门，随便你们进出。”

十岁的时候，家里把树墙除去，改建一堵砖墙。墙不高。所以邻居小朋友常站在墙外的垃圾箱上跟我聊天，有时他们的球不小心掉进来，就自己爬墙过来捡。

十二岁的时候，母亲把墙加高了，并在顶端砌上尖尖的碎玻璃，她说：“现在人心坏了，总要防着些。”但我觉得自从墙加高之后，院子里的阳光变少，感觉也小多了。

二十六岁的时候，我们搬进一栋公寓，除了窄窄的一个阳台，根本没有院子。我们在门上装了猫眼，有人来访，总先看看是谁才开门。

二十九岁的时候，我单独到了纽约，住进一栋大楼的套房，连阳台也没了，朋友来，我非得在电话里问清是谁，才敢按钮请他进来。

三十年来，由没有墙的大院子，到没有院子只有墙，这不仅是住所的改换，也是心灵的变化。

幼儿时，我的心是打开的，纯真地欢迎每个人进入我的心房。

儿童时，我的心是半开的，要进来的人随时可以进来，我从不加阻拦。

少年时，我心外筑起高高的墙，但是在墙里仍有我可爱的院子，虽然阳光少些，我依然可以在其中玩耍。

青年时，我心里的小院子也被剥夺了，而不得不从“小洞”看每位来访的人。

现在，我到达一个世界上最热闹、最繁华，也最进步的城市，我的心却像放在一个小小的密封盒子里，虽然别人夺不走，我却也见不到和煦的阳光，吸不到新鲜的空气了。

我多么希望能再回到儿时的那片田园，让千顷的稻浪做我的心墙，让人们在我的心墙里收割，把我的心墙当作他们的食粮。

我多么希望再拥有儿时的天空，那是一个又宽又大的天空，不为浓烟所遮翳，不被高楼所侵夺。

我多么希望再拥有儿时的田埂，它虽然又窄又小，但四通八达，每个孩子都能通过它进入我的家。

如果我不能再拥有那么开阔的心墙，也请赐我一个七里香的树墙吧！让我的花香沁郁四方，让小朋友随意穿梭，因为我实在不喜欢那些只会隔离人与人的“钢筋水泥的围墙”。

人生路要轻松

每次听说朋友要到远方旅行，我总会奉劝他们：“出门时行李能轻就轻，即使少带一块多余的手帕都好。因为出门时愈轻，旅途愈轻松；出门时行李愈少，回来时才能带得愈多。”

这几句话对于人生之旅不也很恰当吗？有些人一起步就带着沉重的心理负担，使得整个生命的旅途都疲惫不堪。而且因为负担已经很重，沿途即使遇到珍贵的东西，也不能撷取，结果一无所获地走完全程。

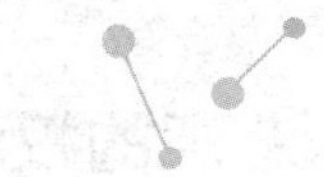

稳健

我们常用“稳健”这个词来形容人，其实稳和健是可以分开谈的——

稳是持重、妥当，健是强力、进取；稳是守，健是攻；稳是重量，健是弹性；稳常是行其所能行，健常是行其所欲行；老年人常稳而不健，青年人常健而不稳；稳而不健者乏冲劲，健而不稳者易颠踬。

如果射箭时稳是瞄准，健就是张弓。稳而不健者，射得准却不远；健而不稳者，射得远却难准。问题是有足够经验而瞄得准的人，常已年迈而乏张弓的力气；有充分精力而能张满弓的人，又常因年少而乏瞄准时测距量风的经验。所以，“稳健”这个词说起来容易，真正做到却难上加难。

天真无忧

我们常说：“孩子们天真无忧，真是快乐极了。”其实成人何尝不能如此？甚至应该讲：成人的天真无忧，要比孩子的境界更高。

因为孩子的天真，是无邪的天真，是未涉世、少点染的天真；成人的天真，是忘机的天真，是抛弃机巧、返璞归真的天真。

孩子的无忧，是未经风霜、未遇横逆，不知忧愁的“无忧”；成人的无忧，是暂弃尘俗、快意自足、安贫乐道的“忘忧”。

成人的天真与无忧，境界岂不更高吗？

悲观的权利

尼采曾说:“受苦的人，没有悲观的权利。”

小时候，每当我读到这句话，都不解，认为尼采未免太消极了，受苦的人已经很可怜，为什么连悲观的权利还要被剥夺呢?

但是现在我已经渐渐抓到这句话的真义，发现它不仅没有消极的意思，反而充满积极的态度，因为:

在战争时，没有叫累的权利；在地震时，没有喊晕的权利；在失火时，没有怕熏的权利。

只有不叫累的战士，才能获胜；只有不喊晕的人，才能逃离危楼；只有不怕熏的人，才能击败祝融；只有受苦而不悲观的人，才能克服万难、脱离困境。

留胡子

如果你过去每天都修面，今天决定留胡子，起初的两个星期，你的朋友看到一定会觉得奇怪，甚至家人见到你余髭满面，也会很不顺眼。据说许多有意蓄胡子的人，都因为这时耐不住别人好奇的眼光和询问，而把胡子重新刮掉。

但是话说回来，如果你能坚持到底，几个星期过去，胡子已经留得够长，大家则非但不会再用奇怪的眼光看你，还可能赞美几句："不错嘛！挺有性格的。""愈看你愈觉得性感！"

同样的道理，如果你是一位已经树立风格的艺术家，而今决定作新的尝试，刚开始的阶段，必然会遭到不少批评，许多人就因为受不了外来的责难，而退回过去的窠臼。只有那些坚持自己理想的艺术家，才能打破旧的形式，并树立新的里程碑。

独臂强盗

某日我遇到一位在美国赌场做事的朋友。我说："你们的吃角子老虎真是独臂强盗，据我看，玩吃角子老虎的人，多半输得精光。"

"你不能这样说，如果你统计，会发现大部分的人，在玩的过程中都曾经赢过，只是因为他们不满足而继续赌下去，直到把赢来的钱和老本都输光，才不得不离开。所以你应该讲'赢的人不少，满足的人少，所以输的人多'。"

"这大概是人的天性吧！"我感叹地说，"如果拿破仑和希特勒知道满足的话，就都不会是输家了。"

慎独与自见

在修身处世中，最难做到的，要算是“慎独”与“自见”了。

慎独是须臾不离正道，不愧于屋漏[①]。自见是客观地自我省察，不因私心而蒙蔽。虽然这两者看来只是自我修持反省的功夫，却间接对我们的行为造成很大影响。因为不慎独，就容易恣情于不独；不自见，则总是见别人的不对。于是独处时无碍他人的“意淫”，到了人前就容易生出淫念、造成邪行；独处时发财的妄想，遇到机会，则易化为贪念、造成犯罪。于是因为不自见，而造成固执、狂傲、不自量力，乃至在失意时，只会怨天尤人，不知自我反省。更由于见不到自己的错处，只知他人的不是，而造成偏激。

所以，当我们认为“我可以不做，但是想想总不犯法吧”时，已经是不能慎独。当我们心想“我不觉得自己有什么错”时，很可能已经失之不自见。

慎独与自见，真是看来事小，影响却大，看来容易，做来却困难万分的啊！

---

① 古人设床于室内北窗旁，在西北角上开有天窗，故称屋漏，指外人见不到的地方。不愧屋漏，犹言不欺于暗室。

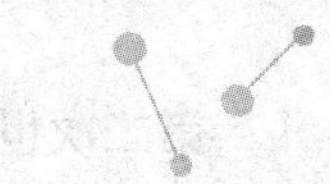

敌人

你只要小时候得过一次麻疹，就可以终生不再怕它，因为你对麻疹已经免疫。

你如果这次把手磨出了水泡，下次就比较不容易再起泡，因为手掌的皮愈磨愈结实。

但是如果你今天跌断了腿，以后却得更小心，因为跌断的骨头，不仅不可能长得更强固，反而变得更脆弱。

有的敌人，我们毕生只要遇到一次，就可以永远不再怕他。

有些敌人，我们愈与他战斗，愈不怕他。

又有些敌人，可能给予我们难以复原的伤害，只好避免再与他正面遭遇。

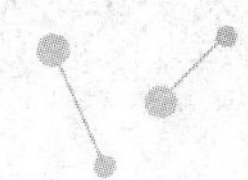

抗战到底

战争前，当我们自认准备充分，布阵严密的时候，必定要再设想一下：敌人是否比我们准备得更充足、安排得更巧妙。如此，敌人的一切可能，都在我们的算计之中，我们自然比较容易获胜。

战斗时，当我们觉得疲惫不堪，难以支持的时候，不妨想想：敌人可能比我们更疲困、更窘迫。若真如此，则谁能支持到最后一刻，谁就能击败对方。

第二次世界大战时，法国人自以为马其诺防线固若金汤，未料德军竟转道经由比利时东南的阿登山区而下，使得法军猝不及防，一败涂地，就是因为没能缜密地估计对方。相反，我们能够击败日寇，则是因为全民誓死抗战到底，坚持到最后的一刻。

紧张中的轻松

我有一次坐飞机，按照预定的时间，早该降落了，但是飞机仍在天空盘旋，大家正纳闷，播音器中传来机长轻松的声音：

“报告各位一个好消息，本公司额外服务，特别免费带大家欣赏一下乡野的风光。”

但是当所有乘客的视线都转向窗外时，机长又开口了：“还要附带报告一个不太好的消息，因为机场正在下大暴雨，我们要等雨小一点才能降落。”

当我们在生活中遭遇困难，与其无济于事地烦躁、慌乱，倒不如学学这位机长，从紧张中找一点轻松，从颠沛中找几分安适啊！

平淡真好

徐志摩说:“悄悄的我走了，正如我悄悄的来，我挥一挥衣袖，不带走一片云彩。”

这是何其平淡、何其洒脱、何其豁达啊!

我喜欢平淡，因为平淡正是深沉。平淡不是平，反而在它的平中有醇美，淡中有深情;正如平淡的香水，在似有似无之间，给人一种飘逸;正如平淡的画，在简简疏疏之中，予人一种幽远。

能饮平淡的酒的人，不显得他没酒量，却显得出他的雅兴，浅酌半杯不是比酒气熏天地拼斗更有味吗?

能听平淡的话的人，不显得他浅薄，而显示出他的修养;从平淡的言语中找寻哲理，不更能引起会心一笑吗?

能过平淡的日子的人，不显得他平凡，而显示出他的恬适;从蔬果瓜豆中找滋味，不也是一种享受吗?

能写看来平淡的诗，不显得他词量不足——

举头望明月，低头思故乡。
来日绮窗前，寒梅著花未。
江南无所有，聊寄一枝春。

这些诗，十岁的孩子也懂，不是意味无穷，且成了千古名句吗?

平淡真好！平平的，不令我们颠簸；淡淡的，不让我们昏醉；使我们坦坦荡荡地处世，明明确确地看人。

所以平淡也就是最美的“真”。

喜与忧

古人感怀人生，描写悲喜交替的文章真是太多了，他们忽而忧、忽而喜，忧中带喜、喜中含忧。

譬如王羲之在《兰亭集序》中从“游目骋怀，足以极视听之娱，信可乐也”，到“及其所之既倦，情随事迁，感慨系之矣”。王勃在《滕王阁序》中，由“四美具，二难并。穷睇眄于中天，极娱游于暇日”的咏叹，到“兴尽悲来，识盈虚之有数”的感怀，都是由喜转忧。

至于陶渊明在《归去来兮辞》中由“善万物之得时，感吾生之行休”，到“聊乘化以归尽，乐夫天命复奚疑”，苏轼在《前赤壁赋》中，由“寄蜉蝣于天地，渺沧海之一粟，哀吾生之须臾，羡长江之无穷”的喟叹，到“客喜而笑，洗盏更酌”，则是由悲转喜。

以上这些例子中的忧，都是因为感怀己身的渺小，生命的短暂；至于其中的喜，则是由于豁达的人生观，将自己融入万化之中。当然除此之外，还有一种“不以物喜，不以己悲”的最高境界，也就是范仲淹在《岳阳楼记》中所说的“先天下之忧而忧，后天下之乐而乐”了！

心扉

假使心有扉，这心扉必是随着年龄而更换的。

十几岁的心扉是玻璃的，脆弱而且透明；虽然关着，但是里面的人不断向外张望，外面的人也能窥视门内。

二十几岁的心扉是木头的，材料讲究，而且雕饰漂亮；虽然里外隔绝，但只要爱情的火焰，就能将之烧穿。

三十几岁的心扉是防火的铁门，冷硬而结实；虽然热情的火不易烧开，柔情的水却能渗透。

四十几岁的心扉是保险金库的钢门，重逾千斤且密不透风，既耐得住火烧，也不怕水浸；只有那知道密码、备有钥匙的人，或了不得的神偷，才能打开。

临时状况

记者播新闻之前，最重要的工作，是把每篇新闻稿翻一遍，看看编号次序有没有错。尽管如此，仍然会有排漏、排反的现象，结果一条新闻播到中间，突然发现下一页的稿子不能衔接，这时常得靠记者自己编一段，来结束那条新闻。

演员在演戏时，最重要的是背好台词，但是临场仍然会出现漏词、忘词的情况。紧张的演员甚至会把下一幕的台词糊涂地搬到上一幕，这时就得靠其他演员的帮忙了。如何提示、引导、化解，使观众不觉得有问题，实在是门大学问。

播稿子、背台词都不难。难在如何处理临时的状况，只有遇到这些考验，而能应付裕如的，才能成为最佳的记者和演员。

适应

“适应”这个词是大家常用的，但在不同的句子里，却可能代表完全相反的意思。

譬如说：“我刚到纽约时，完全无法适应那里的嘈杂和脏乱；经过两年多，倒也能适应了。”

“我刚到赌场工作时，看见那么多倾家荡产的悲剧，真是无法适应；而今见惯了，倒也能够适应。”

在以上两段话中，“适应”只能说是一种无奈和麻木。

又譬如：

“我刚到北方的时候，无法适应冬天的严寒；几年下来，现在已经完全适应了。”

“我刚入伍的时候，真无法适应那种严肃而规律的生活，经过几个月的磨炼，现在已经很能适应。”

在这两段话中，适应则代表了克服和进步。

由此可知，同样为适应，却有积极和消极两个完全不同的面，当我们自夸适应某种生活和环境时，都该好好反省一下。

怕死

每个人都会“怕”，小到怕蚂蚁、怕蜘蛛，大到怕台风、怕海啸，抽象的怕黑、怕鬼，具体的怕生病、怕打仗。虽然每个人怕的东西不尽相同，怕的程度也有差异，但是几乎可以肯定地说：每个人最怕的都是“死”。

死之可怕，是因为我们既不能克服它，又无法了解它。它不像蚂蚁、蜘蛛，可以消灭；也不像台风、海啸，可以防范；更不像黑，点起灯便能驱散；或是像某些疾病，只要细细调养，就能完全康复。所以，凡是能令人联想到死，或指向死亡的，我们就会特别害怕。我们怕鬼，是因为猜想死人会变成鬼；我们怕打仗，是因为战争造成死亡；我们怕癌症，是因为癌症的死亡率高。所以怕来怕去，还是在怕死。

虽然许多人怕蜘蛛，但是很少有人被蜘蛛咬过；尽管许多人怕海啸，但是很少有人受到海啸的伤害；虽然许多人怕鬼，但是几乎没人见过鬼；尽管我们怕打仗，但是战争不一定会发生在我们身边。可是，虽然人人怕死，死却公平地降临在每个人的身上。无怪乎王羲之要叹：“况修短随化，终期于尽！”李白要感慨：“夫天地者，万物之逆旅也；光阴者，百代之过客也。而浮生若梦，为欢几何？”至于陈子昂《登幽州台歌》：“念天地之悠悠，独怆然而涕下。”王勃登滕王阁叹：“阁中帝子今何在？槛外长江空自流。”也都是因为览物伤情，联想到人生的短暂。

但是话说回来，尽管绝大多数人都怕死，却有些能视死难如鸿毛的人。譬如拒不仕周的伯夷、叔齐，拒不仕异族的文天祥、史可法，以死谏君王的屈原，以死劝山胞的吴凤。历代忠臣、豪杰、侠女、烈妇，为国家、君王、朋友、名节而死的真是太多了。虽然他们死时的身份、地位不同，但死的价值同样伟大，所以古人说："功业有大小，死节无重轻。"

此外，还有许多视死如归的宗教人士，他们为了坚守自己的信仰，心甘情愿地走上十字架、竞技场和断头台，更为了传播福音，勇往直前地进入丛林、莽原和食人族的部落。因为这些宗教家的牺牲，使他们的信仰非但不被消灭，而且传播得更广。

死本是人人畏惧的，为什么这些忠臣、烈士和宗教人士却能视死如归呢?

人们怕死，是由于对死一无所知，认为死亡之后，就什么都没了。而那些忠臣、烈士，却知道以死来求仁、求义、求万世的英名；宗教家则深信死后将进入天堂。前者以肉身的死，换取精神的不死；后者以死亡敲开永生的门户。

死亡对于他们不是绝灭，而是延续；不是消失，而是不朽；不是离家，而是归乡。又有什么好怕的呢?

名利之心

美国已故总统肯尼迪在位的时候，曾经极力提倡步行运动，标准是要在二十小时之内，走五十英里。当时新闻媒体竞相报道，一下子变成热门话题，连议院的女秘书都群起响应。

但是另外有些人却表示不满，理由是——

标准的订立，破坏了人们原有的散步情趣。

这件事情使我有个感触，我发现原本以绘画为乐事的学生，听说同学参加展览得奖，心中便若有所失；原来以集贝壳为嗜好的，看到别人因为寻获珍奇贝壳而成名的时候，很可能感到失落；原本沉醉于考古的学者，听说他人发现了古墓珍宝，也可能不是滋味。

凡此种种，都因为争逐名利之心在作祟，此念一生，则风流尽去！

居高位

某日，我访问一位资深飞行员，请他谈谈工作中的感触。

“高空和地面相差得真是太远了！”他感慨地说，“当我飞到三万英尺以上的高空时，因为大部分的云层都沉在下方，所以眼前总是朗朗晴空。但是降落时穿过云层，看到的却可能是雨雪风霜和阴霾的天气。此外，同样是云，由高空俯视和自地面仰观，也大有差别。阳光直射时，比较薄的云，因为可以透过光线，所以从地面看，是白云。但是从高空看，由于薄云受光小，却是灰云。相反，比较厚的云彩，因为阳光不易穿透，自地面看是乌云；从高空俯视，反成了最美的白云。此外高空虽然没有雨雪和云层的困扰，却另有它可怕的地方，也就是晴空乱流。它会在你毫无预感的情况下来临，使飞机一掉就是几百英尺，造成许多人受伤。再有一点，是高空空气稀薄，必须靠舱压空调才能呼吸，不像驾小飞机，可以享受开着窗子吹风的惬意和洒脱。一朝喷射引擎故障，更不能如单螺旋桨的小飞机一样慢慢滑行。总之，有一得，就有一失，在高空飞行，固然有它的好处，却也有许多要戒慎的事啊！”

“居高位，要想看得清楚、活得快意，真不容易。”我也感叹地说。

泪

泪真是很神妙的东西，平常它储藏在泪腺中，不时分泌些，以滋润我们的角膜，使眼睛不致干燥疲劳；遇有尘沙飞入，更能及时大量地流出，将脏东西冲洗掉。泪是那么清澈、纯净而自然，所以有人说“世上最好的眼药水是泪”。

当然泪还有一个极大的功用，是任何药品都无法比拟的，那就是宣泄压抑的情感。所以，我们万分痛苦时会落下悲伤的清泪，无比欢愉时也会涌出感动的热泪。它是那么自然地涌出，使我们难以克制。泪少时，或许还能噙在眼眶，暗暗地吞下肚子；泪多时，则挂上了双颊，不得不用手擦拭；至于那簌簌如断线珠子般的泪水，则难免沾湿了衣裳。

中国人是最善于隐藏情感的民族，但在文学作品中描写落泪的仍然相当多，从“忽闻歌古调，归思欲沾巾”[①]的欲泪、“掩泪空相向，风尘何处期”[②]的掩泪，到“但见泪痕湿，不知心恨谁”[③]的泪痕。从“乡心新岁切，天畔独潸然”[④]的涕泪、“望君烟水阔，挥手泪沾巾”[⑤]的拭泪，到“长使英雄泪满襟”[⑥]

① 见唐杜审言之《和晋陵陆丞早春游望》。

② 见唐卢纶之《李端公》。

③ 见唐李白之《怨情》。

④ 见唐刘长卿之《新年作》。

⑤ 见唐刘长卿之《饯别王十一南游》。

⑥ 见唐杜甫之《蜀相》。

的沾衣。更有夸张的，如“近泪无干土”[①];抽象的，如“沧海月明珠有泪”[②];乃至既夸张且抽象的“留得罗襟前日泪”[③]。虽然诗人词客描写了那么多落泪的情景，但是我们读起来，却毫无庸俗之感，因为流泪是最真挚的表现，它不但能将心中的郁闷宣泄出去，也最能引发别人的共鸣与同情。

虽然流泪是一种自然的表现，但随着年龄的增长、环境的磨炼，我们愈懂得克制情感，也愈不易落泪。所以，孩子为一点小事就哭，老年人却能临大事而不沾襟；所以，有人讲“少女是泪水做的”，又说“英雄不流泪”。也正因此，同样一滴泪，如果流自老人、英雄和饱经忧患者的眼中，分量将格外深重。

虽然我们在极度痛苦和欢愉时都可能落泪，态度却应该有所不同。当我们由于痛苦而哭泣时，必须立刻将泪水拭去，因为只有这样，才能获得别人的尊重，也只有明澈的眼睛，才能面对眼前的打击。相反，如果我们流的是欢欣的热泪，则不必急于擦去，因为透过泪水，眼前的幸福将更晶莹、闪烁而多彩多姿！

玉戒指

我一向反对算命，但是对于以下这位算命先生的话，倒觉得迷信中还有几分道理。

如果夫妇失和，戴个玉戒指是有帮助的，而且愈名贵愈好。为什么一定要

① 见唐杜甫之《别房太尉墓》。

② 见唐李商隐之《锦瑟》。

③ 见宋李清照之《浪淘沙》。

玉的呢？因为它容易碎裂，你戴了它，心里念着，动作自然会比较小心，不致为一点小事就冒火拍桌子，这种文雅的举动和自我节制的态度，很有助于改善家庭气氛。

不只是夫妻之间，愿天下每个脾气暴躁的人，都能戴这么一枚戒指；不一定真戴，而可以在心里想象着，有那么一个宝贵无比的东西在自己的指间，每当动作将变得粗鲁的时候，就用它把怒火平息。

平凡的叶子

如果你要享受宁静，就别去做一朵花，免得蜂蝶骚扰你、顽童采摘你，当你逐渐凋萎的时候，连你的主人也以厌恶的眼光看你。

你就安心地做一片平平凡凡的叶子吧！在千万同侪中偷偷抽出嫩芽、悄悄地茁壮、渐渐地独立，尽你的力量制造营养、滋润自己，也供应整棵树的成长，然后在秋天淡淡地染上一抹嫣红，幽幽地随风飘落。

何必去做一朵灿烂的花？哪朵花会有叶子来得耐久呢？

何必拥有许许多多的花瓣？哪片花瓣有叶子来得结实呢？

何必去向叶子们炫耀？花朵岂知道，当她凋落后留下的果实，还需要叶子们去养育。

如此说来，做一片平凡的叶子，岂不是更值得骄傲的事？

强者乐山　健者乐水

喜欢游山玩水是人的天性，但同样登高览胜、泛舟戏水，古今却有很大的差异。

古人登山，除了拄杖的长者之外，往往不携任何装备，大家缓步而登，走走停停，目的不在爬多高，而在欣赏风景、开阔胸怀。

近代人登山，则常常缠绳带钩地装备齐全，或悬绳以下降，或攀缘以上升，战战兢兢、一鼓作气地向上爬，目的似乎不在欣赏风景，而在征服高山。

至于戏水，也如此。

古人泛舟，不论一叶扁舟、一棹孤舟、双溪舴艋，或西湖画舫，目的常是赏明月清风、听渔舟唱晚、看江上烟波，在粼粼的波光与潺潺的流水间寻找宁静的情怀。

现代人玩水，则或驰汽艇以疾驰，或驾帆船以破浪；或滑水凌波，或潜水冲浪。似乎戏水的目的不在寻找悠闲，而在制造刺激；不在舒畅胸怀，而在强健体魄。

所以孔子说："仁者乐山，智者乐水。"到了现代，应该改为"强者乐山，健者乐水"。

登山，是为了征服山，还是看更多的山？

戏水，是为了征服水，还是对语江河？

我们很难说古人与今人，到底谁对。

摸彩

请听我述说两个真实故事——

一

有一年春节，某公司举行庆祝晚会，会中交换礼物摸彩，并事先规定每人所带的礼物价值要在一百元左右。当天现场的礼品，真可以说是琳琅满目，其中尤其引人注意的是一个特大号的礼盒，不但有着鲜丽的包装，而且系了缎带，引起许多人的猜测，但是当抽中的人兴奋地打开包装时，竟只是一大箱化妆纸。

“居然送这么不值钱的化妆纸，到底是谁干的好事？”会场的人都叫了起来。

晚会之后一连几个月，只要人们想到，都会骂个不休。直到有一天，某位同事从福利社买东西回来，说：“讲句实话，我发现一箱化妆纸要两百多块钱呢，而且这个礼物比什么都实用啊！”大家跟着想想、算算，才发现果然没错，跟别的礼物比起来，那箱化妆纸倒算是个大礼了。

二

有一年圣诞节在美国，某华侨社团举行摸彩，当抽到第一奖的人兴奋地打开礼物时，发现居然是一只做成猪形的塑胶存钱筒，轻轻的，看来值不了两块钱。那人感到非常失望，当场就把它送给了台下一个小孩子，岂知小孩拿回家之后，发现存钱筒里竟然放了五百美元的现钞，只因为是纸币，所以不易察觉。

以上这两则故事，给我们一个很好的教训：人们常以表面的感觉判断，却不在实质上着眼。而在伤心的时候，又常失去应有的观察和判断力，以致错过大好的机会。

狭隘的爱

常听人说:“如果这世界上没有了恨，就会太平了。”其实，如果没有了狭隘的爱，恐怕也会太平。君不信，请看有几个热恋的人会不闹些小别扭？有几个极知心的朋友，会不斗嘴？相对，又有几个普通朋友常吵架呢？

“爱之深，责之切”，愈是爱，愈是关怀，愈是介意，也愈容易吃醋；愈是爱，愈想占有，愈拉小圈圈，也愈排斥。

所以，爱基本上是自私的，这自私对自家人固然好，对外人却不一定妙。

禽兽为了爱自己的下一代，而去杀戮别人的父母子女；人类为了爱自己的人，而去残杀别人的同胞。战后军队归来时，家人们焦急地等待着。见到自己的亲人生还，真是欣喜若狂，但是有谁想到敌人的眷属，也在盼望他们的父子或兄弟归来呢？甚至自己身边，也正有人哀恸欲绝。人们似乎有个“当然”的看法：只要与我们为敌的就是禽兽，就是错的，就该死；两边打仗，各自祈祷，其内容不外是保佑自己，也就是不要保佑对方。

爱就是如此自私、如此强烈，西洋有句谚语:“蓝眼睛说‘爱我，否则我就自杀’；黑眼睛说‘爱我，否则我便杀了你’。”不管自杀或杀人，怨怒或仇恨，都不是好事啊!

我并非要大家不去爱，而是要爱得平和、爱得宽阔；能守个“中道”，不太过火、不太自私就成了。这好比“路不拾遗，夜不闭户”是大同理想，但是孔子并未说“拾到东西都立即找寻失主送还，夜里帮别人守门”。因为东西掉了只要没人动，门户开着，只要无人偷，虽没有“大好人”，但也没有坏人，仍能合乎大同的理想。至于那“不独亲其亲，不独子其子”，则是爱的扩大。

所以我要说：没有了狭隘的爱，这世界就太平了。

印第安人的墙

沙漠的气候非常特殊。白天，火热的太阳经过沙石的反射和热量的累积，能把人活活烤死；夜晚，旷野的荒寒在一无遮掩的情况下泛滥，又能把人冻僵。

尽管沙漠气候如此可怕，美国印第安人却能颇觉安适地住在那儿，因为他们的建筑有逢凶化吉的功用。

在沙漠里，印第安人的墙是经过特别设计的，它的厚度恰到好处——白天炙热的艳阳晒不透那厚厚的墙壁，正将热透时，夜晚已经来临。于是在外面酷寒难耐的夜里，那晒热的土墙，正好慢慢散发出它白天储存的热量，使室内变得温暖。

如果那墙薄一些，白天室内就会变成烤箱，夜晚也不能散发足够的热力。

如果那墙再厚一些，白天固然不至于炙热，夜晚却因为透不过热力，而变得寒冷。

这一切的奥妙就在那不厚不薄的墙。

无论是否住在沙漠，我们每个人都要有这么一堵墙——

把得意时别人的赞美留给失意时用；把敌人射来的箭接下，作为我们兵器短缺时的武器；把别人攻讦的言语化为有用的建议；把多余而只能造成罪恶的钱财，留给日后可能的贫困。如同印第安人把那焚人的日光，留给寒冷的夜晚一般。

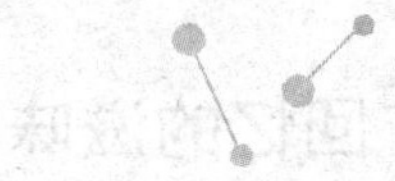

火把

你曾拿过火把吗？你不会将火把拿在眼前来照亮自己的脸吧？因为那只会炫花你的眼睛，却照不亮眼前的路。

你也不会将火把倒持着照亮你的脚吧？因为倒持的火把会延烧到你的手。

你当然是高高地举着了，只有这样才能照亮更大的范围。

名誉就是火把。

不要将它天天捧在眼前，那只会使你自我陶醉而再难有突破。

不要把它不当一回事而随意抛弃，因为愈是有名的人，出了错，愈易为人们传笑。

你应该把名誉举在顶上，不只为照亮自己的脸，不只为照亮自己的路，更要为大家制造光明。

一支火把能点燃千万支火把。一支火把也能焚烧整片的森林。用你美好的名誉，去造就更多人的美誉，而不要用你的名誉、地位和尊荣，去毁损任何看来微不足道的人。

除非你将火种延续下去，没有一支火把不会熄灭。除非名誉用来造就他人，没有一个人的荣誉能够永久被人传颂。

回忆的滋味

现实是饭，回忆是菜，吃饭要配着菜吃，如同现实生活要调配着回忆。

饭愈不易下咽，菜愈要可口或辛辣些；现实生活愈平淡，愈当伴随着一些美好的回忆。

做苦工的人总是饭吃得多、菜吃得少，才有足够的热量；遭遇困苦的人总忙于应付眼前的困难，便无暇沉湎于回忆。

饭吃得多的人常粗壮，只吃菜的人常纤柔；总是面对现实的人常积极，总是沉湎于回忆的人常感怀。

所幸菜摆久了会变质，回忆隔久了依然醇美。于是今天无暇回忆的，明天可以掏出来咀嚼，咀嚼完了还能放回袋子，改天品尝又是一番滋味。

回忆，真是一道最经济、实惠、美味且经久不坏的上上大菜。

花粉热

美国的春天，总有许多人会患花粉热的毛病。这种病，顾名思义，是由于人体对花粉敏感造成，症状包括打喷嚏、流鼻涕、眼睛痒、喉咙痛及精神不振，可以说集感冒的各种不适于一身。

当我被花粉热困扰得不能工作时，有位朋友对我说了个故事：

有位牧师患了花粉热，而他主要是对玫瑰花的花粉敏感，未料某日他上台讲道，旁边居然放了两盆玫瑰花，牧师的敏感立刻被引发了，只见鼻涕直流，喷嚏不断。勉强结束了证道，牧师很不悦地把执事找来责问：

“你明知道我对玫瑰敏感，为什么还放两盆玫瑰在台上呢？”

执事苦笑道：

“我就是因为知道您对玫瑰花敏感，所以才特别放了两盆塑胶的假玫瑰，岂知您对假花也敏感呢？”

“由此可知，克服敏感这个毛病，心理也是非常重要的，如果你的心先敏感，生理的敏感就更严重了。”朋友说，“放松自己，忘记敏感，专心工作，花粉热的症状常会减轻。”

心灵的门窗

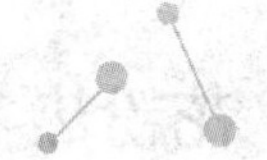

如果有人问:“门和窗，你认为哪个比较重要？”我一定答前者。但假使他问:“你喜欢门还是窗？”我则会答“窗”。

其实门和窗有什么不同呢？门如果挡住下半截，不就是窗？窗如果直落地，不就等于门了吗？

问题是窗毕竟是窗，门究竟是门。门常内外有锁，窗却只有里面加闩；门多半无遮，窗却常挂有帘；开门可以揖客，推窗却只能相望；访友叩门乃是当然，贸然敲窗则显得失礼。两相比较，门和窗的差异真是太大了。

上古人初构屋时，必然只知有门而不知设窗。当门尚无以遮蔽风雨时，谁会有心情装窗呢？直到有一天，四壁不致摇撼、门户不致透风，人们才想到在墙上再开个洞，使自己在不开门、不受人侵扰的情况下，仍然能够享受风景、采纳阳光、流通空气。所以在当时，窗实在是一种奢侈品。

虽然窗要比门发展得晚，也不及门来得重要，但是样子却多得多。门大不了有材料、雕花和色彩的不同，窗却有各种变化：或支，或推；或上下拉动，或左右滑行；或贴窗纸，或加窗纱；或雕窗棂，或设窗槛；或悬锦帷，或障丝帘；或挂百叶，或掩竹帘；加上窗台的摆饰、盆景，真是各有风姿。

也因此，文学作品中描写门的常比较豁朗简明，描写窗的则比较婉约变化，“大朱门”总不如“小轩窗”来得含蓄；“开门见山”总不如“推窗望月”来得悠闲；“春到长门春草青”总不如“卧看残月上窗纱”来得蕴藉。即使在现实生活中，如果“芳兰当户”，往往不得不下锄，“藤萝蔓窗”却无比幽雅。

盖房子如果门少窗多，必为雅室；窗少门多，则成了弄堂。到头来似乎“门”反不如“窗”来得重要了！

不但建筑物有门窗的装置，我们的心灵也有着门与窗。

从出生的一刻，我们便开启了心灵的门窗。幼年时代，我们只有一间弄堂式的房子，门多窗少，几乎每当有人叩门，都敞开心扉，欢迎他们进来。

渐渐地，我们发现进来的人不尽然好，于是偷偷封闭了几扇门，代之以一些窗。我们慢慢学会先由窗子看清楚来人，再决定是否开门；我们也学会在白天打开窗子，以迎接温暖的阳光；在夜晚拉下窗帘，免得别人窥视；在夏日装上纱窗以防蚊蝇，在岁暮拉起铁栅以防盗贼。不自觉中，我们心灵的窗子愈来愈多，门却只剩下一个，而且加上了双重的铁锁、防盗的链条和窥视的门镜，只怕有一天连那最后的一扇门，也要封闭了：不单把别人排斥在门外，也将自己锁在了屋中。这心灵的门窗，不是与我们生活中的门窗有着同样的发展吗？

如果拥有一个小小的房子，我只要一个门、一扇窗，门对着城市、窗对着海洋。有人敲门，我必定开，是朋友，我便请他推窗看海，享受那汹涌的浪涛、清清的海风和无争的鸥歌；如果是敌人，我便把屋子让给他，请他自己去听那大海的倾诉，涤净他的心灵；又如果许久没人来访，我便把门和窗都打开，让每个繁忙的路人，透过我的门，看见我的窗，而窗外是无际的碧海和开阔的胸怀。

过河骂桥

很少听见重病的人抱怨药的副作用，却常遇到已将痊愈的人，骂医生用药太重。

很少听见急用钱的人嫌贷款的利息太高，却常遇到渡过经济难关的人，骂当初借钱给他的人没良心。

很少听见饥饿的人嫌东西不好吃，却常遇到放下空碗和筷子，骂调味太差的人。

药是他们自己请求的，而且服用之后治了病；钱是他们自己要借的，而且帮他们渡过了难关；食物是他们自己要点的，而且吃了之后不再饥饿。如此说来，就算药有副作用、钱是高利贷、饭是下等米，又有什么好抱怨的呢？

从前在新店碧潭的下游，常有船家向那些控制不住船，而将被冲下险滩的人“讲价救命”，急难者当时虽然答应，获救之后却常反悔，连岸上的游客，也会怨船家见利忘义。那些人骂得固然不错，可是有几人脱下衣服跳水救人呢？

人们常说“过河拆桥”。据我看，过河拆桥的人不多；过河之后，骂桥造得不好的人倒不少。问题是：有几个人会因为桥不好，而回头修补，甚或重造一座呢？

“过河骂桥”，这是值得我们检讨的一件事。

忧喜之间

有个孩子，上学之前母亲给了十块零用钱，他非常快乐；但是出门之后，等了半天，车子都没搭上，他唯恐迟到而变得十分焦急；所幸及时赶到学校，他觉得非常高兴；但是突然想到第一节要考英文，又变得紧张；考完英文，他松了口气觉得很愉快；但是又想到下午要发数学成绩，于是忧心忡忡，唯恐不及格，等到考卷发下来成绩居然不错，就又十分欣喜；可是老师跟着布置了一大堆家庭作业，他又变得沉重，等到深夜把功课做完，才放松；但是突然想到第二天早上要发英文成绩，又觉得十分紧张。

由以上这个故事可以知道——

喜与忧常是交互产生的，因为我们总有下一步面临的困难，所以不会有永久的快乐；也正因为那些问题的压迫，才有许多克服之后的欣喜。

这就好比没有黑夜的等待，就没有黎明的欣喜，但是白日之后又有黑夜；没有饥饿的煎熬，就没有饱足的快感，但是饱足之后，又有饥饿；没有耕耘的辛劳，就没有收获的兴奋，但是收获之后，还得耕耘。

橡树与小草

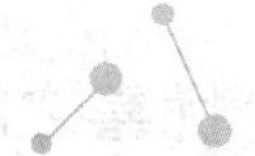

在一处人迹罕见、树木不生的原野，有一条老铁道。由于火车很少通过，所以不但铁道两旁，连铁轨之间也长满了小草。到葱茏的季节，小草们织成一大片绿色的地毯，把铁道也淹没了，只有每个月唯一一班火车通过的时候，才让人们想起：原来这儿还有一条铁道。

某日，当火车又疾驶而过，小草们莫不低头行礼时，有一粒橡树的种子，从车上滑落，正掉在两轨之间。

“这是什么啊？”最先抬起头的小草惊讶地叫。

“好像是一颗种子。”所有的小草都伸长了脖子凑过来看，“但是为什么这么大？好像有我们种子的几百倍呢！”

“各位好！”橡树子从昏迷中醒来，环视四周围拢过来的小草，高兴地打招呼，并自我介绍，“我是一颗橡树子。”

“橡树？”所有的小草都面面相觑，“我们从来没听说过啊！”

“我们这里没有树，只有草，我们世世代代生长在这儿，从来没见过一棵树，因为这里冬天特别冷，风又大，不适合树的生长。”一株比较年长的草，神情严肃地说，“我看，你还是快回到你来的地方去吧！”

“我已经来了，怎么回得去呢？”橡树子愁苦地说，但是跟着环顾四周，又转忧为喜了，“这里多好啊！我喜欢这里，我不怕狂风和霜雪，决定在这儿生根，长成一棵高大的橡树……”

“好！”没等他说完，四周成千上万的小草，就发出一阵欢呼，“我们喜欢你，我们需要一棵树，我们喜欢一棵高大的树，我们要你来领导。”

于是橡树子在这儿生了根、发了芽。起初他长得很慢，小草们由春天萌发，不到仲夏就能长到一尺高，所以夹在草丛中，除了叶子比较大些，小橡树并不怎么突出。当每个月火车开来的时候，小橡树也和小草们一样，早早就弯下腰，让那庞然大物从头上飞驰而过。

但是到了暮秋，小草们都逐渐凋萎、枯黄的时候，橡树虽然也落了叶子，却仍然直直地站在那儿。当火车开来，由于没有小草们的簇拥，橡树反而站得更直了，所幸火车除了前面保险杠会把橡树撞得一个踉跄，车子的底盘倒不会再伤害他。所以，当冬天过去，小草们又复苏的时候，见小橡树仍然站在那儿都很惊讶。

“我的父亲有四十尺高，他的头经常遮在云里，他一伸手，就能摘下天上的星星。”小橡树总是得意地对小草们说。每次讲到这儿，小草们都会仰起头，把嘴张得好大好大，羡慕极了：“我们多高兴你能在这儿生根啊！”小草们说，“当你长到像你爸爸一样高时，我们就可以听你诉说天空的一切了！”

“我也会抓几颗星星给你们。”小橡树脸上泛着光彩。

但是小橡树也有他的烦恼，就是每个月火车通过时，小草们都一低头就过了，他却难免损伤几片叶子，有时还会折到腰，而且这种情况愈来愈严重。

“你为什么不把腰弯低一点呢？再不然，干脆躺在地上算了，等火车过了之后再站起来，何必跟火车去争呢？”小草们都这样劝他。

小橡树何尝不知道，可是他的身体硬，怎么也不可能躺下来，眼看情况愈来愈糟，他真希望自己不再长了，甚至缩小几分，跟小草们一样不是就够了吗？但在转念之间，他又想：“为什么我不赶快长大、长高呢？如果我长成几人合抱的大树，火车也就算不得什么了。”

于是当小橡树折损小枝子，就赶快伸出另一条新枝；当火车刮去了他的叶子，就赶快抽出新绿。但是每当火车呼啸而去，小草们纷纷卧倒，再站起的时

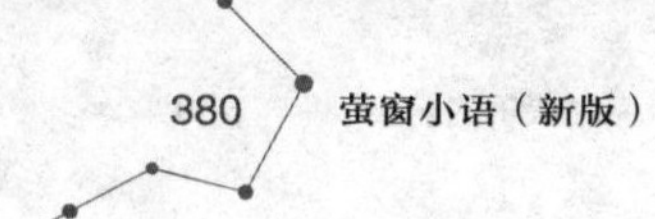

候，小橡树又是遍体鳞伤。

当然没有火车通过的一个月，小橡树又恢复了光彩，只是他发现自己的腰愈来愈硬，连躬身都困难了。

终于有一天，当火车又轰隆轰隆地远去之后，小草们发现小橡树已经被折断而死亡。

“你为什么不能跟我们一样弯腰屈膝？”小草们伤心地哭着，看着小橡树的尸体变为枯枝，被风吹去。

铁轨间、铁道边、铁道的四周，仍然是一片青青的草原，火车不通过的日子，这里真是无比宁静祥和，只偶尔听到小草们喁喁私语：

“做一株平凡的小草，是多么快乐的事！”

接受批评

接受批评，真是门大学问。

有的人刚愎固执，受不得半句批评；有的人虚怀若谷，能够察纳雅言；有些人正面千恩万谢地接受，转身就忘得一干二净；有的人正面死不认错，背地却能细细检讨。

以上四者都不能算是懂得接受批评的人，因为第一和第四者没有接受批评的雅量，显得风度不佳；第二者没有审度批评的能力，容易随风倾倒；第三者没有采纳批评的诚意，只是巧言令色。

那么，怎样才是面对批评的态度呢？

虚心地接受，小心地选择，衷心地采纳。